THE GAME ADVENTURE

飛翔

Fantasy Frontier Spirit

비상

FLYING

KG8789 805977

비상 5

파령 게임 판타지 소설

초판 1쇄 찍은 날 § 2004년 11월 26일
초판 1쇄 펴낸 날 § 2004년 12월 6일

지은이 § 파령
펴낸이 § 서경석

편집장 § 문혜영
편집책임 § 최하나
편집 § 장상수 · 김희정 · 유경화
마케팅 § 정필 · 강양원 · 이선구 · 홍현정

펴낸곳 § 도서출판 청어람
등록번호 § 제1081-1-89호
등록일자 § 1999. 5. 31.
어람번호 § 제1-0562호

주소 § 경기도 부천시 원미구 심곡1동 350-1 남성B/D 3F (우) 420-011
전화 § 032-656-4452 팩스 § 032-656-4453
http://www.chungeoram.com
E-mail § eoram99@chollian.net

© 파령, 2004

ISBN 89-5831-323-4 04810
ISBN 89-5831-236-X (SET)

FLYING

파령 게임 판타지 소설

THE
GAME
ADVENTURE

飛翔

Fantasy Frontier Spirit

비상 vol.5

여정의 길에 오르다

FLYING

도서출판
청어람

Contents

◆ 비상(飛翔) 서른네 번째 날개
격돌(激突)

비상(飛翔) 서른네 번째 날개 격돌(激突)

비왕은 사라졌지만 그 흔적은 남아 있어 찾기가 쉬웠다. 평소의 비왕이라면 흔적조차 남기지 않았을 것이지만 지금 비왕은 부상을 당한 상태. 다리에 상처를 입은 것 같지는 않지만 이렇게 다리를 질질 끌고 있다면 그건 힘이 빠졌다는 증거, 회복하기 전에 없애 버리는 게 좋다.

그렇게 능공천상제를 최고로 끌어올려 달리다 보니 금방 비왕을 발견할 수 있었다. 역시 비왕은 속력이 남다른지 지치고 상처를 입었음에도 꽤나 멀리까지 도망 와 있었다. 난 다시 한 번 공중을 박차고 날아올라 비왕의 앞에 내려섰다.

"여기까지인가?"

"패왕은?"

비왕의 말은 의외로 침착했다. 호흡도 고르고 주위에 흐르는 기파도 안정된 게 이미 모든 부상이 회복된 것 같았다. 내가 느낀 거지만 못

믿겠군. 이 짧은 시간에?

비왕은 패왕이 어떻게 됐는가에 대해서 물었지만 대답해 줄 필요는 없다. 사실 나도 잘 모르기도 하고.

"회복했군."

"클클클! 그깟 부상 정도야 창조주의 힘을 받은 나라면 조금의 시간만 있어도 금방 치료되지."

그렇군. 인공지능이 뒤에서 받쳐 주고 있는데 그게 힘들겠나? 직접적인 힘을 줄 수 없는 것만으로도 다행이지.

그건 그렇고 비왕은 다른 창조주의 파편에 비해 너무 가볍군. 지금까지 아무도 창조주를 쉽게 입에 담지 않았는데 비왕은 계속 담고 있어. 만약 내가 몰랐다면 궁금해서 죽을 정도로.

"클클! 좀 전에는 노부가 방심을 했다. 하나 이제 네 실력이 예상을 뛰어넘었다는 것을 확인했으니 제대로 해보자. 클클클."

비왕은 예의 그 두 개의 단도를 꺼내어 양손에 역수로 쥐었다. 하지만 그런다고 변할 건 없다. 내가 힘이 조금 더 들고 시간이 더 소모되며 상처가 늘어난다 뿐이다.

난 몸속에 흐르는 용연지기를 이끌었다.

확실히 현월광도와 축뢰공이 극성에 오르고 나니 예전과 용연지기에서부터 엄청난 차이가 느껴진다. 활화산에서 터져 나오는 붉은빛 마그마의 흐름처럼 거세게 흐르는 진기는 한월에 응축되기 시작했고 곧 도강을 만들어낸다.

더 이상 봐줄 건 없다.

비왕의 단도에도 도강이 형성되어 있다. 기묘한 형태로 꺾인 도강이 신기하긴 하지만 저것 역시 인공지능에게서 얻은 능력이겠지 생각한다. 짧은 도강. 그러나 길게 만들지 못해서가 아니라 최대한 비왕 자신에게 맞는 도강의 형태를 생각한 것이리라.

"이미 한 번 졌던 몸, 뭘 부끄러워하겠나. 노부가 먼저 공격하겠다."

내가 허락하기도, 거절하기도 전에 말을 마치고는 재빨리 움직이는 비왕. 아까같이 정면으로 내게 달려들지 않고 나를 중심으로 원을 그리며 돈다. 그리고 회전의 속도는 점점 더 빨라졌고 이내 엄청난 속도로 돌기 시작한다.

확실히 더 빨라졌다.

"클클클! 간다!"

나를 휘어 감는 원에서 다섯의 인영이 튀어나온다. 분영보로군.

"망월막."

그들이 내게 공격을 하기 전 망월막을 펼침으로 모든 공격을 차단해 버렸다. 그리고 왼손을 힘겹게 들어 손가락을 뻗는다. 왼쪽 어깨에서 고통이 밀려오지만 참는다.

파앗!

손가락에서 곧 빛이 새어 나오며 섬전같이 뻗어간다. 일섬지를 이용한 공격이다. 일섬지의 지풍은 곧바로 뻗어가 정확히 나를 향해 짓쳐 들어오는 한 명의 비왕과 충돌하고 그런 일섬지를 단도로 막은 비왕은 순간 멈칫하고 말았다. 바보같이.

"초월파."

샤아아아아!

망월막을 지나쳐 바람을 가르며 비왕에게로 날아가는 초월파. 순간적으로 비왕의 눈빛에 당혹감이 떠오르는 게 보인다.

초월파가 뻗어가 가볍게 놈을 베어버릴 것이라 생각했던 것과는 달리 어딘가에서 날아온 도강이 깔린 단도가 초월파와 공멸해 사라져 버린다. 그 순간 뒤쪽의 망월막에서 충격이 가해져 온다. 한 녀석이 벌써 도착했군. 비왕도 도강을 피어올리고 있었기에 망월막으로도 견딜 수 있는 공격의 수는 제한된다.

난 망월막을 중심으로 원을 그리며 도는 비왕을 향해 한월을 가로로 벤다. 물리적인 공격이라 망월막까지 사라지지만 어차피 선공을 막으려 했을 뿐 상관없다.

"찻!"

한월이 자신을 향해 베어오자 비왕은 움직이는 방향을 직각으로 틀어 곧장 나를 향해 쏘아져 들어오며 단도를 내지른다. 역시 신법에는 최고다. 저렇게 빠른 속력으로 내달리다 갑자기 방향을 직각으로 틀긴 아무나 할 수 있는 게 아닐 텐데.

가만 당할 수는 없기에 원주미보를 밟아 피하려 했더니 사방에서 단도가 찔러 들어온다. 어느새 다른 비왕들도 도착한 것이다. 난 한월을 가로로 눕힌 후 몸을 회전시켜 날아오는 단도를 쳐내고 곧바로 회전력을 살려 도를 하늘로 치켜든다.

"삭월령!"

샤샤샤샤샤!

작은 묵빛의 달이 비 퍼붓듯 떨어져 내린다. 광포하다. 거세다. 빠르다.

삭월령의 공격에 한쪽에서 공격을 하던 비왕들이 피한다. 웬만하면 쳐내도 되겠지만 삭월령의 공격은 웬만하지 않다. 강하다는 것이 아니라 도저히 다 막아낼 수 있는 양이 아니다.

그렇게 비왕을 뚫은 나는 능공천상제로 허공을 박차고 앞으로 급히 뛰어오른다. 간신히 삭월령의 강기를 피해 나온 비왕을 향해 나는 다시 한월에 강기를 응축시키기 시작했다.

"잘도 피하는구나!"

"만월회."

나를 조롱하는 비왕의 말을 간단히 씹어주고 즉시 만월강기를 생성시킨다. 한 번 당했던 공격이겠지만 안다고 해서 쉽사리 막을 수 있는 공격이 아니다.

쒜에에엥!

"또 이 공격이냐!"

세 명의 비왕이 만월강기를 향해 뛰어가고 한 녀석은 나를 향해 뛰어온다. 만월강기가 강하긴 하나 네 명 다 만월강기를 막으러 가면 내가 즉시 후속 공격을 했을 텐데 그걸 예상한 모양이다.

"역천어오!"

한 명이지만 그 속도도 만만치 않다. 역천어오의 초식을 쓰며 내게 뻗어오는데 궤도가 심상치 않다. 그러나 이런 공격에 당할 수는 없지.

오른팔에 진기를 뭉쳤다가 순간적으로 풀며 도를 내지른다. 원래는 베기의 초식이지만 임의로 고쳐서 찔러 넣는 것이다. 희귀한 공격에 팔에 무리가 오긴 하지만 상관없다.

캉!

굉장한 속도 앞에 비왕의 단도는 튕겨났고 동시에 내뻗은 한월을 땅으로 내리긋는다. 녀석의 두 번째 단도가 아래에서 치켜 올라오고 있었기 때문이다.

한월을 긋는 것과 동시에 몸을 비틀며 띄워 왼발을 내지른다. 왼팔이 멀쩡했다면 더욱 간단했을 공격이나 왼팔을 움직이기 힘든 상황이니 왼팔 대신 다리를 써야 하는 입장이다.

퍽!

"큭!"

왼쪽 어깨를 얻어맞고 뒤로 물러서는 비왕. 그대로 오른발을 내질러 끝장을 보려다 동시에 날아오는 단도를 피해 능공천상제를 밟고 한번 뛸 수밖에 없었다. 단도가 날아온 곳은? 아직도 주변을 휘어 감고 있는 다른 비왕들이 만드는 원.

이렇게 계속 도움을 준다면 힘들 것 같군.

"만월회!"

다시 생성된 만월강기는 이번엔 주변을 돌고 있는 녀석들에게로 쏘아졌다. 비왕들이 아무리 강하다지만 만월강기가 쏘아진 이상 한 번도 멈추지 않는다는 것은 어불성설.

"흠?"

멈추긴 했지만 예상대로가 아니었다. 먼젓번 만월회를 부쉈는지 세 명의 비왕은 다시 돌아와 있었고 내게 얻어맞고 뒤로 물러선 비왕은 다른 세 명의 비왕과 합류하고 있었다. 그리고 주변을 돌고 있던 것이 멈추며 나타난 열두 명의 비왕. 서로의 도강으로 만월회를 동시 공격해 가볍게 없애 버리고 공격해 들어온다. 앞에서 열두 명 뒤에서 네 명, 총 열여섯 명이 공격해 들어오는 꼴.

어떻게 된 거지? 최대로 분열 가능한 횟수는 여덟 명이 아니었나?

의문이 들었지만 더 이상 계속 의문을 이어갈 수 없었다. 열여섯 명의 공격, 서른두 개의 단도가 나를 노리고 있었기 때문이다.

"망월막!"

"소용없다!"

망월막을 펼쳐 막아보려 했지만 서른두 개의 강력한 도강을 막을 수 있을 리 만무했고, 결국 망월막은 예상대로 곧바로 뚫려 난 직접 그것들을 막을 수밖에 없었다.

　"큭!"

　정신없이 쏟아지는 공격에 한월로 쳐내고 또는 승룡갑으로 막아내 보지만 워낙 많은 수의 공격이라 상처가 자꾸만 늘어나고 있었고 고통은 더욱더 가중되어 갔다.

　큭! 이대로는 안 되겠군. 별수없이 그걸 써야 하나?

　"자아, 그럼 마지막이다!"

　열여섯 명이 동시에 외치는 소리는 음공의 기능까지 갖추었는지 정신을 어지럽히고 손끝을 흔들리게 만들었다.

　지금까지 퍼붓던 공격을 일시에 거두고 살짝 물러난 비왕은 물러나기 무섭게 다시 강한 기를 뿜으며 공격하기 시작한다.

　"대천만파(大川萬波)!"

　열여섯 개의 단도가 퍼지기 시작한다. 환영을 그려내며 모든 방위를 뒤덮는 단도. 마치 거대한 물결이 덮쳐 오는 것 같았다. 도저히 피할 곳이 없는 공격. 아끼려 했지만 별수없군. 비왕은 나를 상대하는 방식을 잘못 골랐다.

　"투결."

　시간이 느려진다.

　1초가 1분, 10분, 100분같이 느껴진다. 그리고 보인다.

　주변의 모든 결이.

　비상의 세상은 모두 결로 이루어져 있다. 바람에도 움직이는 결이 있으며 물의 흐름에도 결이 있고 심지어 빠름, 느림, 실상, 환상 등 느낌에도 결이 있다.

투결의 능력은 결을 꿰뚫어 보는 것.

투결의 능력이 제한되어 있을 때는 공격의 결밖에 보이지 않았다. 그러나 승급을 하며 투결은 확장되었고 바뀌었다.

보인다. 내 시야가 닿는 곳까지 넓게 퍼진 수많은 결들이. 녹색의 바람 결이 달아오른 내 몸을 식혀주고 저기 끝에선 푸른색의 물의 결이 있어 시냇물이나 호수 등 냇가가 있을 것이라 짐작하게 해주며 하늘의 구름의 결들은 앞으로 더욱 나아가 비를 내릴 준비를 하며 소용돌이치듯 돌고 있다.

세상 만물이 조금의 움직임만 보여도 역동적으로 움직이는 결의 움직임.

결은 지독히도 아름다운 선율을 띄워내고 나를 감싸와 정신을 혼미하게끔 아름다운 결의 파동을 안겨주었다. 그리고 내게 덮쳐 오는 서른두 개의 흰색의 결과 그 주위로 퍼진 회색의 결, 바로 비왕의 단도가 만들어낸 결들이다.

느리다. 너무나 느리다. 마치 정지한 것 같은, 그렇지만 조금씩 움직이고 있는 모든 것이 시야에 잡힌다. 분경(分勁)의 능력. 전에는 깨닫지 못한 투결의 확장 뒤 깨우친 능력이다.

시간을 나누어 나만의 시간, 내 의식의 시간이 세상의 시간을 잊어버리게 되는 능력. 세상의 시간은 내 의식으로 보기엔 너무나 늦기 짝이 없다.

"죽어라!"

회색의 결은 무시한다. 비왕이 만들어낸 환상의 결이다. 그때 흰색의 결이 내 어깨를 뚫고 지나간다. 하지만 느리다.

어깨를 살짝 낮추는 것으로 흰색의 결을 피하고 몸을 앞으로 당겨 뒤에서 날아오는 네 개의 결마저 흘려버린다. 오른발을 띄워 바닥에 퉁기듯 치고 올라오는 흰색의 결을 피하고 동시에 한월을 휘둘러 여섯 개의 결마저 차단해 버린다.

남은 것은 스무 개. 그러나 그 스무 개 중 나를 노리는 것은 십여 개다. 나머지는 내가 혼란을 겪도록 하기 위한 비왕의 속임수겠지.

단도는 절대로 움직인다. 아니, 움직일 수밖에 없다. 결들은 그야말로 단도의 미래나 다름없으니까. 열 개의 결들은 그냥 몸을 흔들어 피한다. 몇 개는 내 몸에 맞닿아 있었지만 승룡갑 때문에 통과하지 못하고 그냥 막혀 있다. 신경 쓰지 않아도 좋을 것들.

"헉!"

비왕의 신음 소리조차 너무나 천천히 들린다. 오른팔에 진기를 집중시키고 곧바로 풀어버린다. 내 움직임 역시 평소보다는 느리지만 그렇다고 슬로우 모션은 아니다.

한월이 비왕을 벤다. 느리지만 비왕에겐 그 무엇보다도 빠른지 피하지도 못하고 하나하나 차례차례로 베어진다. 시간은 느려졌지만 한월의 예리함은 내 뺨까지 서릴 정도로 시리고 매섭다.

"커억!"

느리게 울리는 비명 소리를 뒤로하고 한 녀석이 뒤로 날아오른다. 지금까지 내가 느껴본 바로는 분영보에 본체란 따로 없다. 만들어진 모든 것이 본체이며 또한 분신이다. 아까 초월파로 베어버렸듯 한 녀석이라도 살아난다면 녀석은 죽지 않을 것이다.

"초월파."

말하기가 힘들다. 나 자신은 강하게 느끼지 못했지만 나 자신 역시 느려지긴 마찬가지다. 그 정도가 심하지 않았다고는 하지만 말하기가 어려운 게 사실이다. 어렵게 시동어를 외친 나는 도강이 가득 응축된 한월을 사선으로 베어 올린다.

사선으로 길게 만들어진 초월파가 눈앞의 비왕을 베어버리고는 계속해서 뻗어가 뒤로 물러서는 녀석을 노린다. 그러나 역시 비강기는 내 몸을 떠나면 내 의지에서 벗어나는지라 초월파도 느릴 수밖에 없었고 비왕은 단도를 교차시켜 초월파를 막아내며 뒤로 날아갔다.

아깝긴 하지만 우선 주위의 녀석들부터 끝내야겠군. 난 주변이 조금씩 빨라지는 것을 느꼈다. 아쉽게도 분경을 동반한 투결은 그 지속 시간이 1분뿐이다.

체력은 많이 남아 있어 다시 사용할 수 있지만 분경은 약 열흘에 한 번 정도밖에 쓸 수가 없다. 한 번 쓰면 열흘 동안은 투결을 사용해도 분경은 나타나지 않는다. 그래서 내가 아까워한 거다. 무슨 일이 생길지 모르는 판에 마지막 보루까지 써야 했으니…….

분경이 사라진다면 투결을 사용한다 하더라도 나머지 비왕을 상대하기 어렵기에 난 전신에 진기를 최고로 응축시켰다. 그리고 풀어버렸다. 한순간에.

퍼퍼퍽!

"커억!"

"크악!"

푸확!!

"커억!"

비왕들의 비명이 울렸고 그제야 난 투결이 풀린 것을 깨달을 수 있었다. 그러나 이미 내 주위의 비왕들은 쓰러진 후다. 한월에 베인 비왕들을 제외하고도 진기를 가득 담아 최고조에 이른 속도로 펼친 발차기를 맞은 비왕들도 살아 있기 힘들 거다.

스르르.

과연 비왕이 스스로 분영보를 풀었는지 쓰러진 비왕들이 지면 속으로 흡수되는 것처럼 사라져 버렸다. 내 시선은 투결에서 빠져나간 하나의 비왕을 쫓고 있다.

"커억! 큭!"

너무 놀라서인지 아니면 고통스러워서인지 고통에 찬 신음만 터뜨릴 뿐 힘겹게 나무에 기대선 비왕은 나를 보며 아무 말도 하지 않았다.

"내가 말했지, 넌 죽는다고."

"크윽! 이대로 질 수 없어!"

나무에 기대어 서 있던 비왕은 어디서 힘이 났는지 나를 향해 짓쳐들어왔다. 상당한 부상을 입었음에도 조금 전과 변함없는, 아니, 더욱 빨라진 속도로 움직이는 비왕의 움직임에 정말 탄성을 보내고 싶지만 적에게 칭찬해 줄 정도로 난 착한 인간이 아니라서 말이야.

"크악! 이것도 막아봐라!"

어느새 지척으로 다가온 비왕은 단도를 세우며 나를 공격했다. 공격 범위 안! 하지만 빠를 뿐 그다지 특이한 점은 느낄 수 없었다.

그때 흐릿해지는 비왕. 위험하다!

퍽!

"큭!"

이런 방법이었나?

내게 엄청난 속도로 쏘아져 온 비왕은 공격하려는 찰나 분영보로 여덟 개의 분신을 만들어 나를 공격했다. 워낙 순식간에 일어난 일이라

투결도 쓰지 못했고 설마 이런 방식의 공격을 쓰리라 생각도 못했기에 난 속절없이 비왕의 공격에 당하고 말았다.

그나마 비왕이 흐릿해지는 것으로 위험을 느낀 내가 급히 몸을 뒤로 빼서 승룡갑에 단도들이 부딪쳤고 덕분에 바닥에 쓰러진 것으로 끝났지 아니었다면 치명상을 입었을 거다.

"크하하하!"

아무리 비왕이라도 그렇게 빠른 속도로 이동하다 갑자기 멈출 수는 없는지 내가 쓰러졌음에도 불구하고 한참이나 더 갔다가 다시 내게 돌진해 왔다. 그러나 이제 비왕의 공격 패턴도 알았으니 반격이 들어갈 차례다.

비왕에겐 정말로 불행한 일이지만 투결은 비왕의 무공과 상극임에 틀림없다. 나와 비슷한 실력의 다른 이와 붙었다면 나와 싸우는 이때처럼 밀리지 않겠지만 나에게 비왕은 어려운 존재가 아니다.

사냥꾼이 멀리 떨어진 곳에 있는 사냥감을 발견하고 또 볼 수 있는 '눈'이 있다고 해서 무조건 잡을 수 있는 건 아니지만 내겐 사냥감을 쏠 수 있는 '총'의 공격도 있다.

"크아아악!"

이미 이성을 잃어 괴성을 지르며 달려오는 비왕.

"투결."

투결의 시동어와 동시에 결의 흐름이 보이기 시작했다. 또한 한줄기의 흰색 실이 내 심장을 관통하고 있었다. 피하려면 피할 수도 있겠지만 아직 아니다. 비왕을 베어버리기 위해선 기다려야 한다.

난 한월을 오른쪽 사선으로 내리며 한월의 손잡이를 양손으로 잡고 진기를 북돋는다. 젠장할! 고통이 왼쪽 어깨에서 엄습해 왔지만 별수

없다. 양손이 꼭 필요하기에 참아야 한다.

마침내 비왕이 다가왔고 한월의 사정거리 바로 직전에서 분열을 시작했다. 비왕이야 단번에 거리를 줄일 수 있기에 그렇게 한 것이었고 덕분에 나는 제대로 된 공격을 하기 힘들다. 이 공격만 빼놓고선.

"죽어!"

하나의 흰색 실이 열여섯 갈래로 나뉘며 모두 나를 관통하고 있었다. 이번 공격으로 끝장을 보려 함일 것이다. 원주미보를 밟으며 실들을 피하기 시작했다. 몇 개는 피했고 몇 개는 승룡갑으로 막았지만 완전히 피할 순 없었기에 다리와 양팔에 상처가 생겼다. 고통이 밀려온다. 젠장.

그리고 마침내 내가 원하는 거리에 들어온 비왕.

간다!

난 앞으로 진각을 밟으며 한월을 휘두른다.

"단월참(斷月斬)!"

세상이 어둠으로 덮여 있을 때 떠오르는 달. 그런 달을 벨 수 있다고 보는가?

공간을 초월해 달조차 베어버린다는 절대쾌도(絶對快刀).

현월광도의 최고의 공격력과 속도를 지닌, 달조차 베어버린다는 현월광도 제구초 단월참이 드디어 오랜 침묵을 깨고 내 손에서 펼쳐졌다. 달을 베는 칼날은 차갑고 또한 잔인하다.

욱씬!

"큭!"

사아아악!

대기를 가르는 소리. 또한 미칠 것 같은 고통. 크윽!

"끄아아아!"

푸화악!

피분수가 쏟아진다. 피분수를 뿌리는 인물은 비왕.

비왕의 오른쪽 어깨부터 일직선으로 다리까지 전부 잘라져 버렸고 그곳에서 피분수가 쏟아져 나오고 있었다. NPC이기에 고통을 느끼는 비왕은 엄청난 고통에 정신을 차리지 못하고 비명만을 질러대며 땅바닥을 굴렀다. 그렇게 굴러다니는 덕분에 비왕의 오른쪽 부위가 땅에 닿아 더욱 고통스러운지 비명 소리는 더욱더 커져 갔다.

왼쪽 어깨의 부상 때문이다. 단월참은 양손을 이용한 최고의 쾌도로 이에 당한 사람은 자신이 죽는지도 모르고 죽는다. 자신의 몸이 이상하다는 걸 깨달았을 때는 이미 신체의 모든 기능이 정지해서 죽어버린 뒤이기에 고통없이 죽을 수 있는 초식이다.

그러나 왼쪽 어깨의 부상 때문에 단월참은 빗나가 버렸고 결국 비왕의 오른쪽 상체부터 하체까지 잘라 버리고 말았다. 단번에 죽었다면 모르되 비왕은 죽는 것만 못한 고통을 느끼고 있을 것이다.

"크아아아!"

"후우……."

난 왼쪽 어깨에서 느껴지는 고통을 참아내며 고통에 몸부림치는 비왕에게로 다가갔다. 노인 공경 사상이 투철한 내가 한참이나 윗대로 보이는 비왕을 저렇게 만든 게 아이러니하지만 그렇다고 가만히 앉아서 내 목숨을 줄 수도 없는 노릇이고 먼저 공격한 건 저쪽이라 정당방위니 괜찮겠지? 이왕 이렇게 된 거 고통이라도 덜어줘야지.

고통이란 건 정말 참기 힘들다. 뜨거운 그 무언가가 내 살을 헤집으며 들어오는, 살이 타 들어가는 것 같은 느낌. 현재 그 고통은 비왕이 더 심할 것이다. 차라리 빨리 목숨을 끊어주는 것이 오히려 비왕에 대한 최후의 배려일 터, 한월이라면 고통없이 갈 수 있으리라 생각한다.

투둑투둑!

조금 전 투결로 보았던 그 비의 결이 이제야 터져서인지 비가 내리기 시작했다. 한 방울 두 방울 내리던 비는 곧 그 굵기와 양을 더해갔다. 차가운 빗방울이 얼굴을 때리며 내 차가운 이성을 깨웠다.

쏴아아아아!

이미 굵어져 빗방울이라기보다는 한때의 짧은 소나기의 차가운 빗물을 맞으며 난 비왕에게로 걸어갔다. 어느새 생긴 물웅덩이를 밟을 때마다 철떡철떡 하는 소리가 들렸다.

방금 전의 그 격렬하던 분위기는 어디로 갔는지 조용하기 이를 데 없다. 숲의 산새들도 도망가 버린 듯 그렇게 고요하다. 비왕의 비명을 제외한다면.

마침내 비왕의 앞에 도착한 나는 오른손으로 한월을 높이 들어 올려 똑바로 세웠다. 한월의 날을 따라 흐르는 빗물조차 한월의 예리함에 잘려 버리기도, 떨어져 버리기도 한다.

우르르! 쾅!

천지를 개벽하는 천둥 소리가 내 귓가에 울려 퍼진다. 음, 이대로 한월을 쳐들고 있으면 위험하겠지? 아무리 한월이 보통 철이 아니라지만 전기는 잘 통할 테고 벼락이라도 맞으면 게임 오버일 것이 거의 확실하다. 몸이 정상이라면 모르되 지금은 최악이라 해도 상관없을 그런 몸 상태다.

일깨워진 차가운 이성은 나로 하여금 전혀 엉뚱한 생각을 하게끔 만든다. 흠, 내 원래 성격이 이랬었지.

"편안히 눈감아라."

창조주의 파편, 인공지능의 수하이며 단지 NPC일 뿐이라 자위해 보아도 마음속의 이 찜찜한 기분은 사라지지 않는다. 지금까지 비상에서 NPC를 비롯한 여러 생명체를 죽여보지 않은 것은 아니지만 이렇게 참수를 하듯 반항도 하지 못하는 상대의 목을 자르려 하기는 처음이다. 마치 내가 망나니가 된 것 같아 나 자신이 두려워진다. 아무런 양심의 가책없이 언제든 똑같은 일을 할 수 있을 것 같아서.

그때 무언가가 내 느낌에 잡혔다. 살기(殺氣)!

퉁! 퉁!

쉐에에엥!

"헛!"

빗물을 뚫고 쏘아져 들어오는 싸늘한 파공음에 난 짧은 기합을 지르며 몸을 뒤로 뺐다. 비왕의 목을 자를 틈도 없이 날아오는 그 무언가는 엄청난 빠르기였고 또 그 속에 담긴 힘은 감히 무시할 바가 아니라 한월로 막기보다는 물러섬을 택했다.

푹!

날아온 것은 한 자루의 암기였다. 화살촉처럼 생긴 그 암기는 변화 같은 걸 무시한 그야말로 속도를 위해 만들어진 것 같은 모습이었다. 또한 그 날카롭기가 대단한지, 아니면 빗물로 인해 땅이 물러진 건지 땅속 깊숙이 박히는 모습이 짐짓 섬뜩하기까지 했다. 누구지?

"누구냐!"

상투적이지만 가장 중심적인 핵심을 찌르는 질문을 큰 소리로 내뱉었지만 대답 대신 난 하늘에서 비와 뒤섞여 무수히 쏟아지는 방금 전과 같은 그 암기를 보아야만 했다. 젠장!

"망월막!"

캉! 캉! 캉!

비록 도강은 걷히고 또한 내가 지쳤다지만 이 정도도 못 막아낼 성싶으냐!

12성에 오른 현월광도의 망월막은 더욱더 정교해져 암기들을 전부 튕겨내고 있었다. 워낙 다급해서 그것이 암기인지 빗물인지 알아보기 힘들었고 가끔 빗물에 암기가 미끄러져 궤도가 빗나가긴 했지만, 그 역시 어렵지 않게 막아낼 수 있었다. 직접적인 공격이면 모르되 이렇게 암기만을 날려선 그 암기의 속도와 힘이 대단하다 해도 쉽게 뚫지 못할 거다.

한차례 쏟아지는 암기의 소나기를 다 막아내고는 우측으로 고개를 돌렸다. 그곳에는 쏟아지는 빗물이 시야를 가려 정확한 모습은 보이지 않지만 네 개의 인영이 서 있었다.

상대의 정체를 파악하기 위해 시야를 집중해서 보자 네 명의 남녀가 서서 나를 바라보고 있었는데 놀라운 사실은 그들 중 잔왕이 섞여 있었다는 거다. 그리고 그보다 더욱 놀라운 사실은 소림사의 승려로 보이는 중까지 그들에 섞여 있었다는 것!

"호오, 제법인걸. 아무리 별로 힘을 싣지 않았다곤 해도 그 많은 암기들을 다 막아내다니 말이야. 허허, 비왕을 그 지경까지 몰고 갈 정도라면 당연한 건가? 음, 기생오라비 같은 도깨비 가면과 은백색의 갑주, 그리고 한기까지 느껴지는 도. 음? 허허, 근데 왜 죽립은 보이지 않는 게지?"

"흘흘흘, 아까 노부의 소벽력탄에 당했다 하지 않았나. 타버렸겠지.

흘흘흘, 근데 조금 전과는 사뭇 기세가 다른데 그새 강해지기라도 했단 말인가? 흘흘흘, 과연 요즘 젊은이들은 빠르기도 하지."

"예끼! 아무리 괄목상대(刮目相對)라지만 자네의 설명과는 너무 차이가 나지 않는가. 설마 비왕이 아무런 저항 없이 저렇게 당했을 리는 없잖은가."

내게 암기를 던진 장본인으로 짐작되는 백발의 노인과 잔왕은 그런 대화를 주고받으며 음산한 웃음을 내뱉었다. 확실히 나도 내가 이렇게 갑자기 강해질 것이라 생각 못했지. 전력을 다했다지만 현월광도와 축뢰공이 극성에 이르지 못했다면 꿈도 못 꿨을 능력이야. 특히 현월광도 제구초 단월참은 현월광도가 12성, 극성에 올라야지만 사용할 수 있는 최고의 초식. 잔왕과의 대결로 현월광도의 12성을 깨우치지 못했다면 절대 쓸 수 없었던 초식이다.

"당신들은?"

"흘흘! 헤어진 지 얼마 지나지 않아 다시 만나는구먼! 난 설마 자네가 그 폭발 속에서 살아 있을 거라곤 꿈에도 생각하지 못했다네."

확실히 죽을 뻔했지. 으드득! 그 생각을 하니 열받잖아!

잔왕은 말을 잠시 멈추고 내 뒤쪽에 있는 비왕을 흘깃 바라보며 말을 이었다.

"거기다 노부의 친우까지 반시체로 만들어놓다니 말이야."

비왕은 고통을 견디지 못했는지 이미 기절해 있었다. 미동은 전혀 없었지만 아직까지 기파가 가라앉지 않고 있는 걸로 봐선 목숨은 붙어 있는 모양이다. 그리고 그런 비왕과 나를 번갈아 보는 잔왕의 눈동자엔 진득한 살기와 또 새로운 장난감을 받은 아이의 눈동자같이 흥분감이 담겨 있는 것 같다.

순간 저들과 나의 승패를 점쳐 본다.

"젠장."

잔왕에겐 들리지 않을 정도로 낮게 읊조리는 욕설.

생각해 볼 것도 없다. 100퍼센트, 완벽한 패배.

현재 몸 상태가 엉망인 데다가 상대는 비왕과 무위의 차이가 거의 없는 자. 그리고 아직 정체를 모르지만 결코 비왕이나 잔왕에 비해 떨어질 것 같지 않은 네 명. 싸우기는커녕 전력을 다해 도망이나 갈 수 있으면 다행이겠다.

젠장, 이거 너무한 거 아냐?

"당신들은 누구인가?"

상대가 대답해 줄지는 미지수이지만 그래도 정체는 알아야 하기에 우선 물어본다. 뭐, 대충 답도 예상된다. 잔왕과 어울릴 이들이라면 창조주의 파편밖에 더 있겠어?

"어머! 목소리 좋네?"

그들의 사이로 나선 것은 몸집이 조금 큰 사람은 써봤자 활용면에서 최악을 달릴 것 같은 작은 우산을 쓰고 몸을 배배 꼬는 육감적인 몸매의 여인이었다. 음, 확실히 매혹적이고 예쁘긴 하지만 왠지 모를 거부감이 느껴진다.

"호호호, 목소리도 좋으니 얼굴도 잘생겼겠지? 잘생겼을 것 같은 동생은 우리들이 누구인지 알고 싶어? 동생은 잘생겼을 것 같으니 이 누나가 우리가 누구인지 친히 가르쳐 줄게. 우린 하늘[天]의 근본[樞]을 따르는 열 명[十]의 제왕[王], 천추십왕(天樞十王)이라고 해."

천추십왕? 그건 또 뭐야?

내가 의문을 갖자 곧바로 그녀가 설명을 이었다.

"여기 중년 파계승이 파왕(破王), 저 폭탄에 미친 변태 늙은이가 잔왕(殘王), 그리고 변태 늙은이랑 죽이 잘 맞는 독에 미친 변태 늙은이가 암왕(暗王), 거기 쓰러져 허덕대는 도둑은 비왕(飛王), 마지막으로 이 아름다우신 누님은 천추십왕의 홍일점, 경국지색 요왕(妖王)이라고 불리신단다! 또 몇 명이 더 있긴 한데 이 정도로만 해둘까?"

어쩐지 이름마다 왕자가 붙어 있다 했다. 그런 의미였나? 천추십왕이라니……. 하늘의 근본을 따르는 열 명의 제왕. 젠장, 그럼 저들과 패왕을 포함해서 비왕과 같은 능력을 가진 이가 아홉 명이나 더 있다는 거잖아! 미치겠군!

"아미타불."

모습이나 풍기는 기도로 봐서 저 파왕이라 불린 파계승은 분명 소림 출신이다. 중도 인공지능에게 넘어가다니… 세상 정말 말세로군.

"음, 인공지능……."

"앗! 동생이 어떻게 그걸 아는 거야?"

헛! 실수했다! 마음속으로 중얼거린다는 게 밖으로 새어 나갈 줄이야. 크윽! 절망이 두 번이나 겹치는군. 이걸 어떻게 넘기지? 노도와의 관계라도 알면… 게임 생활은 끝이로군.

"잔왕, 자네가 가르쳐 줬나?"

"아닐세. 자네도 내 성격을 알지 않는가."

"불호 외에는 말도 잘 하지 않는 파왕이 말했을 린 없고, 역시 비왕뿐인가?"

"비왕은 다 좋은데 입이 너무 싼 것 같아 큰일일세."

둘이서 북치고 장구 치는 잔왕과 암왕의 모습에 난 안도감을 느꼈다. 이거 잘만 하면 노도와의 관계는 안 밝혀지겠군. 더구나 암왕과 잔왕의 대화를 요왕이라 밝힌 여인도 수긍하는 것 같았기에 더욱더 안심되었다.

"흐응, 알고 있단 말이지? 이거 어쩌지? 별수없이 동생은 이 자리를 떠날 수가 없을 것 같네. 아까워, 잘생겼을 것 같은 남자를 죽여야 한다니 말이야."

이거 안심해선 안 될 거잖아!

순식간에 분위기가 돌변하며 그녀는 기를 뿜어내기 시작했고 그녀의 주변으로 몰아치는 기는 떨어지는 빗물마저 몰아내기 시작했다. 요왕이니 요기(妖氣)인가? 어쨌든 대단하군.

"어린것이 저렇게 독기를 뿜으면 무섭다니까."

"그러게 말일세. 말하는 꼬라지를 보더라도 곧바로 알 수 있지 않나. 변태 늙은이가 뭐란 말인가."

"어쨌든 저 무황이란 청년만 불쌍하게 됐구먼. 저 성질 더러운 것을 상대하게 되다니 말일세."

"차라리 그 폭발의 위력으로 죽었었다면 더 나았을 것을 말일세."

일본에서 하는 만담이란 게 저런 것일까? 암왕과 잔왕이 서로 말을 주고받는데 저건 자살 행위나 다름없을 것 같다. 볼 수 있으면 봐라. 어느새 나를 향하던 요기가 방향을 돌려 저 두 늙은이를 향하고 있잖은가.

그러게 사람은 말을 조심해야 한다고. 나만 봐도 알잖아. 방금 말실수 하나 해서 이런 상황에 처한 것만 봐도 말이야.

"둘 다 닥치지 못해!"

"커험, 비는 언제 그치려나?"

"크흠, 이거 잘못하다가는 고뿔이라도 걸리는 게 아닌가 모르겠네."

핏발 오른 요왕의 고함에 두 늙은이는 꼬리를 내리고 깨갱거리고 있었다. 큭! 확실히 무섭긴 무섭다. 미영이와 비슷한 성격이라니……

"오호호호! 그럼 동생 다시 시작할까?"

다시 시작하기는! 지금 내 꼴 안 보이나? 젠장, 몸만 성했어도…….

"걱정 마. 동생이 죽고 나면 동생의 시체는 내가 박제로 만들어서 잘 보관해 둘게!"

더 섬뜩하군. 차라리 그냥 죽이던가. 아! 근데 박제로 보관되어도 내 목숨은 아직 두 개 더 남았으니 박제된 시체는 사라지는 건가? 어떻게 되지? 괜히 궁금하네?

그때 암왕이 무언가 궁금한지 입을 열어서 외쳤다.

"만약 못생겼다면?"

"조각조각 찢어버릴 거야! 오호호호!"

헉! 나, 나 잘생겼나? 아, 자, 잘생겼을 거야. 아니, 잘생겼어야 해.

광기마저 담고 암왕의 질문에 대답하는 요왕의 모습은 내가 열세 살 때 과학 실험 중 미영이가 내 뇌리 구조를 해부해 보고 싶다며 커터칼을 만지작거리다가 결국 내가 기절한 후에야 멈추었던 사건 이후 처음으로 털 하나하나가 곤두서는 것 같은 공포를 느끼게 해주었다.

"오호호호! 간다!"

요왕은 그렇게 외치더니 이상한 모양으로 손을 꼬기 시작했고 그런 요왕의 주위로 요기가 둘러싸기 시작하며 하나의 진을 이루어간다. 술법이구나!

"귀왕령(鬼王靈)! 출(出)!"

캬아아아아!

요기로 이루어진 진 전체에서 뿜어져 나온 도깨비 머리의 영체. 귀곡성을 뿌리며 달려드는 모습이 괴기스럽기까지 했다. 그리고 그 속에 담긴 힘은 의형진기의 수준!

"흡!"

원주미보를 밟으며 급히 뒤로 물러선다. 현재 도기를 뿜어댔다가는 정말 힘이 다 빠져 버릴 것 같기에 최대한 자제하려는 것이다. 그러나 이게 웬일.

귀왕령은 긴 귀곡성을 뿌리며 회선해서 다시 나를 향해 날아오기 시작했다. 저거 유도의 기능까지 있는 거야?

난 선회해서 들어오는 귀왕령을 차마 피하지 못하고 결국 오른손으로 한월을 들어 막았다. 과연 의형지기가 섞이지 않은 도로 저걸 막아 낼 수 있을까?

캉!

"큭!"

다행히 귀왕령은 술법적인 능력보다 물리적인 힘이 강한지 의형지기가 섞이지 않은 한월로도 힘들게나마 막아졌다. 귀왕령 자체의 힘이 장난이 아니라 전신이 욱신거렸다.

캬아아아아!

헉!

귀곡성을 지르며 한월을 흘려보내고 그대로 정면으로 날아오는 귀왕령! 반투명하지만 날카로운 이빨은 속일 수 없었다. 피하기는 늦었어!

난 몸을 비틀며 전력을 다해 오른쪽으로 신형을 날렸고 동시에 감도를 최하로 낮추었다. 비상의 세상에 대한, 내 몸에 대한 이질적인 괴리감마저 느껴졌지만 별수없었다.

"분(分)!"

손가락의 형태를 바꾸며 외치는 요왕. 그리고 그런 요왕의 외침에 귀왕령은 분열하기 시작했다. 이거 갈수록 태산이잖아! 난 급히 조금 남아 있는 기에 대한 통제력을 이용해 한월에 기를 집어넣기 시작했다.

으적!

"큭!"

데굴데굴… 퍽!

난 구르고 굴러 옆에 있던 나무에 부딪쳐 멈추었다. 크윽! 당했다. 설마 저런 방법을 쓸 줄이야. 상체 왼쪽이 허전하여 쳐다보니 왼팔 자체가 떨어져 나가 있었다. 아마 귀왕령의 입속에 있겠지.

피가 줄줄 쏟아지고 있었는데 상체 왼쪽 외에도, 오른쪽 허리에서도 살점이 뜯어져 나가 갈비뼈가 보이는 게 엄청난 중상 같았다. 그나마 감도를 최하로 낮춰서 다행이지 그렇게 하지 않았다면 고통으로 까무러쳤을 것이다. 그래도 감도가 낮춰지는 반응 속도가 늦어 미미한 고통이 느껴지는데 정말 더러운 기분이었다.

아무리 정상이 아니라지만, 아니, 거의 걸레나 다름없었다지만 이렇게까지 쉽사리 당하다니……. 이건 걸레나 다름없는 게 아니라 완전 걸레잖아!

"오호호호! 그 몸으로 귀왕령의 공격에서도 살아남다니 대단한데, 동생?"

귀왕령의 영체를 거두고 날 향해 다가오는 요왕을 보고서도 난 움직일 수가 없었다. 이미 조절이 안 될 정도로 망가진 몸이다. 감도를 극도로 올렸다면 모르되 이렇게 감도를 최하로 낮춘 상황에서는 의지만으로 신체를 움직여야 하는데 의지로 몸을 움직이기엔 너무나 처참히 망가져 버렸다.

젠장, 적을 눈앞에 뻔히 두고 반항도 못한다니…….

그나마 오른팔이 남아 있는 것도 순간적으로 도기를 뿌려 두 개로 분열된 귀왕령 중 오른쪽 허리를 물어뜯은 하나의 영체를 없애 버렸기에 남아 있는 거다. 그러나 이젠 도기를 뿜을 힘도, 몸을 움직일 의지력도 없다. 정녕 이렇게 죽는 건가?

"오호호호! 동생, 미안하지만 이제 죽어줘야겠어. 아니, 그 얼굴이 궁금하니 먼저 가면부터 벗겨볼까? 잘생겼다면 조금이라도 더 살려줄 수도 있어."

잘생긴 남자한테 한 맺혔나? 왜 저렇게 잘생긴 남자만 찾는 거야! 생각은 그렇게 해도 본심은 요왕의 마음에 들 정도로 잘생겨서 조금 더 살아남았으면 좋겠다라는 생각이 든다. 아, 너무 비굴한가? 하지만 시간이라도 벌면 어떻게 방법이라도 나올 수 있을지 모르잖아!

난 너무나 무력한 나 자신을 한탄해하며 백면귀탈을 벗기려는 요왕의 손길을 거부할 수 없었다. 음, 이렇게 말하니까 좀 이상하네. 어쨌든! 죽을 수 없어!

웅성웅성.

사예가 떠난 비무장은 너도나도 웅성대는 소리에 점점 시끄러워지고 있었다. 그리고 그건 사예 일행도 예외가 아니었다.

"도대체 어떻게 된 거지?"

무진은 비무장의 벽을 넘어 사예가 사라진 방향을 바라보며 말했다.

자기 자신은 아니지만 친구가 최고의 비무를 가진다는 것에 은근히 자부심마저 가졌던 무진이었다. 그런데 그런 비무 도중 갑자기 사예가 사라지자 어안이 벙벙할 수밖에 없는 노릇이었다.

"누구 아는 사람 없어?"

그러나 무진의 대답을 잇는 것은 침묵뿐이었다.

당연히 그들로서도 사예가 사라진 이유를 모르기 때문이다. 이미 단엽도 비무장을 벗어나 사예가 사라진 곳으로 사라졌다. 그도 사예에겐 소림사를 믿는다고 했지만 소림사가 걱정되기에, 또 사예를 뒤쫓기 위해 그렇게 비무장을 벗어난 것이다.

그렇다면 자동적으로 투귀의 우승이어야 하는데 그것도 아니었다. 투귀 역시 그들이 사라지는 그때와 비슷한 시각 사라졌다고 누군가 비무대회 관계자 측에 보고를 했기에 비무에서 패한 이들에게 우승을 줄 순 없는 노릇이라 비무대회의 우승은 유야무야 되어가고 있었다.

그런 상황을 들으며 당황해하고 또 실망해하는 것은 비무를 지켜보던 관중들이었다. 어떤 이들은 소림사로 상황을 살피러 내려가기도 했고 어떤 이들은 계속해서 관중석을 지키고 있었다.

제대로 된 상황을 모르기에 관중석을 지키고 있는 인물들에 사예의 일행도 포함되어 있었다.

그때 지금까지 침묵만을 지켜오던 여원이 입을 열었다. 여원은 사예와의 비무로 입은 상처가 다 치료되어 멀쩡한 모습을 하고 있었다.

"혹시……."

"혹시?"

"혹시 말이야, 소림사에서 일어난 사건이 그 인공지능이란 존재와 관련이 있지 않을까?"

"뭐?!"

무진은 그게 무슨 말이냐는 듯 고개를 갸웃거리며 되물었고 일행의 시선은 여원에게로 집중되었다.

"효민이, 아니, 사예가 말했잖아. 이곳 비무대회에 참가하러 꼭 와야 하는 이유가 인공지능 때문이라고."

"그건 비상의 고수들에게 인공지능의 존재를 알리고 도움을 청하려고 했던 것 아니었나?"

질문을 제시한 것은 장염이었다. 장염 역시 사예와의 비무에 꽤 큰 상처를 입었지만 지금은 완치가 되어 얼마 전까지 큰 상처를 입었던 사람으로 생각 못할 정도였다.

그 역시 사예에게서 인공지능에 대한 얘기와 또 왜 이곳에 와야 했는지에 대해 듣긴 했지만 단순히 무황이란 이름을 빌려 다른 고수들에게 도움을 요청하려고 하는 줄 알고 있었다. 그건 장염뿐만이 아니라 일행의 모든 이들이 그랬고 그런 생각에 여원이 이의를 제기한 것이다.

"그것만이라 하기엔 이상합니다. 무황이란 이름을 이용하기엔 너무나 큰 도박이 아닐까요? 차라리 천군이나 혈존, 그리고 검성으로 이름을 얻고 있는 쥬신제황성 사람들의 힘을 빌리는 게 더 낫지 않았을까요? 그리고 사예가 그걸 생각하지 못했을까요?"

과연 생각해 보니 이상한 점이 한두 가지가 아니었다. 장염이 잠시 생각에 빠지는 동안 이번엔 치우가 입을 열었다.

"단순히 비무를 즐기러 올 확률은?"

"20퍼센트가 채 되지 않습니다. 사예가 제가 아는 사예라면 말입니다."

사예는 싸움을 좋아하지 않는다. 싸울 때도 그 싸움을 즐기는 게 아니라 자신을 보호하기 위해서, 무언가를 지키기 위해서, 그렇게 어쩔 수 없이 싸우는 게 대부분이다. 요즘 들어선 대련에 제법 흥미를 느끼는 것 같지만 그렇다고 정체까지 숨기며 비무대회에 참석해 고수들과 접전을 벌일 만큼 사예는 싸움에 미치지 않았다.

여원은 그런 사예를 생각하며 말했다.

"내 생각도 자네의 생각과 일치하네. 아무리 봐도 이상한 점이 한두 군데가 아니야. 그리고 이 소리의 음향과 파공으로 미루어보아, 이건 화약의 폭발로 일어나는 것이라고 생각되네. 소림에서 화약을 이용할 리 없으니 결국 다른 이가 침입했다는 것인데 그 누가 감히 무림의 태산북두라는 소림에, 그것도 비상의 거의 모든 최고수들이 모인 이때 태연히 침입해 소림을 난장판으로 만들겠나. 아마 인공지능이란 존재의 짓일 걸세."

디다의 말은 여원의 말을 정리한 것이었다. 그러나 그 정리한 말은 누구나 알아듣기 쉬웠고 그에 일행은 모든 상황이 이해가기 시작했다. 잠시간의 침묵 후에 그들 중 처음으로 입을 연 것은 상황을 주시하고만 있던 공아였다.

"단엽과의 비무 도중 소림에서 폭발이 일어났고 그것이 인공지능의 짓이라는 것을 어떠한 경위로 알아낸 사예는 비무를 포기하고 인공지능을 막기 위해 소림으로 달려갔다 이건가? 이거 우리 사장도 바쁘게 쏘다니는구먼."

공아의 말속엔 장난기가 들어 있었지만 그의 표정은 진지했다. 이미 인공지능이란 존재에 대해 전해 들은 바가 있기에 그런 것이다. 비상을 이루는 세상의 통치자. 모든 NPC의 근원. 비상 그 자체.

결코 상대하려고 마음먹어서 상대가 가능한 적이 아니었다. 인공지능은 제쳐 두더라도 창조주의 파편도 제대로 상대하기 힘든 것이 사실이었다.

"마, 만약 정말 그렇다면 이러고 있을 수 없잖아요. 어서 효민이를 찾아 그를 도와줘야 해요."

"맞아요. 저번에 얘기해 준 대로라면 창조주의 파편이란 NPC가 두 명 이상 모이게 된다면 승패를 짐작할 수 없다고 했어요. 이 소림에 설마 NPC가 한 명만 달랑 쳐들어왔겠어요?"

일리가 있는 말이었다. 일행은 솔하와 사미의 말을 듣고는 모두 한곳을 쳐다보았다. 그들이 쳐다보는 곳엔 디다와 비마, 그리고 천진랑이 있었다. 현재 이들의 리더 격이라면 이 세 명이지만 그중에서도 쥬신제황성의 성주라는 천진랑의 말을 최우선시 해야 했다.

여원을 위시한 효민의 친구들은 자기들끼리만 나설 수 있었지만 쥬신제황성의 문원들은 문주의 지시가 있기 전엔 함부로 행동하지 못했고 그렇다고 여원 일행만 사예를 도와주러 가봤자 별로 힘이 못된다는 걸 알고 있기에 천진랑의 의견을 따르려 하는 것이었다.

그들의 시선을 받은 천진랑은 가만히 관중석에 마련된 의자에 앉아 눈을 감고 있었다. 시간은 정처없이 흘러가는데 천진랑의 결정은 느리기만 했다. 그런 천진랑의 침묵을 견디지 못하고 결국 무진이 나섰다.

"어서 가야 합니다!"

"가서? 어쩔 건데? 겨우 현무 비무대회에서 우승한 것 가지고 절정고수들인 장염과 서백조차 일 대 일로는 이기지 못했다는 창조주의 떨거지들을 상대할 수 있다고 생각하는 건 아니겠지?"

천진랑은 가만히 앉아 있던 모습에서 눈을 반개하곤 낮게 읊조렸다.

"그럼 어쩌자는 겁니까? 이대로 가만히 있으란 말입니까? 당신들에게 사예, 아니, 효민이는 별거 아닐지 몰라도 우리에겐 소중한 친구란 말입니다, 친구! 정 안 가겠다면 저희들끼리라도 가겠습니다."

"친구 따지며 도와주러 갔다가 도움은커녕 방해만 되지 않으면 다행일 거라고 생각되는데? 뜨거운 감성으로 생각하려 하지 말고 차가운 이성으로 생각해. 지금 너희들이 그곳에 가서 뭘 할 수 있다고 생각하나? 창조주의 떨거지들 뒤통수치기? 반격이나 당하지 않으면 다행이게? 사예의 서포터즈? 차라리 없으니만 못할 텐데?"

"크으!"

자존심이 상하는 말이다. 친구에게 아무런 힘이 되지 못한다니……. 설사 게임 속에서의 일이지만 비상이란 게임은 누구나 즐겨 보면 그 깊이를 알게 된다. 쉽게 버릴 수 있는 목숨이 아니다. 다른 세상의 새로운 나다. 또 다른 나다. 그런 내가 죽는다고 생각해 봐라. 견딜 수 있겠는가?

지금 사예가 그런 위기에 처해 있을지도 모른다. 그러나 자신은 아무런 힘이 되지 못한다. 이런 무력감이, 빌어먹을 무력감이 잔인하게 무진의 마음을 유린하고 있었다.

그때 그런 둘의 사이로 디다가 중재에 나섰다.

"진정하게, 진정. 이 친구가 말은 이래도 가장 이성적으로 생각하기에 말투가 차가울 수밖에 없다네. 그리고 아무리 그렇다지만 자네도 그 말은 너무 심했어."

"음, 그런가? 미안해. 하지만 아무리 생각해 봐도 뚜렷한 방법이 없는걸."

"저도 언성을 높인 점 죄송합니다."

서로가 잘못을 인정하며 물러났고 디다는 그 뒤에 찾아오는 어색함을 다른 곳으로 돌려 버리려 했다.

　"그럼 어떻게 해야 하겠나."

　"사례를 구하러 간다."

　"에?"

　"뭐라고요?"

　지금까지 말했던 것과는 전혀 다른 답. 굳은 결심을 한 듯 두 손까지 주먹을 꽉 쥐고 말하는 천진랑의 모습은 결연의 의지까지 느껴졌다. 갑자기 말을 바꾸는 천진랑의 모습에 일행만 황당할 뿐이고.

　"방금 전엔 가면 안 된다 하지 않았나?"

　"그거야 냉정한 이성으로 판단한 거고, 난 이성보다 감성이 더 마음에 들거든. 친구, 동생이 위험에 처했다는데 냉정한 이성이 밥 먹여준다냐? 안 그래?"

　무진에게로 살짝 눈을 찡긋거리며 천진랑은 말을 이어 나갔다.

　"이의없지? 이의없는 자는 손 내리고 이의있는 자는 팔을 720도 회전시킨 뒤 공중에서 물구나무선 후 팔을 올리도록. 좋아, 아무도 없군."

　상황을 모르는 누군가가 들었다면 '그걸 할 수 있다면 그건 이미 괴물이야!' 라고 외칠 만한 말을 내뱉으며 천진랑은 그렇게 결정했다.

　"자, 그럼 가자!"

　"네!"

　일행은 자신의 짐을 챙겨 비무장 밖으로 나왔다. 이미 상당히 시간이 지체되었고 어떤 상황으로 전개되었을지 짐작이 가지 않기에 조금이라도 더 일사불란하고 빠르게 움직이고 있었다.

비무장에서 한참을 벗어나 소림사가 지척으로 다가오고 있었다. 소림사에 도착하기 전 지나야 하는 숲. 그 숲을 통과하고 있을 때 천진랑이 디다에게 말을 꺼냈다.

"근데 신녀는 어떻게 됐나?"

초은설은 사예가 사라지자 그를 뒤쫓겠다며 푸우를 데리고 사라지고 말았다. 그를 잡지 못하면 잠시 후 돌아올 것이라 했으니 지금쯤이면 돌아왔어야 했건만 아직 소식이 없는 것이다.

"아직 돌아오지 않았네."

"음, 어떻게 사예를 찾아가지? 사예의 애완동물인 그 곰이라도 있었으면 냄새라도 맡게 해서 찾아갈 수 있을 텐데. 역시 혼자 보내는 게 아니었나?"

"후회는 아무리 빨라도 늦은 법이지. 우린 계속 가고 보세나. 사예의 애완동물인 그 곰이 보통 영특한 게 아니니 우릴 알아서 찾아올 걸세. 그래도 안심이 안 된다면 소림사에 우리 일행 중 한 명을 남겨두고 가면 되겠지. 우리가 갈 행선지를 미리 정해놓고 말일세."

"흠……."

디다와 천진랑이 적절한 방안을 토의하고 있을 때 비마가 경고를 하듯 낮게 말했다.

"누군가 온다."

"응?"

비마의 말대로 천진랑도 정신 집중을 하고 주변을 살피니 누군가 오는 것이 느껴졌다.

'딴 곳에 정신을 너무 팔았군. 비마가 발견하는데 난 발견하지 못했다니……'

천진랑은 쓴웃음을 지으며 누군가 다가오는 방향을 향해 시야를 집중했고 곧 그곳에서 그림자가 보이기 시작했다. 나타난 이들은 일수일녀(一獸一女)라는 특이한 동행이었다.

"아! 저들은?"

"여기 계셨군요."

나타난 일녀일수는 말하지 않아도 알겠지만 초은설과 푸우였다. 돌아온 그녀는 무척 피곤한지 살짝 비틀댔지만 그래도 땅에 발을 굳게 붙이며 인사말을 건네었다.

"역시 그 곰의 코로 찾아온 겐가?"

"네."

"그럼 사예의 행방도 찾을 수 있겠지?"

"푸우의 주인은 사 공자이니까요."

"좋아."

천진랑은 다시 고민을 하기 시작했다.

소림사에 들러 무슨 일인지 확인할 것인가, 아니면 바로 사예를 찾아갈 것인가.

소림사에 들러 무슨 일인지 확인한다면 현재 상황에 대한 정보와 함께 인공지능의 개입 유무를 점쳐 볼 수 있을 거고 사예를 바로 찾아간다면 사예에게 일어날 수 있는 불상사의 확률이 좀 더 낮아진다.

그렇게 고민을 하고 있는 진랑의 시야에 조금 전과는 달리 매우 침착해진 무진이 눈에 들어왔다. 그는 믿고 있다. 사예를, 효민을, 친구를.

'그래, 사예를 믿자. 장염까지 꺾은 무황이란 비상 최고수 중 하나다. 쉽게 당할 리가 없어.'

"소림사로 가자."

천진랑은 결국 소림사에 먼저 가기를 택했다.

소림사에 거의 다 도착한 데다가 또한 정보의 중요성을 알기에 택한 선택이었다. 천진랑은 사예의 무위에 희망을 걸 수밖에 없었다. 소림사에서 무슨 일이 일어난 것인지 정확히 안 후 행동을 한다면 사예에게도 더욱 도움을 줄 수 있으리라고 생각하며 천진랑을 위시한 나머지 일행은 더욱더 빨리 발걸음을 놀렸다.

"이게 대체……."

"심하군."

"대단해."

그들이 소림사에 도착해서, 아니, 주변에 접근하면서 가장 먼저 느낀 것은 코를 찌르는 화약 냄새였다. 그들은 화약 냄새의 주원지를 찾아 이동했고 마침내 그곳을 찾아낼 수 있었다.

대기를 태우는 불꽃. 그들이 도착한 곳에는 엄청난 폭발로 인해 여기저기에 불이 붙어 화염의 미를 창조해 내고 있었으며 바닥은 폭발의 후유증으로 움푹움푹 파여서 볼품없어 보였다. 바로 사예가 잔왕과 싸운 자리였다.

"이곳에서 전투가 있었나 보군."

시신이라도 남아 있다면 더욱 확실히 알 수 있겠지만 시신은 일정 시간이 지나면 없어져 버린다. 따로 어떠한 독특한 방식을 사용해서 시신을 저장하지 않는 한 시신은 비상 안에서 존재할 수가 없게 되어 버리는 것이다. 그 장소는 사예와 잔왕의 격돌로 시체들이 너무 많이 타버린 것도 있지만 시신의 보존 시간이 지나서 사라진 게 대부분이었다.

그래도 몇 가지 남아 있는 전투의 흔적들로 엄청난 전투가 치러졌다는 것을 암시해 주었다.

"이런 파괴력이라니……."

너무 놀라 입이 다물어지지 않을 정도다.

구덩이가 생성되어 있었다. 직경 30미터는 될 법한 거대한 웅덩이. 자연적으로 생긴 것도, 그렇다고 누군가 인위적으로 만들었다고 해도 쉽게 믿을 수가 없다. 이 정도의 구덩이를 파려면 족히 몇 시간은 걸릴 테니까.

그러나 일행은 구덩이의 이유를 쉽게 알 수 있었다. 주변이 초토화되어 있는 이유와 똑같은 이유이므로.

"폭탄이 대단한 건 이미 알고 있었지만 설마 비상에서까지 이런 위력일 줄이야……."

"아마 여러 개의 폭탄을 중첩해서 사용했을 것이네. 하나의 폭탄 화력과 다른 폭탄의 화력이 어우러져 더욱 큰 폭발력을 만들었고 또 다른 폭탄 역시 그에 휩싸이게 된다면 이런 구덩이가 만들어질 수 있다고 보네."

"신녀, 사예의 행방은?"

천진랑은 초은설에게 그렇게 물었고 초은설은 푸우를 잠시 바라본 뒤 대답했다.

"정반대로 이어져 있대요."

"그렇다면 사예가 이 폭탄에 당한 건 아닐 테고… 아참! 근데 그 곰이랑은 대화가 가능한 거야? 어떻게 알아들어?"

"푸우는 영수(靈獸)예요. 제 말을 다 알아듣고 말은 하지 못하지만 다른 방법으로 제게 표현하죠. 예를 들어……."

"아아, 됐어. 그렇게 정확히 알 필요는 없고, 거참 신기한 녀석일세."

천진랑은 마치 동물원을 처음 와본 어린아이 같은 눈빛으로 푸우를 바라보았고 푸우는 예의 그 티꺼운 표정을 지으며 천진랑을 마주 째려봤다.

볼수록 신기한 녀석이다. 주인이 평범하지 않으니 그의 애완동물이라고 평범하겠냐마는 이건 정도가 심했다. 정체조차, 그 능력조차 알 수 없으며 대충 파악해 본 능력으로는 장염과 맞붙을 수 있을 정도라니…….

처음엔 단순한 곰탱이로 생각했던 천진랑은 요즘 푸우가 너무 신기했다.

"그건 그렇고 날씨가 좋지 않군."

천진랑은 푸우의 티꺼운 표정에 고개를 돌려 하늘을 바라보았다. 먹구름이 잔뜩 끼어 있어 당장에라도 비가 쏟아질 것만 같았다. 좋지 않은 타이밍이다. 안 그래도 악조건인 이 상황에 비까지 온다면? 최악의 상황이다.

"우선 사예부터 찾아야겠군."

대충 이곳의 상황으로 벌어졌던 일이 예상되었다. 아마 적이 쳐들어와 소림을 쑥대밭으로 만들어놓고 있는데 사예가 막았으리라. 그리고 사예는 도주하는 적을 쫓아갔을 것이다. 현재 소림의 상황만을 봐도 알 수 있다.

이곳이 소림의 외곽 쪽이라 아무리 출입이 자유롭다지만 자신들을 막는 소림승을 볼 수가 없었다. 그만큼 소림으로서도 좋지 않은 상황일 테고 그만큼 이 일이 심각하다는 것을 뜻했다.

"이거 점점 일이 커져 가는 것 같은데?"

"이미 우리가 끼어든 이상 작은 일이 아닌 거다."

"이미 발을 들여놓은 상태이니 빼기도 쉽지 않을 걸세."

천진랑과 비마, 다다가 한마디씩 늘어놓았다. 천진랑은 고개를 돌려 초은설을 바라보았다. 초은설은 설청화의 치료를 받으며 푸우에 기대어 잠시 쉬고 있었는데 그런 그녀의 모습은 매우 지쳐 보였다.

그럴 만도 한 게 초은설의 신법으로 사예를 추적한다는 건 쉽지 않았을 것이다. 더구나 사예가 어떻게 되었을지도 모른다는 불안감에 그런 마음은 더욱더 가중되어 갔고 결국 탈진의 사태까지 벌어질 수도 있었다. 다행히 그전에 일행을 만났고 또한 비상에서도 수준 높은 실력을 가진 그녀인지라 지금까지 버틴 것이었다.

천진랑도 그런 그녀에게 계속 말을 걸기 미안했지만 지금은 시간이 없었다.

설청화와 초은설에게로 다가간 그는 우선 설청화에게 말을 걸었다.

"신녀의 몸 상태는 어때?"

"최악이에요. 체력이 거의 바닥났어요. 체력 회복 단약을 먹이면 회복되겠지만 그것도 한두 번이고 최고급 체력 회복 단약을 쓴다고 해도 몇 번 더 늘릴 수 있을 뿐이에요. 기본적인 체력이 회복되지 않는 한 그 체력마저 아주 빠른 속도로 감소될 테고 결국 상황은 점점 더 나빠질 거예요."

설청화의 말은 솔직히 천진랑에겐 의외였다. 초보 때는 몰라도 고수가 되면 체력은 거의 무시가 가능한 능력치였다. 기본적으로 높은 내공이 있는 데다가 다른 능력치의 수행으로 체력 역시 늘게 되어 있었고 체력 회복 단약이란 아이템도 있으니 가장 만만한 능력치라 봐도 무방한 것이 체력이었다.

더구나 천진랑은 비상의 최고수 중 한 명. 체력으로 인해 고생할 때는 이미 지나도 한참이나 지나 있었기에 체력은 어느새 잊고 살았었다.

그렇다고 초은설이 약한 것은 아니었다.

주변의 사람들이 워낙 한계를 뛰어넘은 고수들이라서 그렇지 초은설도 비상 최고수 중 하나였기에 그런 그녀가 체력 때문에 힘들어한다는 것은 어느 누구에게나 의외라는 생각을 갖게 만들었다.

"체력?"

"도대체 어떻게 했기에 이런 고수가 체력 때문에 이렇게 시달리는지……."

설청화도 쉽게 이해가 되지 않는 듯했다. 그러나 초은설은 불과 얼마 전만 해도 패왕에게 심각한 내상을 입었었다. 며칠간의 운기로 내상이 치료되긴 했지만 내상은 치료만 하면 바로 낫는 것이 아니라 오랜 시간 동안 두고두고 약간의 제한을 두기 때문에 초은설의 체력이 부족한 것이었다.

천진랑은 설청화의 푸념을 듣고는 다시 고민이 되었다.

시간은 없다. 현재 사예의 상태를 모르기도 하지만 곧 비가 올 테고 그럼 추적은 더 어려워진다. 그렇다고 체력이 바닥인 초은설을 닦달할 수도 없고 빼놓고 갈 수도 없다. 누군가 푸우와 대화가 가능한 사람이라도 있으면 모르지만 그것도 아니었다.

그런 천진랑의 마음을 눈치 챘는지 초은설이 자리에서 일어나며 말했다.

"후우, 이제 괜찮아요. 어서 가요."

"괜찮기는 뭐가 괜찮아. 지금 아무리 체력 회복 단약을 먹었다고는 해도 기본 체력이 회복되지 않는 이상 빠르게 감소될 거란 말이야. 여기가 아무리 게임 속이고 내가 아무리 게임 속의 의녀라지만 이대로 움직이게 둘 수는 없어."

설청화는 절대 안 된다며 사나운 눈초리를 천진랑에게 보냈다. 정말 이대로 움직이게 놔둘 거냐는 물음이었다. 설청화는 자신의 여동생 격인 초은설을 이대로 내버려 둘 수가 없었다.

"음, 신녀?"

"아, 은설이라고 부르세요."

"좋아, 은설 양."

"네."

"체력이 부족하다면서 움직일 수 있겠어?"

천진랑은 거두절미하고 본론부터 들어가 핵심을 물어왔고 초은설은 그런 천진랑의 물음에 당연하다는 듯이 대답했다.

"네, 움직일 수 있어요."

"그래? 그런데 움직이는 것만 할 줄 알아서 뭐 하게?"

"네?"

천진랑의 질문이 의외여서일까? 초은설은 영문을 모르겠다는 표정을 지었고 곧바로 천진랑의 말이 이어졌다.

"내 말은 움직이는 것만으로도 힘든데, 겨우 움직일 수만 있다고 해서 우리에게 도움이 되는 게 뭐냐 이거야."

"……."

"잘 알겠지만 지금은 한시가 급해. 내가 말하고 있는 이 시점에도 사예가 무슨 일을 당하고 있을지 몰라. 그래서 빨리 움직여야 해. 그런데 현재 가장 방해되면서 가장 필요한 인물이 은설 양이야. 겨우 움직일 수 있다고 해서 우리들의 속도를 맞출 수 있다고 생각해? 한 번 이동하면 쉴 틈 없이 계속 움직여야 해. 언제 비가 올지 모르고. 만약 사예와의 거리를 좁히지 못하고 비가 내린다면 저 곰이 아무리 뛰어나다고 해도 신이 아닌 이상 사예를 찾기란 요원한 일이야. 그런데 그런 길을 따라오겠다고?"

초은설은 천진랑의 질문에 아무런 대답을 하지 못했다. 구구절절 옳은 말이었다. 아무리 초은설 자신이 비상의 최고수 급이라 해도 천군 천진랑이나 혈존 비마에 비해선 떨어지는 게 사실인 데다가 알려지지는 않았지만 현자 디다도 천진랑과 비마와 맞먹는 무위를 가지고 있었으며 또한 검성 장염을 비롯해 모든 쥬신제황성의 사람들도 초은설과 비슷한 실력을 가지고 있다.

더구나 초은설은 체력이 부족해 완전한 제 힘을 내지 못할 정도이니 어쩌면 현재 일행 중에서 가장 약한 사람인지도 모른다.

그런 그녀가 그들을 따라간다고 해서 도움이 될 수 있을까?

"우리에게 도움이 될 수 있어?"

진랑이 대답을 촉구했다. 다시 한 번 말하지만 지금은 시간이 없었다. 이런 말을 하는 것도 어쩌면 사치일지 몰랐다.

"네, 도움이 될 거예요. 꼭!"

초은설의 말속엔 반드시 그러하겠다는 진심이 담겨 있었다. 그리고 천진랑은 그걸 볼 수 있었다.

"그래? 그럼 좋아, 가지."

"사부님!"

"아아~ 청화야, 본인이 가고 싶다는데 그럼 어떻게 하냐. 움직이지 못할 정도로 캐릭터를 망가뜨려 놓을 수도 없는 법이고 말이야."

"그래도 은설은 아직 움직이면 안 된다고요!"

천진랑은 절대로 안 된다며 눈에 불을 켜고 달려드는 설청화를 보고는 곤란한 표정을 지었다. 자신이 가고 싶다는데 어떻게 하리.

"은설 양이 가선 안 되는 이유가 뭐냐?"

"은설의 심정으로는 우리에게 도움이 되고 싶겠지만 이대로는 도움은커녕 방해만 되는 게 사실이잖아요. 그리고 은설의 캐릭터가 위험하다고요."

"그러니까 네 말은 은설의 캐릭터가 정상이 아니라 안 된다 이거지?"

"네."

"좋아, 그럼 이거면 되겠네."

천진랑은 태연히 말하며 품속에서 작은 목곽을 꺼내어 들었고 그 목곽의 의미를 아는 설청화의 눈은 점점 더 커져 갔다. 목곽을 보고 눈이 커진 것은 설청화뿐만이 아니라 디다와 비마를 제외한 목곽의 의미를 알고 있는 쥬신 전체였다.

"그건?!"

"태극단(太極丹)이야."

"역시!"

태극단. 천진랑이 자신의 절정무공을 발견할 당시 발견한 단환으로 모든 능력치의 일정량 상승과 동시에 모든 상태 회복의 능력을 지닌 최고의 단환 중 하나였다.

당시 천진랑은 이미 최고수 중 하나였기에 영약의 힘을 빌릴 시기는

지났고 그래서 아껴두자는 심산에 지금까지 보관해 왔던 것이었다. 그런데 그런 귀물을 서슴없이 초은설에게 주다니…….

"어차피 신외지물(身外之物)이야. 내가 쓰지도 못하고 너희들이 써 봤자 별로 도움도 안 될 거 이런 일에 쓴다고 해서 아깝지는 않겠지. 아, 솔직히 조금 아깝기는 하지만 고수 한 명 한 명이 부족한 이때에 사용하는 것이 가장 적절하겠지."

확실히 천진랑과 비마, 디다는 제외하더라도 쥬신 일행이 사용해 봤자 별로 도움은 되지 않을 영약이었다. 대단한 영약이라 섭취하게 되면 도움은 되겠지만 그것도 태극단의 본래 묘용에 비하면 아주 조금밖에 되지 않는 것이었다.

초은설이 정상이었다면 그녀 역시 마찬가지로 많은 효과를 보지 못했겠지만 기본 능력이 많이 떨어진 지금이라면 엄청난 효과를 볼 수 있을 것이었다. 그리고 그 효과는 원상태로 돌아가서도 계속 유지가 되어 적어도 지금의 능력보다는 두 단계는 훨씬 뛰어넘어 있을 것이었다. 어쩌면 천진랑과 비마, 디다의 능력에 근접할 수 있을지도 몰랐다.

초은설은 태극단이 대단한 영약인지 잘 알지 못했지만 분위기상으로 보아 엄청난 영약일 것이라 짐작하고 곧 난처한 기색을 지었다.

"괜찮아요. 그런 귀한 것을 어떻게 염치도 없이 넙죽 받을 수 있나요. 전 이대로도 괜찮아요."

"어허! 청화의 말대로 방해만 되고 싶은 거야? 아무리 도움이 되겠다지만 그 몸으로 해서 과연 얼마나 도울 수 있을 거라 생각해? 잔말 말고 받아. 은설 양을 위해서가 아니라 인공지능이란 존재와 싸워야 할 우리의 전력을 늘리기 위해서이니까."

"하지만……."

"얘! 잔말 말고 빨리 먹어!"

휘익!

"흡!"

설청화의 손이 번개같이 움직여 천진랑의 손에 쥐어져 있던 목곽을 빼앗고는 목곽을 열어 그 즉시 고이 보관되어 있는 하나의 검은색 단약을 초은설의 입으로 집어넣고는 그녀의 목을 살짝 쳐버렸다.

자의는 아니지만 졸지 간에 엄청난 영약을 먹게 된 초은설은 입 안에서 퍼지는 청아한 향기를 느낄 수 있었다.

"뭐 하니! 어서 운기조식을 해. 영약의 기운을 다 날릴 셈이야? 이왕 먹었으니 최대한 영약의 기운을 받아들여야 할 거 아니야."

"아, 네. 네."

설청화의 협박 아닌 협박에 초은설은 별수없이 운기조식을 취할 수밖에 없었고 그런 장면을 천진랑은 멍하니 바라볼 수밖에 없었다. 초은설이 운기조식에 들어가고 무아지경에 빠져 들어가자 설청화는 한시름 놓았다는 듯 이마의 땀을 소매로 훔치며 그때까지도 멍하니 그녀들을 바라보고 있던 천진랑에게 입을 열었다.

"사부님, 아무리 태극단이 최고의 영약이라 하더라도 흡수되는 데 시간이 조금 걸릴 테고 그건 운기조식이 풀어져서도 마찬가지일 거예요. 그동안 은설은 걸을 수는 있어도 뛰지는 못할 텐데 이대로 괜찮을까요?"

"아? 아, 음. 괜찮아. 이동은 저 곰에 태우고 가면 되니까. 굉장히 푹신푹신해 보이는데?"

천진랑은 설청화의 물음에 제정신을 차리고 푸우를 가리키며 그렇게 말했다. 푸우는 공기 중에 날아다니는, 폭발의 여파로 생긴 연기를 잡으려 거대한 몸집을 이리저리 뒤뚱대며 걸어다니고 있었다.

"그럼 되겠군요."

"어쨌든 은설 양이 깨어나려면 조금 시간이 있으니까 잠시들 쉬라고. 설마 그동안 사예에게 무슨 일이야 생기겠어?"

"네!"

이구동성으로 대답한 일행은 각자 자리에 앉아 휴식을 취하기 시작했다. 그들로서도 앞으로의 이동은 벅찰 것이 틀림없음에 이렇게라도 미리 휴식을 취해두자는 의도였다.

천진랑도 자리에 앉아 쉬려고 할 때 디다가 다가와 옆에 앉았다.

"자네가 설마 태극단까지 쓸 줄은 몰랐네."

"음? 그래? 왜들 그렇게 보는 거야? 난 뭐 착한 일을 하면 안 되나?"

"그것만은 아닌 것 같은데?"

그들의 대화에 끼어든 것은 비마였다. 어느새 비마도 왼쪽 허리에 매달아놓은 붉은색 도갑을 철그럭거리게 땅에 놓으며 자리에 앉았다.

이미 오랜 시간을 같이해 온 친구들이다. 표정 하나, 목소리 하나를 보더라도 서로의 생각을 알 수 있는 지경에까지 오른 것이다. 그만큼 그들의 우정은 돈독했고 이렇게 서로 대립되는 존재일 수도 있으면서 지금까지도 함께하는 것이었다. 그리고 그들은 천진랑의 의도를 언뜻 알 수 있었다.

"음, 확실히 이렇게까지 사예를 도와주려는 이유는 그를 우리 쥬신에 가입시키기 위해서라고도 할 수 있지."

"하지만 사예는 이미 거절했지 않은가."

"그러니까 이렇게 태극단까지 써대며 사예를 도우려는 거야. 사예 자신을 돕느라 우리의 지출이 이렇게 큰데 감히 우리의 제안을 거절할 수 있겠어?"

"그런데 그렇게까지 해서 사예를 쥬신에 가입시키려는 이유는?"

비마의 질문에 천진랑은 살짝 미소 지으며 말을 이어갔다.

"재미있을 것 같잖아. 무황이란 미지의 존재가 우리 문파원이라. 그리고 보통 사람들은 알 수 없는 특이한 임무를 맡고 있고 그 임무가 우리를 포함한 비상의 전 유저에게도 중요한 일이라… 멋지지 않아? 마치 한 편의 소설을 보는 것 같아. 악에게서 세상을 구하려는 용사를 다루는 이야기."

얼핏 들으면 너무나 어이없는 이유였지만 천진랑의 눈동자는 빛나고 있었다. 그런 천진랑을 살짝 바라본 비마는 다시 숲 속으로 고개를 돌리며 입을 열었다.

"그럼 우리가 용사를 돕는 그의 동료인가?"

"그런 셈이지. 어때? 멋지지?"

"그렇군. 멋지군."

"하여간에 자네의 그 엉뚱함은 도무지 이해할 수가 없다네."

"하하, 걱정 말라고. 너희들이 이상한 게 아니니까. 나도 가끔 나를 이해할 수가 없다고."

너무나 당당히 말하는 천진랑의 모습에 비마와 디다는 살짝 미소를 지었다. 상상을 뛰어넘는 엉뚱함. 그러면서도 계획 하나하나에 정밀함을 보이는 치밀함. 도무지 종잡을 수 없는 성격이었다. 그게 천진랑의 매력이지만서도.

천진랑은 그런 친구들의 마음을 아는지 모르는지 제자리에서 뒤로 벌러덩 누워버렸다. 매캐한 화약 냄새가 천진랑의 코끝을 찔렀지만 전혀 개의치 않았다. 이 화약 냄새조차 현실에선 찾아보기 힘든 것이니까.

"자, 그럼 우리도 좀 쉬자고. 앞으로 힘들 테니 말이야. 죽을 수도 있다고."

앞으로 정말 위험할지도 모르는 상황을 태연히 말하는 천진랑의 모습에 비마는 피식 웃으며 같이 뒤로 벌러덩 누웠고 디다는 계속 앉아 있었다. 천진랑은 그런 디다의 행동이 마음에 들지 않는지 디다에게 말했다.

"뭐 해, 눕지 않고?"

"자네, 알고 있나?"

"뭘?"

"자네들이 누운 곳에 사람들이 오줌을 갈겼다는 걸."

"에엑?!"

디다는 처음 이곳에 왔을 때부터 알 수 있었다. 화약 냄새 속에 묻혀 있긴 하지만 미약하게나마 코끝을 아리는 지린내를. 그리고 그 지린내의 정체를.

"누군가 그러더군. 극도의 공포를 느끼면 조절하고 있던 힘이 쫙 빠져 버리고 자신도 모르게 오줌을 갈긴다고 말일세. 그리고 그 오줌을 갈긴 곳이 아마도 자네들이 누운 곳 같네."

"우에엑!"

"크윽!"

천진랑과 비마는 신음을 지르며 즉시 자리에서 일어났고 디다는 그런 그들을 보며 한 가지 생각을 했다.

'정말 현실과 다를 게 없이 만들어놨군. 그러니 인공지능이 설치는 것이겠지.'

생각은 그렇다지만 속은 낭패한 친구들의 모습에 시원히 웃고 있었다.

"이쪽이 확실해?"

"네. 푸우의 후각엔 그렇게 잡힌대요."

"길이 정확하다면 도대체 얼마만큼이나 멀리 갔다는 거야? 전력으로 달린 지도 꽤 됐는데 아직 그 꼬리조차 잡지 못하고 있으니."

천진랑은 휙휙 지나는 나무들을 보며 한탄을 터뜨렸다. 초은설이 태극단의 성능을 섭취하고 나서 곧바로 출발했다. 물론 초은설은 바로 움직일 수 없었기에 푸우의 등에 올라타서 이동을 했는데 푸우의 승차감이 워낙 좋아서인지 초은설은 별다른 불편 없이 계속해서 이동할 수 있었다. 지금은 거의 회복된 터라 조금만 더 있으면 완전히 태극단의 성능을 몸 안으로 받아들일 수 있을 것 같았다.

그렇게 한참을 달렸음에도 일행은 아직 사예를 발견하지 못하고 있었다. 간혹 누군가 이곳을 지나갔다는 듯이 꺾인 나뭇가지와 몇 개의 발자국은 발견할 수 있었지만 그것도 한참 전에 남긴 것인지 사예는 아직도 그 모습을 드러내지 않고 있었다.

투둑! 투둑!

"이런! 비가 온다!"

머리 위로 떨어진 빗물을 만지며 말하는 장염의 기색은 난처하기 그지없었다. 비가 내리면 사예의 냄새는 씻기어져 사라질 것이고 그럼 사예를 뒤따르기는 점점 더 어려워진다.

비가 본격적으로 내리기 전에 사예를 발견할 수 있다면 좋겠지만 아무래도 이 비는 한꺼번에 내렸다가 순식간에 그칠 것 같아 보였다. 그게 아니더라도 비가 본격적으로 내리기엔 오랜 시간이 필요할 것 같진 않아 보였다.

"속력을 더 내라!"

"큭!"

천진랑의 말에 일행의 얼굴은 처참히 일그러지기 시작했다. 그리고 그 정도가 심한 것은 단연 사예의 친구들이었다. 쥬신 일행에 비해 상대적으로 실력 차가 많이 나는 것은 어쩔 수 없기에 그들로선 더 이상의 속력을 내는 것은 너무나 힘든 일이었다. 제일 신법이 뛰어난 무진은 그나마 잘 따라가고 있다지만 나머지는 지금으로서도 죽을 맛이었다. 그런데 속력을 더 내라니… 앞이 깜깜할 뿐이었다.

그래도 사예가 위험하다는데 그들로선 죽을힘까지 다하는 수밖에 없었다.

투툭! 투툭! 투툭투툭투툭투툭!

쏴아아아아아!

작은 빗방울은 점점 더 굵어지기 시작했고 띄엄띄엄 내리던 빗방울의 빈도도 점점 더 잦아지기 시작했다. 곧 시원한 소리와 함께 사방을 빗물이 메우기 시작했다. 본격적으로 비가 내리는 것이었다. 그리고 그건 일행에게는 더 힘들어지는 소리였다.

"큰일이군."

"젠장! 이대로라면 사예의 미약한 냄새가 지워지는 건 시간문제겠는데?"

"하지만 지금으로선 어쩔 수 없잖은가."

비마, 천진랑, 디다는 다른 이들을 압도하는 경공을 전개하면서도 유유자적 이야기를 나눴다. 그 대화 내용이 심상치 않다는 게 문제이긴 하지만 뒤에서 따라가는 입장에선 그들이 괴물로만 보일 뿐이었다.

뿌옇고 시야를 덮는 호우를 헤치고 그들은 푸우의 코에 의지한 채 산속을 내달리고 있었다.

짙은 먹구름이 하늘을 뒤덮고 그 흉흉한 기세를 뿜어내고 있을 무렵, 드넓은 숲의 한 자락에서 고요함을 깨는 무언가가 느껴졌다.

캉!

녹광으로 빛나는 쇳덩어리로 이루어져 주먹을 보호하는 권갑이 상대의 살을 헤집고 뭉개 버리기 위해 대기를 가르며 뻗어간다. 실로 그 기세가 범상치 않은 모습.

샤아아아아!

녹빛의 권갑으로 보호되는 그의 팔 주위에만 모든 공기가 차단되고 모든 것은 그 벽을 넘어서지 못하듯 바람이 비켜갈 정도의 엄청난 위력의 공격은 그 기세가 감히 범상치 않은 모습이었다.

카앙!

"큭큭큭, 좋아!"

신체의 이곳저곳에 상처가 생겨 선혈을 뿌리는 투귀는 맞부딪친 공격의 여파로 세 발자국 물러서며 말을 내뱉었다.

그의 목소리에는 가슴속을 진탕시키는 광기와 즐거움이 넘치고 있었다. 투귀의 주먹과 부딪쳤던 패도의 주인인 패왕 역시 투귀의 광포한 권력에 뒤로 세 발자국 물러서며 입을 열었다.

"미친놈."

"미친놈? 크하하하하! 그건 나만은 아닐 것 같은데? 지금껏 나랑 싸우는 것을 즐긴 이가 누구인지 궁금하군."

"그렇군. 나 역시 그런 말할 처지는 아니었어."

투귀를 향해 커다란 패도를 겨누는 패왕도 투귀와 별다를 바 없이 전신에 선혈이 낭자한 모습이었고 그 모습은 둘의 대결이 얼마나 치열했는가를 대변하고 있었다.

"큭큭큭, 설마 이제야 그걸 깨달은 건 아니겠지?"

"물론. 그러나 오늘은 새삼 그것이 새롭게 느껴지는군. 내가 대결과 피에 미쳤다는 사실을 말이야."

"크크큭, 무슨 대결씩이나! 그냥 싸움일 뿐이야. 서로를 죽고 죽이는, 상대를 죽이지 않으면 내가 죽게 되는 그런 싸움 말이야."

"싸움이라… 틀린 말은 아니군."

서로를 향해 말을 계속 주고받고 있었지만 내공을 극도로 끌어올리는 그들의 주변으로 기파가 요동을 치며 미친 듯 활보하고 있었고 그 숨 막힐 것 같은 긴장은 극을 향해 치닫고 있었다.

"크하하하! 재미있어! 재미있어! '정의다, 안전이다'를 나불대는 녀석과 정체를 숨기고 뒤로 내빼기에 여념이 없는 녀석 외에도 이렇게 나를 재미있게 하는 녀석은 정말 처음이야! 크하하하!"

꽝! 꽝!

내공이 잔뜩 담긴 그의 광소는 마치 음공의 그것처럼 강력한 기의 파동을 만들어내어 공기를 때리기 시작했다. 잠시 광소가 이어졌고 그런 광소는 어느 순간 갑자기 잦아들었다.

"그래서 결코 양보할 수 없는 상대지. 그 누구도! 그 누구에게도! 내 먹잇감이니까!"

다시금 투지를 불태우는 투귀의 눈동자는 그 어느 때보다 빛나고 있었다. 그리고 그 두 눈은 패왕을 향해 있었고 패왕은 그런 눈을 보고 자신도 역시 투지가 끓어 넘친다는 것을 느낄 수 있었다.

투둑! 투둑!

한 방울, 두 방울.

기어코 먹구름은 그 눈물을 쏟아낸다. 그 눈물은 투귀와 패왕을 적시며 그들의 말라붙은 피를 씻어내기 시작했다. 녹빛의 권갑을 타고 내리는 빗물, 거대한 패도의 날을 타고 내리는 빗물. 어느새 빗물은 사방을 덮었고 곧 숲이 아닌 비의 장막이 그들의 배경이 된 듯했다.

"좋군."

"그래, 좋아!"

"말은 필요없지."

"물론!"

투귀는 두 주먹을 들어 올리며 공격 자세를 취했고 패왕은 패도를 길게 늘어뜨려 역시 공격 자세를 취했다. 차가운 빗물은 그들의 타오르는 투지와 뜨거운 가슴을 식힐 수 없었고 그들은 더욱더 투지를 뿜어내기 시작했다.

이미 대화는 끝났다. 남은 것은 서로의 생명을 건 실력의 도박뿐.

"크하압!"

"차압!"

패왕의 품으로 파고들기 위해 진각을 밟으며 달려나가는 투귀. 그리고 그런 투귀에 맞서 패도를 휘두르는 패왕.

선공은 진입해 오는 투귀를 막기 위한 패왕부터였다.

오른쪽 아래에서 사선으로 패도를 그으며 올려치는데 비왕이 사예에게 써먹었던 그 묘한 각도를 타고 있어 피하기도, 그렇다고 받아치기도 힘든 공격이었다.

"장난하는가!"

뛰어가던 투귀는 사선으로 자신을 베어오는 패도를 보며 두 다리로 훌쩍 뛰어올라 공중에서 물구나무서는 식으로 몸을 띄운 뒤 강한 일권을 내질러 패도의 도면에 맞춰 버렸다. 깔끔한 방어. 동시에 그의 몸은 패왕을 향해 날아가고 있었으니 반격의 기회까지 잡았다.

몸을 공중에서 물구나무 세웠듯 곧 그의 양다리는 반원을 그리며 땅을 향해 착지를 원하고 있었으나 투귀는 오히려 그 다리에 내공을 퍼부어 그대로 공격을 실었다.

"큼!"

픽!

패왕이 투귀의 내려찍기를 피하지 않고 오히려 안쪽으로 파고들어 사정거리를 좁히자 투귀의 발차기는 그의 예상보다는 별다른 효과를 거두지 못했고 동시에 패왕은 패도를 끌어들여 위로 베어버렸다.

"칫!"

캉!

투귀는 올려 베어오는 패도를 밟아버리며 뒤로 물러섰다. 그의 신발은 강철로 덮여 있었고 투귀가 내공을 불어 넣어 패도의 공격에 견딜 수 있었던 것이다.

서로 간에 피해없이 한 차례의 공격은 끝났고 이제 투귀에게로 돌진하는 것은 패왕이었다. 방금 전의 기세를 타려는 듯 패도를 빙빙 휘돌리며 무서운 속도로 투귀에게 뛰어가고 있었다.

"받아라, 회륜도신(回輪刀身)!"

몸 전체를 돌리며 가해오는 연속적인 회전 공격. 순식간에 벌어지는 회전으로 투귀는 패도가 동시에 다리, 허리, 머리 세 부위를 베어오는 것과 같은 기분을 느껴야 했다.

"물러서지 않는다!"

패왕에게 회륜도신이라는 삼공(三功)이 있다면 투귀에게는 투살파앙(鬪殺波殃)의 기술이 있었다.

"투살파앙!"

재앙을 담은 물결이 덮쳐 오듯 투귀의 주먹이 수많은 파동을 그려내며 패도를 향해 뻗어갔다.

콰카카카캉!

순식간에 벌어지는 수십 번의 부딪침. 강력한 공격을 선사했으나 둘다 별다른 타격을 입히지도, 입지도 않았기에 이번엔 물러서지 않고 다시 공격에 들어갔다.

"차압!"

횡으로 길게 베어오는 패도에 앞서 투귀는 몸을 회전시켜 패도를 흘려버리곤 곧장 주먹을 뻗어낸다. 그의 주먹에는 어느새 권기가 맺혀 있었으며 그 기세는 사납기 그지없었다.

"탄벽세(綻闢勢)!"

동시에 공기에 벽이 생긴 듯 횡으로 지나쳐 베어가던 패도는 다시 튕겨져 올라 베어오고 있었고 패도에도 도기가 맺혀 있는 것이 이대로 가다가는 둘 다 무사하지 못할 양패구상의 위기에 처해 있었다.

그 순간,

휘이이잉~

"큭!"

"헛!"

매섭게 몰아치는 바람.

보통 바람이 아니었다. 폭풍의 기세를 담은 바람. 그 바람은 두 사람의 공격을 그대로 휩쓸고 지나가 버렸고 동시에 그 둘 역시 바람에 날려 멀리 나가떨어져 버렸다.

두 절대고수에게 생긴 일치고는 너무나 어이없는 일이지만 마치 의도한 것처럼 서로 거리를 두고 멀찍이 나가떨어져 버리고 말았다.

그들은 그제야 한쪽에서 자신을 바라보고 있는 그들을 볼 수 있었다.

쏴아아아!

빗물은 더욱 거세져 전 숲에 비의 장막을 드리웠고 숲의 파노라마와 같이 영화의 한 장면, 한 폭의 그림과 같은 광경을 자아내고 있었다. 그러나 그런 아름다운 모습도 사예를 찾는 일행에겐 방해 요소만 될 뿐이었다.

"여기까진가?"

"비가 더욱 거세지고 있네. 저 곰 친구가 맡을 수 있는 사예의 냄새도 끊긴 지 오래고 그나마 이곳까지 따라올 수 있었던 것도 약간씩 분포되어 있던 작은 흔적 때문이네. 그런데 빗물이 거세져 그런 흔적까지 지워 버렸으니……."

"최악의 스토리로군."

디다의 말에 천진랑은 낮게 중얼거리며 일행을 돌아보았다. 자신을 비롯한 디다와 비마, 그리고 푸우를 타고 이동한 초은설은 아직 여유가 있다지만 나머지 일행, 특히 경공에 조예가 낮은 이들은 더 이상 움직이기 힘들 정도로 지쳐 있었다.

고수의 반열에 든 이들이 이 정도 거리를 이동했다고 지칠 리는 없었지만 전속력으로 정확한 목적지없이 무작정 달리기란 체력적으로나 심리적으로나 상당히 소모되는 일이었다. 더구나 비로 인해 더없을 악조건 속에 달려왔으니 지칠 만도 했다.

"그나저나 정말 큰일이군. 이제부턴 무작정 찾아봐야 하는 건가?"

"그건 안 될 말일세. 무작정 찾기 위해선 인원의 분산은 필요 불가결한 것이고 그렇게 분산을 한 상태에서 사예를 발견한다 하더라도 과연 우리가 얼마나 도와줄 수 있을 것 같나?"

그렇다. 애초에 몇 안 되는 사람만으로 해결될 것이었다면 다른 이들은 놔두고 천진랑, 디다, 비마 이렇게 자신들만 왔으리라. 푸우가 없으면 사예를 뒤쫓기 힘들긴 하지만 작은 흔적들을 찾아서 사예를 추적했다면 오히려 이미 사예를 찾았을 수도 있었다.

그러나 상대의 전력이 얼마만큼인지도 모르는 상황에 무턱대고 움직일 수는 없으니 전력만이라도 즉석으로 만들 수 있는 최고의 전력을 유지해야 했다.

그런데 이렇게 사예를 찾을 길이 끊겨 버리니 그들로선 난감할 따름이었다. 주변에서 전투를 하고 있다면 금속성이라든가 그런 소리가 날 만도 한데 그 소리마저 빗소리에 묻혀 버리는지 전혀 찾을 수 없었다.

그때였다, 전혀 예상치 못한 일이 일어난 것은.

"이보게나."

"……!"

"누구냐!"

갑자기 옆에서 울리는 말소리. 낮지만 또박또박 울리는 노인의 목소리였다.

'나만 못 느낀 것이 아니다.'

천진랑은 일행을 돌아보며 모두 예상치 못한 경악의 표정을 짓고 있다는 것을 확인하곤 그런 결론을 내렸다. 그럼 마치 처음부터 이곳에 있었던 것처럼 갑자기 나타난 눈앞의 이자는?

'고수!'

천진랑은 마지막으로 그런 결론을 내리고 상대를 바라보았다. 이미 그의 손에는 애병인 비성(飛星)이 날카로운 빛을 뿜으며 자리잡고 있었다. 천진랑뿐만 아니라 모든 일행이 자신들의 병기를 잡으며 신경을 곤두세워 상대를 노려보고 있었다.

"허허허."

세상을 달관한 듯 허허로운 웃음을 터뜨리는 그는 푸른 도포를 차려입고 흰 수염을 길게 길렀으며 눈가엔 인자한 미소를 가득 담고 있는 도인의 모습이었다.

"누구십니까?"

천진랑은 상대의 정체를 알아보려 했지만 도저히 알 수 없었고 그게 안 된다면 빈틈이라도 찾아보고자 했지만 빈틈 역시 발견할 수 없었다. 보이는 곳곳이 빈틈이었지만 그 빈틈은 빈틈이 아니었다. 오히려 완벽히 방어가 된 곳보다 훨씬 위험하고 단단한 곳.

도저히 정체를 알 수 없는 그런 사람이었다.

"호호호, 어디 한번 볼까?"

빌어먹을! 내가 이런 엿 같은 상황에 처하다니. 뒤로 넘어져 등딱지를 땅에 댄 채 버둥거리는 거북이가 된 심정이다. 그대로라면 언젠가는 말라 죽을 거북이. 그리고 이대로라면 너무나 무력하게 죽을 나의 캐릭터.

최대한 신경을 집중해 버둥거려 보려고도 했지만 이미 난 내 캐릭터를 관조의 입장으로밖에 볼 수 없는 상태다. 감도를 최대로 올린다면 다시 몸에 대한 지배력이 돌아올 테지만 감도를 높였을 시 과연 내가 그 고통을 참아낼 수 있을까?

젠장! 차라리 빨리 죽이라고!

"뭐지?"

응? 갑자기 왜 저러지?

기어코 백면귀탈을 벗길 듯 다가오던 요왕의 손길이 멈추었고 그녀는 한곳을 뚫어지게 응시하고 있었다. 고개조차 돌릴 능력이 없는 난 그래도 시야는 살아 있었기에 눈동자를 돌려 주변을 살폈으나 시야에 들어오는 건 요왕과 같이 한곳을 시선으로 좇고 있는 암왕과 잔왕, 파왕, 그리고 죽은 듯 쓰러져 있는 비왕뿐이었다.

그런데 비왕은 죽었나?

확실히 살아날 수 있는 상태는 아니다. 상처도 상처이지만 단월참에는 원래부터 생멸(生滅)의 능력이 담겨져 있기에 더욱더 그랬다. 절대쾌도이자 절대필살의 기술, 그것이 단월참이다.

비왕이 제아무리 인공지능에게 힘을 얻고 또 본신의 능력도 강하다지만 단월참에 맞고 살아남을 수는 없다. 그건 그렇고 저들은 동료가 죽었는데 아무렇지도 않은가? 다른 이들은 다 제쳐 두더라도 스님인 파왕이 저러면 안 되는 거잖아. 아, 파계승이라서 다른 건가?

그런데 아무리 궁금증이 동서고금을 막론하고 인류 최대의 능력이자 또한 단점이라지만 지금 내가 이딴 거나 생각하고 있을 때가 아니잖아! 도대체 어떻게 된 거냐고! 능력이 없으니 고작해야 눈에 보이는 것만, 그것도 고개조차 돌릴 수 없어 좁은 시야가 전부인데 겨우 이거 가지고 어떻게 상황을 유추해 내라는 거냐고!

"누구지? 패왕인가?"

"그렇다고 보기엔 그 숫자가 많지 않나? 패왕은 단독 행동을 할 텐데?"

그래, 이 정도는 돼야 상황을 유추할 거 아니냐고. 난 암왕, 잔왕이 한마디씩 하는 것을 듣고는 고개를 끄덕였다. 아니, 몸이 안 움직이니 그냥 생각으로만 끄덕였다.

자, 상황을 유추해 보자면 요왕에게 정체가 드러나려고 하는 딱! 그 찰나! 그 시점! 앞서지도 뒤 처지지도 않는 그 정확한 시간에 누군가… 아니, 누군가들이 다가왔고 그것을 느낀 저 천추십왕 패거리들이 행동을 멈추었다, 이거로세!

거기다 인원이 많다니 투귀와 단독으로 싸울 것 같은 패왕은 아닐 테고 저들의 말로 짐작해 보아 자신들의 편인 것 같지도 않으니 결론은 누군가 내게 도움을 줄 수 있는 이들이 오고 있다는 뜻이렷다?

역시 하늘이 무너져도 솟아날 구멍이 있다더니 이게 딱 그 꼴일세! 누군지는 모르겠지만 어서 와서 날 구해주오! 아니, 구해주세요!

내가 그렇게 상황을 정리하고 있을 무렵 요왕은 안색을 딱딱하게 굳히며 다시 날 바라보았다. 이거 괜히 불안한데?

"호호호. 동생, 인기가 많나 봐? 아무래도 동생을 도와주러 오는 것 같은데?"

역시! 근데 그걸 왜 나한테 말해 주지? 음, 불안해. 설마 지금 죽이겠다고 하지는 않겠지?

"이거 미안해서 어쩌지? 동생의 얼굴을 볼 시간이 없겠네? 안타깝게도 이 누님과 저 멍청이들이 아직 대외적으로 드러나면 안 되거든."

그래? 그럼 그냥 날 버리고 가줘. 잘하면 날 도와주러 오는 사람들이 도착하기 전에 체력이 다 고갈돼서 죽을지도 모르잖아. 뭐, 아직도 빵빵한 체력으로 봐선 실현 가능성이 희박하긴 하지만 그래도 혹시나 날 도와주러 오는 사람이 아니라 그냥 지나가는 사람을 오해한 것일 수도 있잖아!

흠흠, 이거 말로 안 내뱉어서 망정이지 내뱉었다면 상당히 비굴한 대사로군. 어쨌든!

"멍청이라니!"

"허험! 어른에게 그게 할 소린가. 말세로다, 말세야."

"나무아미타불."

"시끄러!"

불만을 나타내는 세 명의 남정네들을 한마디로 제압하고선 요왕은 그녀의 붉고 요염한 입술을 내게 가까이 대며 말을 이었다. 음, 이거 다른 의미로 위험한 장면인데…….

"그래서 그냥 죽어줘."

젠장! 어째서 이렇게 안 좋은 쪽의 예상은 빗나가지가 않는 거야!

내가 빌어먹게도 잘 들어맞는 예상에 좌절을 하든 말든 그녀는 품속에서 작고 화려한 검을 꺼냈다. 그냥 검이 아니라 화려한 검집에 싸인 소검은 검 손잡이와 검집 군데군데 보석이 박혀 실용성보다는 장식용 같은 느낌을 줬다.

스르릉!

검집과 손잡이를 볼 땐 화려한 보석도 박혀 있고 해서 장식용으로만 보이는 소검이 뽑히는 소리는 어째 이리도 섬뜩하냔 말이냐고!

화려한 검집에서 빠져나온 소검은 은빛의 찬란한 광채를 뿌리고 있었다.

엄청난 보검. 거기에 주변으로 녹색의 빛깔까지 약간씩 뿌리는 게 독이라도 발라놓은 것 같다. 젠장! 저거에 한 번 찔렸다가는 아무리 나라도 체력이 금방 바닥이 돼서 죽어버리겠는데?

"그럼 안녕!"

소검은 정확히 내 심장을 노리고 찔러 들어오기 시작했다. 그리고 동시에 들리는 파공음.

쒜에에엥!

캉!

"악!"

"누구냐!"

섬전같이 공기를 꿰뚫으며 날아온 그것. 아주 약간 굽혀져 있어 그 날이 더욱더 빛나고 예리해 보이는 그것, 가늘고 세밀한 은사가 이어져 있어 더욱더 돋보이는 그것. 한 자루의 비도가 나를 찔러오던 소검을 쳐내고는 회선을 그리며 돌아갔다.

저 비도는!

"거기까지!"

"차앗!"

동시에 몇 개의 그림자가 말소리를 뚫고 날아올라 각기 요왕, 파왕, 잔왕, 암왕에게로 쏘아져 나갔다.

요왕에게로 쏘아져 온 그림자는 나와 그녀의 사이를 가로막으며 손에 잡힌 검을 휘둘렀다.

"차압!"

"칫!"

요왕은 주술은 뛰어나도 본신의 무공은 높은 수준이 아닌지 한눈에 보기에도 강력한 힘이 담긴 검을 맞부딪칠 생각은 않고 급히 뒤로 물러서며 피해 버렸다. 그리고 나머지 인영이 쏘아져 간 곳의 상황도 다르지 않았다. 갑작스레 일어난 일이라 변변찮은 반격은 하지 못한 듯했지만 모든 공격을 차단하며 뒤로 물러서는 천추십왕들.

그들이 모인 곳은 비왕이 쓰러져 있는 곳이었다. 그리고 난 그제야 인영들의 정체를 알 수 있었다.

"어어!"

눈을 똥그랗게 뜨고 있는 나를 돌아보며 인사하는 장염 형. 그리고 보니 잔왕과 파왕, 암왕을 공격한 사람은 다름 아닌 공아 형과 치우 형, 그리고 악동 형이었다. 쥬신 일행이구나!

천추십왕들이 한자리에 모이자 천추십왕을 공격했던 쥬신 일행도 장염 형과 합류하였고 비도가 날아온 쪽에서도 나머지 일행이 모습을 드러냈다.

"……!"

내가 그들로 하여금 내 정체에 대해 숨기라고 귀에 못이 박히도록 말한 것이 주효했는지 차마 내 이름은 부르지 않았지만 내 비참한 모습에 다들 놀라고 있었다.

젠장! 그냥 죽고 말걸, 이런 모습까지 보여줘야 하나? 어차피 아직 두 개의 목숨이 더 남아 있는데 말이야.

그러나 후회는 아무리 빨라도 늦은 법. 이미 친구들에게 다 발견됐고 치료만 하면 살 수 있으니 이제 와서 자살하는 것도 말이 안 된다.

녀석들이야 백면귀탈 때문에 내 표정이 보이지는 않겠지만 그래도 애써 담담한 표정으로 그들을 맞아주려 했는데 순간 그들의 뒤편에서 걸어오는 한 명의 인물, 그를 보는 순간 난 모든 생각을 잊고 말았다.

"허허허, 오랜만이네."

아주 간단한 인사를 하며 다가오는 그. 자연스러움이 담겨 있고 뿜어내는 기세는 강하지 않은 것 같지만 이 세상의 누구보다 더 강한 존재. 그가 아직 기도 뿜어내지 않고 천추십왕을 등지고 있기에 천추십왕도 그의 정체를 눈치 채지 못하고 있는 것 같았다.

"제법 한가락 하는 녀석들이로군."

아아, 잔왕의 저 말투, 정말 아름답다.

웬 미친 소리냐! 순간적으로 잠시 이성을 잃었군. 험.

어쨌든 잔왕과 암왕, 파왕, 요왕은 각자의 무기를 내세우며 앞으로 나섰다. 잔왕이야 예의 그 폭탄이고 암왕은 작은 암기들을 손 안에 한 움큼이나 쥐고 있었으며 파왕은 아무 말 없이 합장을 하는 것으로 보니 권법을 사용하는 것 같았다. 아, 뭐 소림사의 대부분이 권법을 사용하니 맞겠지. 그리고 마지막으로 요왕은 소검을 집어넣지 않고 그대로 손을 교차시키며 수인을 그리는데 저러다가 손이나 안 베일는지 걱정스럽기까지 할 정도로 빠르고 화려하게 수인을 그리고 있었다.

그에 비해 우리 측 사람들. 비에 흠뻑 젖은 몸으로 무기를 꼬나 들고 있는 모습이 영 폼이 안 난다. 다 같은 비를 맞았는데 왜 우리 편은 폼이 안 날까? 아, 또 미친 소리.

"호호호, 아무리 너희들이 대단하다고 하다지만 우리들을 막을 수 있을까?"

"호호호, 동생과의 오붓한 대화를 방해하더니 이젠 칼까지 들이대?"

"허허허, 노인에게 못하는 짓이 없군."

"아미타불."

천추십왕들이 한마디씩 지껄이는데 지금 난 너무 놀라 거기에 신경을 쓸 수가 없었다. 어째서 이 사람이 여기에?

"많이 놀랐는가 보군. 내 말하지 않았는가, 그들과 싸워야 할 땐 올 것이라고."

그는 내게 인자한 미소를 지어 보이며 그렇게 말했다. 백면귀탈을 쓰고 있는 내 마음까지 꿰뚫어 보다니…… 난 다른 사람들을 돌아봤는데 그들은 그가 내게 해주는 얘기가 도대체 무슨 얘기인지 알아들을 수 없다는 표정을 짓고 있었다.

"도대체 저놈들 무슨 얘기를 하는 건지 짐작이 가는가?"

"허허, 내가 그걸 어떻게 알겠는가."

"아이, 짜증나. 이렇게 비 맞으면 피부에 안 좋은데."

천추십왕은 우리가 하는 짓거리가 마음에 들지 않는지 계속해서 한마디씩 내뱉었는데 그럴 때마다 긴장을 돋우고 천추십왕을 향해 무기를 겨누고 있는 장염 형과 악동 형, 치우 형, 공아 형은 움찔움찔해 댔다. 음, 내가 지금 느끼진 못하지만 천추십왕들도 쥬신들이 가벼운 상대는 아니라는 것을 눈치 채고 내공을 최대로 끌어올리고 있겠지.

짐짓 강한 척은 하고 있지만 그들로서도 긴장되긴 마찬가지일 거야.

"크윽!"

"대단하군. 이런 기파는 몇 번 느껴본 적도 없는 것 같은데 말이야."

"맞아, 최소한 사부님들과 동급일 것 같아."

음, 저들도 긴장을 하듯 우리 편도 마찬가지로 긴장하고 있었다.

내가 느끼기로 결코 천추십왕의 한 명 한 명의 실력은 나와 비교해서 떨어지지 않는다. 비왕이야 내가 그의 무공에 천적인 기술들은 좌르륵 익히고 있었기에 이길 수 있었다지만 나머지도 그럴 수 있을지는 장담하기 힘들다.

그런 고수들이 대거 등장했으니…….

"호호호! 너희들이 아무리 강하다곤 하지만 우리들을 이길 수 있을 것 같으냐!"

"맞아! 잘한다!"

"기세를 잡게나!"

"시끄러! 영감탱이들!"

요왕은 자신의 말을 따라 엉뚱하게 고함치는 두 노인장, 잔왕과 암왕에게 그렇게 소리쳤다. 음, 아무리 생각해도 저 두 명은 덤 앤 더머야.

그때 잔왕이 가슴을 움켜쥐며 입을 열었다.

"크윽! 상처받았다네."

"들은 빼주면 안 되겠는가?"

정말 할 말 없는 노인네들이다. 방금 전까지 사방을 메우던 긴장감조차 눈 녹듯 사라진 기분이다. 아아, 점점 상황이 개그화되어 간다.

"이보게."

"네?"

그때까지 나를 바라보며 인자한 미소를 보내던 그가 하얀이와 청화 누나를 바라보며 말했다. 청화 누나와 하얀이는 참담한 내 모습에 각각 짜증을 내고 울상 짓고 있었지만 그가 내게 얘기를 하는 것 같아 아직 날 치료하겠다고 나서지 못하고 있는 것 같았다.

"이 친구를 잘 돌봐주게. 잠시 갔다 오겠네."

"네?"

"네, 네."

그는 그렇게 말하고 몸을 돌렸다. 그의 체구는 왜소한 편이라 떡대 같은 덩치들이 앞을 가로막고 있어 천추십왕들에게 잘 보이지 않을 정도였다.

"잠시 나와주겠는가?"

"아, 죄송합니다."

그가 잠시 그렇게 말하고 나서야 신경을 곤두세우고 있던 쥬신의 형들은 옆으로 살짝 물러났고 그는 그들을 제치고 앞으로 나섰다. 그리고 들리는 경악성.

"헉!"

"다, 당신은!"

"영호충! 어떻게 여기에!"

"아미타불."

그렇다. 창조주의 파편이란 존재를 내게 알려준 그. 비상의 세계에서 최고의 고수인 그. 같은 창조주의 파편이지만 창조주, 인공지능에게 반기를 든 그. 그는 바로 영호충이었다.

노도를 보게 된 천추십왕들은 경악성을 내질렀고 아직 노도의 정체를 모르는 쥬신 일행을 비롯해 친구들은 어리둥절한 표정을 짓고 있었다. 아, 근데 도대체 어떻게 같이 온 거지? 내가 의문을 갖는 사이 노도가 천천히 천추십왕들에게 다가갔고 그런 노도를 보며 가장 먼저 반응을 보인 것은 요왕이었다.

"배신자 늙은이!"

그녀의 목소리는 지금까지와는 달리 한껏 높이 올라가 앙칼져 있었다. 그런 그녀를 보고 있자면 왠지 털을 잔뜩 곤두세운 고양이같이 느껴질 정도였다.

노도가 그녀의 욕설에도 아랑곳하지 않고 천추십왕들에게로 다가갈수록 요왕의 표정은 점점 더 사나워졌는데 이상한 것은 그녀와는 상반되게 나머지 세 천추십왕은 안색이 창백해져만 간다는 것이었다. 지금까지 쭉 무표정을 유지하던 파계승 파왕조차 질린 기색이 역력하니 다른 이들은 말할 것도 없었다.

"오랜만이군."

"흥!"

"히익!"

"다, 다가오지 마시게나."

"나, 나무아미……."

그들은 확실히 겁에 질려 있었다. 요왕과 파왕은 제쳐 두더라도 비슷한 연배로 보이는 노도를 상대로 겁을 집어먹은 잔왕과 암왕의 꼴이라니… 지금까지 분통했던 마음이 확 풀려 버리는 느낌이었다.

그들을 보며 통쾌해하고 있을 때 무언가 불길한 기운이 나를 덮고 있었다.

"이게 뭐야!"

"어떻게 이렇게까지……."

요왕과 비견될 정도로 길고 앙칼진 목소리와 그 뒤로 이어지는 나긋나긋한 목소리. 청화 누나와 하얀이였다.

그녀들은 내 상처를 바라보고 있다가 도저히 가만히 있지 못하겠는지 말을 내뱉은 것이다. 음, 불안해. 왠지 불안해.

"도대체 캐릭터를 어떻게 굴려야 이 정도까지 망가질 수 있는 거니?"

"왼팔 절단, 신경 훼손, 혈도 파손, 과다 출혈……."

"얼씨구? 당장 죽어도 할 말 없는 상처를 입은 캐릭터가 생명력과 체력은 엄청나게도 많이 남았네. 이대로라면 최대 이틀은 이 상태로 버틸 수 있겠어. 도대체 어떻게 돼먹은 캐릭터인지……."

삐질.

난 식은땀이 흐르는 것을 느꼈다.

크윽! 그래, 나 무식하게 생명력, 체력만 많다! 그걸 꼭 그렇게 크게 말해서 망신을 줘야 하나? 흑! 나 상처받았어. 이 예민한 감수성이 원조 악녀와 양의 탈을 쓴 악녀로 인해 부서져 버렸다고.

만약 내가 몸을 움직일 수 있었다면 몸을 비틀어대며 최대한 애처로운 포즈를 취했을 거다. 아, 천추십왕이 있으니 불가능했겠군. 어쨌든! 난 그만큼 충격을 받았다는 말을 하고 싶은 거다.

그런 내 속마음을 아는지 모르는지 두 악녀의 짜증 섞인 푸념은 계속됐다.

"도대체 왜 이리도 캐릭터를 소중히 다루지 않는 건지. 도대체 또 다른 자신이라고 자각이 있는 거야, 없는 거야? 이렇게 되면 고생하는 건 우리들, 의원과 의녀들뿐이잖아."

저, 저기 현재 다쳐서 죽을지도 모르는 건 난데… 왜 환자에게 이런 부담을…….

"맞아요. 거기다가 다쳐도 꼭 치료하기 힘들게만 다치니 이렇게 시도 때도 없이 치료만 해주다 보면 의녀란 직업에 대해 회의까지 든다구요."

커억! 하얀이까지 거들다니… 천사 하얀이까지……. 하, 하지만 그렇게 말해 봤자 내가 다치고 싶어서 다친 것도 아니고, 음… 그래! 정의, 정의를 위해서 이 한 몸 희생해 가며 싸운 건데 왜 나만 구박하는 거야! 음, 내가 말하고도 좀 쪽팔린다.

청화 누나는 몰라도 하얀이는 내가 진심으로 걱정돼서 저러는 걸 거다. 항상 저렇게 우리를 챙겨와 줬으니까. 음, 갑자기 무서운 생각이 뇌리를 스쳐 가는데… 만약 내가 예상한 게 아니라 청화 누나의 영향으로 하얀이가 물들어 버린 거라면? 끄억! 안 돼! 우리의 천사 하얀이가! 저 악녀의 손길에!

아, 미쳤어, 미쳤어. 그럴 리 없잖아. 지금껏 원조 악녀인 미영이가 바로 옆에 있었는데도 하얀이는 물들지 않았잖아. 그깟 며칠 같이 보냈다고 물들 리가… 아니겠지? 아닐 거야. 아니어야 해.

근데 점점 분위기가 이상해지는데? 노도와 천추십왕들 간의 묘한 긴장감이나 내 침통한 기분은 모두 사라지고 개그스런 분위기만 남았다. 크윽! 어째서 이야기가 이렇게 전개되는 거야! 난 개그가 싫어!

"어휴~ 하는 수 없겠어. 로그아웃해."

로그아웃? 나보고 하는 소린가? 하지만 어째서?

내 의문을 눈치 챘는지 곧 설명이 붙었다.

"팔이 잘리거나 하는 캐릭터의 신체가 크게 훼손되는 경우 고위 의술을 가진 사람이 아니고선 치료가 불가능해. 너같이 팔이 잘렸다면 팔이 잘린 채 살아가게 하는 건 누구나 할 수 있지만 다시 원상태로 돌리는 건 보통 사람에겐 불가능하거든. 물론 나야 고위 의녀니까 고칠 수 있지만 제약이 좀 있지. 그중 하나가 바로 시술 대상이 로그인한 상태에선 시술이 불가능하다는 거야."

음, 그렇군. 그렇다면 이해가 간다. 하지만 꼭 지금 고칠 필요는 없잖아. 어차피 생명력이랑 체력도 남아돌겠다, 나도 노도가 싸우는 걸 구경하고 싶어. 유저들 쪽에선 나밖에 모르지만 비상 최고의 고수니까.

"설마 저분이 싸우는 걸 구경하고 싶다는 건 아니겠지?"

귀, 귀신이다. 무슨 관심법이라도 쓰나? 쯧쯧, 이래서 여자의 육감이란… 무서워. 흑!

"좋아, 너 마음대로 해. 대신 상처 부위의 세포가 죽어서 다시 봉합을 하려면 세포 살리는 약품을 써야 할 테고 그 약품 값은 네가 내야 한다는 걸 알아둬. 아마, 그 약품이 웬만한 일류무공 비급 정도 한다지?"

커억! 일류무공 비급? 그, 그게 얼마나 비싼데 겨우 약품 하나에 그 정도 값이란 말이야? 제, 젠장. 돈이냐 구경이냐… 당연히 돈이지. 흑흑! 어떻게 모은 돈인데 그걸 그냥 날리란 말이야. 안 돼!

"그럼, 구경할 거면 가만히 있고 구경 안 할 거면 눈을 깜빡거려."

남자가 돈 때문에 중요한 일을 하지 못한다는 것이 자존심 상하지만 그것도 우선 돈이 있고 봐야지. 쩝, 난 전력을 다해 두 눈을 깜빡거렸다. 백면귀탈에도 시야를 위해서 두 눈 부위는 어쩔 수 없이 뚫려 있기 때문에 가까이서 보면 눈을 확인할 수 있었다.

결국 난 중요한 타이밍을 앞두고 로그아웃을 할 수밖에 없었다. 아, 왠지 정말 오랜만에 하는 로그아웃 같군.

로그아웃을 하며 마지막으로 본 것은 노도가 자신의 검집에서 검을 빼 드는 것이었다. 아악! 나도 보고 싶어!

슈우!

캡슐이 열리고 난 몸을 일으켰다. 캡슐의 기능 중 일종의 질병이 아닌 이상 몸 상태를 최적화로 만들어주는 기능이 있기에 사실 몸 상태는 최고일 테지만 왠지 기분상 여기저기가 뻐근한 느낌이 들었다.

캡슐에서 나와 거실로 가 본격적으로 스트레칭을 하다 보니 갑자기 다시 게임 속의 일이 떠올랐다.

"음, 어떻게 됐을라나?"

영호충, 노도가 있으니 사예라던가 친구들은 위험하지 않을 거다. 아직 노도의 정확한 무위는 모르지만 현재의 나라면 몇 명이 달려들든 이기지 못할 것 같은 느낌을 주는 사람이 바로 노도다. 유일하게 싸워 보지도 않고 패배를 느끼게 하는 존재. 예전에 만났던 천 년 묵은 이무기도 노도만큼은 아니었다. 그만큼 노도가 강하다는 증거.

초절정무공을 익히면 그렇게 될 수 있는 걸까? 도대체 초절정무공이란 어떤 것이기에 그런 무위를 가질 수 있을까? 정확한 건 개발자인 강민 형도 모른다는 어처구니없는 무공이다. 아니, 이해가 안 되는 건 어떻게 자신들이 만든 것의 능력을 모른다는 거냐고. 설마 함부로 가르쳐 줄 수 없다는 건 아니겠지? 내가 뭣 때문에 이 고생을 하는데……!

"휴우… 게임 속은 우선 잊자. 점점 페인이 되어가는 것 같아."

난 고개를 휘젓고는 혼잣말을 중얼거리며 계속해서 스트레칭을 하기 시작했다. 그런데 그렇게 계속해서 하다 보니 무언가 부족한 느낌이다. 음, 하긴 요즘 비무대회다 뭐다 하면서 게임에 열중해 있다 보니 기본적인 운동 외엔 전문적인 운동은 하나도 하지 못했다.

뭐, 처음부터 도장에 나간 것은 아니지만 그래도 집 안에서 꾸준히 했던 무예를 요즘 잘 안 했더니 몸이 찌뿌둥한 게 사실이다.

그렇게 잠시 몸을 풀고 있을 무렵, 전화벨이 울렸다.

〈전화 왔습니다.〉

"전화 연결. 여보세요?"

〈효민아, 형이다.〉

"아, 강민 형!"

전화를 건 주인공은 바로 강민 형이었다. 무언가 아주 다급해 보이는 목소리. 음, 비상에 또 무슨 일이 일어났나? 강민 형은 내가 비상에서 로그아웃한 것을 알 테고 그래서 전화를 한 건가?

〈지금 시간 있니?〉

"시간이야 있지. 왜 그래? 무슨 일 있어?"

〈우선 좀 만나자. 형 사무실 알지?〉

강민 형의 사무실은 포에버 주식회사 비상 팀에 있는데 아직 한 번도 가보진 않았지만 대충적인 지리는 알고 있다.

"응."

〈그럼 최대한 빠르게 좀 와.〉

강민 형이 이렇게 서두르니 무슨 일인지 궁금했지만 그 궁금증이야 강민 형에게 찾아가면 다 풀릴 터 우선 궁금증을 접었다.

"알았어. 최대한 빨리 갈게."

〈그래, 그럼 조금 있다가 보자.〉

"응, 알았어."

그렇게 전화는 끊겼고 난 급히 밖으로 나갈 준비를 하기 시작했다. 그다지 챙길 것은 없으니 약간이나마 흘린 땀 때문에 좀 씻어야 할 테고 옷이나 갈아입으면 되겠지.

　재빨리 준비를 마친 나는 XI—3의 바이크를 타고 도로에 올랐다. 스트레칭을 해서인지 몸이 매우 상쾌했고 스쳐 지나가는 바람은 내 가슴 속까지 시원하게 뚫어주는 것 같았기에 기분이 너무 좋아졌다.

　"좋아! 오랜만에 속도 좀 내보자고!"

　부아아아앙!

◆ 비상(飛翔) 서른다섯 번째 날개

전개(展開)

비상(飛翔) 서른다섯 번째 날개 전개(展開)

바이크를 타고 얼마간 내달리자 난 곧 도시 중심에 들어설 수 있었고 바로 포에버 사의 건물을 찾을 수 있었다. 그 끝이 보이지 않을 정도의 높디높은 빌딩이 내 시야에 들어왔다.

음, 이 정도로 높은 빌딩은 도시 중심에서도 흔한 게 아닌데… 아, 내가 이럴 때가 아니지.

난 구름을 뚫고 치솟은 빌딩의 끝을 바라보던 시선을 거두고 포에버 사의 주차장으로 향했다. 지하 주차장과 지상 주차장이 있었는데 내가 가야 할 비상 개발 계획 팀 사무소는 위쪽에 있었기에 그냥 바이크를 몰고 그 층에 있는 주차장까지 갈 생각이었다. 그래서 바이크를 지상 주차장의 입구로 몰아갔다.

"잠시 멈추십시오."

포에버 사의 지상 주차장으로 들어서려는 나를 파란색 옷을 입은 경비로 보이는 두 명의 사람이 멈춰 세웠다. 요즘엔 인공지능이 이 일을 도맡아 하는 것이 보통이지만 포에버 사에선 기계보다 좀 더 자세히 일을 처리할 수 있는 사람이란 고급 인력까지 내세우고 있었다. 그렇게까지 하면서 이런 절차를 거치게 하는 것으로 봐서 과연 부자도 보통 부자가 아닌 듯싶다.

아아, 각설하고 그사이 경비 중 인상이 좀 낙막하게 생긴 사람이 내 옆으로 다가왔다.

"무슨 일로 오셨습니까? 신분을 밝혀주십시오."

"저는 최효민이라 하고 이 회사의 아는 사람에게 볼일이 있어서 왔습니다."

"죄송합니다. 현재 이곳은 통제 구역으로 관계자 외엔 출입이 금해지고 있습니다. 직접적인 관계자가 아닌 이상 통과하실 수 없습니다."

남자의 말은 정중했지만 그래 봤자 뭐 해, 한마디로 못 들여보내 주겠다는 거잖아. 강민 형이 나 물먹이려고 일부러 부른 것은 아닐 테고… 음, 강민 형의 이름을 대야 하나?

"저는 이곳의 비……."

삐리릭!

"아, 죄송합니다. 잠시만 기다려 주십시오. 네, 제8통제 구역입니다. 아, 네. 네? 하지만 현재 통제 구역으로… 네, 네. 알겠습니다. 그렇게 하겠습니다."

내가 강민 형의 이름을 대려고 할 때 남자의 허리춤에서 신호음이 울렸고 그는 내게 잠시 기다리라는 말을 하곤 허리춤의 아주 작은 송수신기를 꺼내어 대화하기 시작했다. 음, 저 송수신기도 보통 비싼 게 아닌데 단순한 경비 직원에게까지 지급되다니…….

송수신기로 통화하는 남자가 내뱉은 단어는 조금씩 조금씩 끊어져 있고 송수신기에서의 소리도 사용자 외엔 들리지 않도록 설계되어 있었기에 난 그냥 멍하니 그 남자를 지켜볼 수밖에 없었다.

"아, 저기……."

"출입이 허가되셨습니다. 바이크는 제게 맡기시고 이쪽으로 가십시오."

남자는 그렇게 말하며 나에게 한쪽 방향을 가리켰다. 음, 역시 강민 형에게서 온 것이었겠지? 근데 뭔가 이상하다? 분명 비상 개발 계획 팀으로 가는 방향은 이쪽이 아니라고 알고 있다. 사무실이 이사를 했나?

난 의아해하면서도 남자에게 바이크의 열쇠를 맡기고선 그가 가리킨 방향으로 걸어갔다. 그곳엔 꽤나 큰 유리문이 있었는데 내가 다가가자 자동으로 열렸고 그 유리문을 넘어서 안으로 들어서자 제법 넓고 화려한 홀이 나타났다.

한눈에도 고급스러움이 보이는 그런 장식품들이 배치되어 있는 홀. 그러나 중요한 건 홀의 장식품과 내가 들어온 문을 제외하면 나가는 곳도 들어오는 곳도, 그렇다고 무언가 다른 게 있는 것도 아니었다. 한쪽 문만 막아서면 폐쇄된 공간이었던 것이다.

손님 접대용이라고 하기에도 뭔가 이상하고… 여기서 뭐 어쩌라는 거야?

"최효민 씨?"

이곳으로 날 안내한 정확한 의도를 몰라 두리번거리고 있을 때 갑자기 뒤쪽에서 날 부르는 가늘고 듣기 좋을 만큼 안정된 여성의 목소리가 들렸기에 뒤를 돌아본 나는 한 여성을 볼 수 있었다.

"하아?"

나도 모르게 나오는 탄성.

허리까지 내려오는 긴 머리카락은 엷은 갈색 톤으로 염색을 하고 또 적당히 웨이브를 줘서 하늘하늘 휘날리고 있었으며 들어갈 곳은 적당히 들어가고 나올 곳은 적당히 나온 몸매에 단정하지만 세련되어 보이는 옷맵시. 눈매가 약간 날카로워 보이지만 그게 단점이 되지 않고 오히려 인상을 강하게 심어줬고 곱게 걸쳐 쓴 얇은 뿔테 안경은 그녀를 지적으로 보이도록 해주었다. 분홍빛 립스틱을 발라 매우 아름다워 보이는 입술로 살짝 미소를 짓고 있었고 매우 맑고 검은 눈동자가 내 시야에 들어왔다. 170 정도의 키를 가진 그녀는 전체적으로 도도하면서도 쾌활하고 또한 매우 화사한 느낌을 주는 그런 대단한 미인이었다.

"최효민 씨?"

진짜 미인이다. 서인이와 맞먹을 정도의⋯ 아니, 그녀와 전혀 다른 매력과 아름다움을 지닌 여인이다. 서인이가 밝은 연보라 계통의 여인이라면 눈앞의 이 여인은 홀홀히 빛나는 자홍색의 여인이라 그 둘은 비교할 수가 없는 것이다.

여자에게 관심이 없는 건 아니지만 그렇다고 여자에 환장한 것도 아닌 내가 한동안 넋 놓고 보고 있을 정도로 대단한 미인이었다.

"최효민 씨 아니신가요?"

"아, 네. 제가 최효민입니다."

"후후, 처음 뵙겠어요. 전 비상 개발 계획 팀 부이사장 진사혜라고 해요. 만나서 반가워요."

진사혜? 내 닉네임이 사예인데? 음, 그러고 보니 아무런 상관이 없구나.

"만나서 반갑습니다. 다시 한 번 말하자면 전 최효민이라고 합니다.

"알아요. 강민 총담당님의 동생이라는 것도요."

알고 있는 게 당연하겠지. 강민 형이 아니면 나랑 접촉할 그런 라인이 없을 테니까.

"자세한 이야기는 그곳에 가서 나누도록 하고 어서 가요."

그곳? 가? 어디로? 설마 비밀 엘리베이터 같은 게 있는 건 아니겠지? 에이, 설마. 무슨 베일에 둘러싸인 국가 비밀 보안국도 아니고 그냥 회사, 게임 만드는 곳인데 그런 게 있을 리가…….

지잉!

스르륵!

…있구나.

홀의 한쪽 벽에 그녀가 손을 가져다 대자 지문 인식이라도 하는지 아주 약간의 빛이 새어 나왔고 그 벽의 우측이 약간의 마찰음과 함께 자동문처럼 좌우로 갈라지기 시작하자 난 할 말을 잃어버렸다. 무슨 영화도 아니고 어째서 게임 만드는 회사에 이런 게 있는 거야!

"뭐 하세요? 어서 타세요."

어느새 벽은 양쪽으로 완전히 갈라졌고 그곳에서는 지금껏 말로만 듣던 에어엘리베이터가 드러났다. 에어엘리베이터는 주변을 감싸는 벽은 물론이고 바닥조차 안 보이는데 마치 공기를 타고 올라가는 것 같다고 해서 그렇게 이름 붙여졌다.

중요한 건 이 에어엘리베이터는 빛을 그대로 투과시켜서 가시광선에도 걸리지 않기 때문에 밖의 사람들이 이 엘리베이터의 존재 유무를 알 수 없다는 것이다. 그래서 비밀스러운 일에 자주 사용되며 그 강도가 매우 뛰어나서 폭탄도 견딜 수 있을 정도라고 책에 나와 있더라.

예전에 내가 돈에 환장했을 때 이런 거 하나 가졌으면 좋겠다 하고 생각했던 적이 있었거든. 물론 이 엘리베이터, 무지하게 비싸다.

내가 할 말을 잃고 멍하니 그것을 바라보고 있을 때 사혜란 여인… 에잇! 그냥 부이사장이라 부르자. 부이사장은 에어엘리베이터에 올라 나를 기다리고 있다가 내가 멍하니 움직일 생각을 않자 손바닥을 흔들어 어서 타라고 손짓했다.

음, 타야겠군. 무섭지 않을까? 안전하다는 건 알고 있지만 그래도 왠지……. 보통 사람이라면 체험해 보지 못한 새로운 경험을 겪을 땐 항상 약간의 불안감을 가지는 게 정상이니 내가 겁이 많은 게 아니다.

난 약간의 불안감을 가슴에 안고 에어엘리베이터에 올랐다. 의외로 매우 안정적이게 느껴졌다.

"그럼 출발해요."

지잉!

스르륵!

그녀의 말과 함께 벽이 열리던 때와 같은 소리가 들리더니 천천히 문이 닫혔고 곧 나는 공중에 떠 있는 것과 같은 느낌을 받았다. 아니, 실제로 그런 방식을 쓴다고 한다던데 내가 뭐 그쪽으로 전공한 것도 아니니 이 정도만 알면 됐지 더 이상은 시간 낭비, 인력 낭비라고.

잠시간 시간이 흐르자 공기가 가라앉는 느낌과 함께 문이 열렸고 난 먼저 내리는 그녀를 따라 에어엘리베이터에서 내렸다.

에어엘리베이터에서 내리자 풍경은 확연히 변해 있었다. 고급 장식품이 배치되어 있는 건 똑같지만 곳곳을 채우고 있는 많은 사람과 시끌벅적한 분위기, 그리고 다른 곳으로 통하는 통로들이 있었다.

웅성웅성.

"이봐, 이게 문제란 말이야."

"도대체 뭘 어쩌라는 거야. 그건 저번에 고쳐 줬잖아."

"하지만 여전히 이 버그의 문제점……."

"데이터의 결과로 봐서 이쪽 지방의 숲이 조금 불안정한데요?"

"어디 좀 봐요."

도무지 알아먹지 못할 소리들을 하는군. 그나저나 이런 곳이 있다니……. 바닥은 보통 바닥이지만 벽들은 전부 밖에선 안을 볼 수 없고 안에선 밖을 볼 수 있는 그런 벽들이잖아. 도대체 여기에 얼마나 돈을 쏟아 부은 거야?

내가 잠시 그렇게 주위를 구경하고 있자 부이사장이 한쪽 통로를 가리키며 말했다.

"자, 이쪽이에요. 서둘러요."

그녀를 따라 통로를 계속 걸어가자 얼마 후 통로의 끝에 도달했다. 통로의 끝은 하나의 벽이 아닌 문으로 만들어져 있었고 좀 전과 같이 엘리베이터가 아닌 경우라면 이 문 너머가 바로 진짜 목적지라는 느낌이 왔다. 그냥 느낌이 그렇다는 거다.

그녀는 문 옆에 있는 지문 인식기에다가 손을 대고 그 위의 홍채 검사기에 눈을 가져다 댔다. 얼마나 대단한 곳이기에……. 보안 하나는 철저하군.

뭐, 요즘엔 저런 지문 인식기나 홍채 검사기가 비싼 건 아니지만 일일이 체크를 해야 한다는 점에서 사람들의 귀찮음을 얻어 별로 발전을 못한 기기를 저렇게 보안용으로 사용하니 좀 특이할 뿐이다. 뭐, 훔치러 온 도둑이 귀찮아서 못 가지고 가게 하려고 그런 건가?

"체크, 진사혜."

얼씨구? 음성 판독 기능까지? 그렇게 보안이 중요하면 더 간단하고 정확한 기기가 많을 텐데… 여긴 비싸진 않지만 각종 보안기기로 도배를 해놓았다. 질보단 양이라 이건가? 뭐 그렇다고 저 기기들이 불안정한 건 아니지만……

스르륵!

그렇게 몇 개의 보안 시스템을 통과하고 나서야 눈앞의 문은 열렸고 그제야 난 문 너머의 광경을 볼 수 있었다.

하나같이 며칠 동안이나 감지 않았는지 제멋대로 뻗쳐서 푸석거리는 머리카락에 꾀죄죄한 얼굴. 눈 밑의 다크서클이 자릿세를 아주 강하게 주고 버티고 있었고 옷차림들도 후줄근하게 하고 있었다.

문 안의 모든 사람의 모습이다. 또한 도대체 어디 쓰일지 모를 기계들과 서류 뭉치들이 날 반겼다. 아! 저건 비상 접속기기? 그나마 눈에 익은 것이 하나 있어 반가워할 때 귓가에 쩌렁쩌렁하게 울려 퍼지는 목소리.

"도대체 뭐가 어떻게 되어가는 거야?"

"죄송합니다. 현재 방해 전파가 너무 강해서……."

"그럼 운영자들을 안으로 파견이라도 해야 할 거 아니야!"

"보내긴 했지만 그곳에 도착하기도 전에 누군가에게 습격당해서……."

"이런 젠장!"

부하 직원들로 보이는 사람들에게 명령을 내리다 결국 욕설을 내뱉는 이는 바로 강민 형이었다. 강민 형도 다른 이들과 다를 바 없이 후줄근한 모습이었다. 그때 머리가 아프다는 듯 머리를 감싸고 있던 강민 형과 내가 눈이 마주쳤다.

"왔구나!"

하며 달려오는 강민 형. 음, 강민 형의 이런 모습은 처음 본다. 워낙 철두철미한 성격이라 철저한 모습만 봐왔는데 갑자기 이런 모습을 보여주니 강민 형이 아닌 것 같은 느낌까지 든다. 도대체 무슨 일이지?

"최효민 씨를 모시고 왔어요."

"아, 감사합니다, 부이사장님. 지금 저희 팀의 팀원 중 멀쩡한 사람이 없어서 어떻게 하나 했는데 부이사장님이 계셔서 다행입니다."

"별말씀을. 대신 약속 잊지 마세요."

"아, 저… 그게……."

"후후, 아셨죠? 그럼 전 제 자리로 가볼게요. 최효민 씨, 다음에 봬요."

"아, 네."

음, 이거 묘한 분위기인데……. 진사혜라는 부이사장과 강민 형과의 묘한 분위기가 느껴졌다. 설마 강민 형이 바람을? 아무리 결혼이 연기되었다지만…….

강민 형은 원래 올해 5월에 서인이의 언니와 결혼하게 돼 있었는데 망할 놈의 인공지능 때문에 그놈들을 잡을 때까지 연기되고 말았다. 그래서 강민 형은 더욱 열성인지 모른다. 인공지능을 잡는 일에.

그런 형이 바람을? 에이, 설마.

"아, 그건 그렇고 효민아, 어서 와봐."

곤란한 표정을 짓던 강민 형은 부이사장이 자리를 뜨자 나를 데리고 좀 전까지 있던 형의 자리로 데려갔다. 그곳엔 하나의 거대한 스크린과 작은 수십 개의 스크린이 정면으로 보이는 곳이었는데 회색 화면만을 보이는 거대한 스크린을 빼고 나머지 작은 스크린들은 각각 어느 장면을 보여주고 있었다.

저 장면들은……?

"비상?"

"맞아. 현재 활동 중인 운영자들의 시선을 스크린으로 옮긴 거지. 아무리 우리가 운영자라도 마음대로 유저들의 플레이를 볼 수 없기 때문에 저렇게 운영자 시야 시스템을 쓰는 거야. 우선 여기 앉아라."

강민 형은 내게 의자를 권했지만 별로 앉고 싶은 생각이 들지 않았다.

"됐어. 그냥 서 있는 게 편할 것 같아."

"그래? 그럼 그렇게 해."

강민 형은 그렇게 말하고선 의자에 자신이 털썩 앉았다. 음, 표정을 보니 매우 피곤해 보이는데?

"근데 저 큰 스크린은 뭐지?"

"저건 신의 시야라는 스크린이야. 아, 인공지능의 그 신이 아니라 비상에서 일어나는 가장 중요한 장면들을 보여주는 기능을 가지고 있어. 저 작은 스크린들의 의도와는 좀 모순되는 일이긴 하지만 우리 측에서도 누가 비상의 아주 중요한 아이템을 가져가든가 하는 정말 중요한 일 같은 것은 알고 또 기록해야 하거든. 유일하게 한 대만이 그 기능을 하지."

음, 그렇군. 하지만 왜 회색 화면이지?

"회색 화면은 뭘 뜻하는 건데?"

"안 그래도 그것 때문에 널 부른 거다. 도대체 무슨 일이 벌어지고 있는 거냐?"

강민 형은 앉은 자세를 고치며 내게 물어왔다. 그 눈동자와 분위기

는 상당히 진지했으나 문제는 도대체 무슨 말인지 알아먹지를 못하겠
다는 거다. 앞의 내용 다 빼먹고 겨우 서술어만 대뜸 말하면 어떤 대답
을 하라는 거야?

"무슨?"

"현재 비상에서 가장 중요한 일이란 사람들에게 알려지지 않겠지만
인공지능에 대한 일이지. 너와 천추십왕인지 뭔지 하는 그 창조주의
파편 녀석들과 싸우는 장면까진 볼 수 있었어. 그런데 네가 요왕이란
여자에게 죽기 직전에서 저 스크린이 지금과 같은 회색 화면을 드러냈
단 말이야."

음, 그렇다면 내가 천추십왕들이랑 싸우는 장면을 다 봤단 말이야?
왠지 몰라도 부끄럽네.

"네가 내 전화를 받은 게 저 회색 화면이 뜨고 얼마 지나지 않아서이
니까 네 캐릭터, 사예가 죽었거나 아니면 로그아웃을 했다는 건데 사예
가 죽었다면 네가 이렇게 태연하지는 않을 거 아냐. 도대체 무슨 일이
있었던 거지?"

무슨 일? 무슨 일이라고 해봤자 요왕에게 죽으려고 하는 찰나 친구
들을 비롯한 쥬신 일행이 노도와 함께 나타나서…….

그 순간 내 뇌리를 스치는 한 가지 생각.

"설마 영호충이?"

"왜 그래? 역시 뭔가 짚이는 게 있는 거냐?"

"잠깐만. 좀 정리해 보고."

내가 요왕에게 죽기 직전 진랑 형의 비도가 날아와서 그녀가 날 죽
이는 것을 막았지. 그리고 강민 형의 말대로라면 이때 저 대형 스크린
의 화면이 맞갔다는 거고. 그렇다면 결국 그때 나타난 사람들이 원인

일 가능성이 크다는 건데… 생각할 것도 없이 영호충, 노도가 가장 의심스럽잖아!

휴우, 정리를 해보자. 분명 영호충은 대단한 존재야. 내 마음속까지 읽을 수 있고 아무런 기척도 없이, 내 느낌을 피해 나에게 다가설 수 있는 능력을 가진 인물. 또한 그는 인공지능의 시야에서조차 벗어난 인물이니 저 신의 시야라는 스크린을 마비 상태로 만드는 건 그리 놀랍진 않단 말이야.

하지만… 어째서? 천추십왕들과의 싸움을 감춰야 할 필요성이 있는가? 왜?

도무지 답이 내려지지 않는다. 결국 본인에게 물어보는 수밖에 남지 않은 거다.

난 안절부절못하는 아이큐 200의 천재 강민 형에게 비상 속에서 있었던 일을 일절 숨김없이 모두 말해 주었다. 그게 최선이라 판단했으니까.

"그렇군. 그럼 신의 시야도 그 영호충이란 자가 가린 건가?"

"그럴 가능성이 가장 커. 아니, 분명 그야."

"확신할 수는 없어. 영호충이란 존재에게만 그런 능력이 있는 건 아니니까."

"뭐?"

그럼 누구에게 그런 능력이 또 있다는 말인가? 아, 인공지능이라면 가능하지. 아니, 인공지능에게 신의 시야에 잡힐 형체가 있었던가? 아, 정말 뒤죽박죽이다. 젠장! 이렇게 머리 쓰는 일보다 차라리 몸으로 때우는 일이 백배 천 배는 낫겠다.

"지금까지 왜 우리가 창조주의 파편이란 존재를 확보하지 못했다고 생각해? 분명 그들이 강하기는 하지만 운영자 일동이 대거 출동하면 포획할 수도 있을 텐데 말이야."

음, 포획이라……

뭐, 틀린 말은 아니지. 근데 듣고 보니 정말 그러네? 왜 창조주의 파편이란 존재를 포획하지 않았을까?

강민 형에게 들은 사실이지만 현재 무림맹주를 비롯한 무림맹의 고위직 대다수가 운영자란다. 창조주의 파편이 아무리 강하더라도 나와 비슷한 무위를 가진 천추십왕이 아닌 이상 무림맹의 고위직 운영자만 나서도 힘들긴 하겠지만 포획이 불가능한 건 아니다.

설사 나나 천추십왕이라도 그들 전부가 나서서 포획이 아닌 추살을 하려 한다면 충분히 가능하다.

어째서 그러지 않았을까? 단 한 명이라도 포획한다면 그들의 데이터를 역추적해서 인공지능을 찾기에 조금이라도 도움이 될 텐데. 포획이 아니라 그들을 없애기만 해도 인공지능의 전력이 줄어드는 타격을 줄 수 있을 텐데 말이다.

"으으, 도저히 모르겠다."

"바보냐? 조금 전에 말했잖아. 자신을 숨기는 건 영호충이란 자만이 가능한 게 아니라고."

"그렇다면?"

"그래, 그들은 전부 자신을 감추고 있어. 영호충이란 자와 같이 완전히 데이터의 투명화는 아니지만 비상 속에 녹아들어 스스로의 정체를 감추고 있는 거야. 그렇게 하급 창조주의 파편도 가능한 일을 창조주의 파편 중 최강이라 생각되는 천추십왕이 불가능할까? 그리고 과연 똑같은 능력을 가지고 있을까? 서열과 지위, 힘의 분배상 절대 같은 능력을 가지고 있지는 않을 거야. 아니, 확신해. 너와 싸우거나 난동을 피우기 전까지는 그들은 우리 레이더에 전혀 잡히지 않았거든. 마치 투명 인간처럼 갑자기 나타난 거야."

음, 이거 점점 일이 심각해져 가는데. 그렇다면 그들이 쳐들어오는 것을 확인할 바가 전혀 없다는 거잖아. 이거 동에 번쩍 서에 번쩍 하는 놈들이랑 싸우라는 건가? 녀석들이 게릴라전으로 치고 빠지기를 계속하면 도대체 무슨 수로 싸우라는 거냐고.

"그나마 이번과 같이 세 명 이상이 한꺼번에 움직이면 그들로서도 완전히 차단하지 못하기 때문에 진행 반경을 미리 알 수 있으니 다행이지."

다행은 다행이지만 천추십왕 정도라면 굳이 모여 다니지 않고 한두 명만 가도 중소문파 정도는 충분히 괴멸시킬 수 있다고. 거기에 만약 그들이 초절정무공이라도 찾아낸다면? 더 이상 나빠질 수가 없는 최악의 스토리 라인이지.

그런 말들을 듣고 나니 나도 왠지 힘이 빠져 옆의 의자를 끌어와 털썩 주저앉듯 의자에 앉았다. 그리고 잠시 시야를 돌리다 신의 시야 대형 스크린에서 뭔가 이상한 것을 발견했다.

치직!

"응?"

"왜 그래?"

"방금 저 대형 스크린 흔들리지 않았어?"

"음, 모르겠는데?"

아닌데… 분명 흔들렸는데…….

그러나 내가 본 것을 아무도 보지 못했는지 모두 제각기 일에 빠져 있었다. 그나마 제일 편한 것이 나와 강민 형이군. 강민 형은 이 팀의 책임자라면서 이렇게 쉬고 있어도 되는 건가?

치지직! 지지직!

벌떡!

"봐! 내 말이 맞잖아!"

"그래, 이번엔 나도 봤어!"

나도 봤어가 아니라 보고 있잖아! 저렇게 계속 지지직거리는데!

그러나 내가 그렇게 말을 내뱉기도 전에 강민 형은 자리에서 벌떡 일어나더니 신의 시야 대형 스크린 주위에 있는 팀원들에게 지시하기 시작했다.

"출력을 최대로 높여! 방해 전파 차단기도 풀로 돌려서 최대한 막아 내! 안 되면 보조 전력까지 끌어와서 방해 전파 차단기를 두 대, 세 대 라도 좋으니 돌려!"

강민 형의 지휘에 일사불란하게 움직이는 비상 개발 계획 팀의 팀원들. 그런 팀원들의 노력 때문인지 회색 바탕에 마치 상처라도 생긴 듯 흔들리기만 하던 화면은 서서히 뚜렷해지기 시작했다.

"허억!"

"말도 안 돼!"

"이, 이게 도대체……!"

강민 형을 비롯한 팀원들은 드러난 화면에 입을 쫙 벌리며 놀라고 있었다. 그나마 난 조금 덜 놀랐는데 그 화면에 중첩해서 나타나는 장면들 중 일부는 내가 만든 것이기 때문이었다.

하지만 나도 중첩해서 나타나는 장면들 중 한 장면을 보고선 그들과 똑같아지기 시작했다.

"저럴 수가!"

"엄청나군. 도대체 어떻게 하면 저런……."

강민 형의 말은 모두 다 공감하는 단어였다.

엄청나다!

나와 천추십왕들의, 아니, 정확히 말해서 비왕에 이어 요왕과 맞부딪쳤던 곳으로 짐작되는 곳은 한바탕 거대한 토네이도라도 지나간 듯 그야말로 초토화가 되어 있었다.

높이를 짐작하지 못했던 거목도 수십 가닥으로 뻗친 뿌리를 훤히 드러낸 채 쓰러져 있었고 땅은 완전히 뒤엎어져 씨를 뿌리고 밭을 만들어도 될 정도였다. 저 우수수 쓰러진 나무들만 다 치운다면 말이다.

"도대체 누가?"

난 누구에게인지는 몰랐지만 나직이 질문했다. 그리고 그 답은 나 스스로가 알 수 있었다.

"영호충……."

그 사람이 아니면 불가능한 일이다. 인공지능이 나타나 스스로 개입하기 전까진 비상의 최고수이자 그 무위를 짐작할 수 없는 이, 노도 영호충 그 사람뿐이다.

초, 초절정무공을 익히게 된다면 저런 무위를 발할 수 있단 말인가. 그때 강민 형이 혼자서 중얼거리듯 입을 열었다.

"파풍유의(破風有意)……."

"파풍유의?"

"풍(風)의 힘을 지닌 초절정무공이야. 유일하게 이름을 알고 있는 초절정무공이지. 그냥 예상일 뿐이야. 파풍유의라는 확신은 없지만 왠지 그런 느낌이 들어."

풍의 무공이라……. 이거였던가?

바람이 있는 곳엔 바람이 없고 바람이 불지 않는 곳엔 바람이 부니 불고 불지 않는 바람을 담고 모아 하나의 폭풍이 된다.

내 기억 속에 남은 열 개의 단서 중 바람에 관련된 유일한 단서다. 그런데 이것도 말이 안 된단 말이지. 바람이 가는 곳에 바람이 없고 바람이 불지 않는 곳엔 바람이 불어? 헛소리다. 헛소리로 치부하기에 딱 좋은 소리다. 마지막은 이해가 되는군. 폭풍이 된다는 말은 폭풍의 힘을 쓸 수 있는 무언가가 된다는 말인데 그게 검법이란 말이지… 아, 접속을 끊기 전에 영호충이 검을 꺼내는 것을 봤으니 검법 맞겠지? 근데 강민 형은 그걸 어떻게 아는 거지? 저번에 말할 때는 초절정무공의 이름까지도 알지 못한다고 했던 것 같은데…….

"자세한 건 나중에 설명해 줄게. 지금은 그보다 우선적으로 할 일이 있잖아. 자! 어서들 움직이자고! 우선 저 화면이 가리키는 곳 주변에 누군가 없는지 찾아봐."

강민 형은 파풍유의의 흔적이라고 생각되는 일이 일어난 화면을 가리키며 팀원들에게 지시했다. 그러자 팀원들은 다시 분주하게 움직이기 시작했고 곧 하나의 긴 문서를 뽑아내더니 대답했다.

"검사 결과 주변 10구역까진 유저를 포함한 NPC 등을 발견할 수 없었습니다."

"그럼 또다시 모습을 감춘 건가?"

강민 형의 생각은 조금 빗나가 있는 것 같았다.

"아냐. 영호충과 천추십왕들뿐만이라면 몰라도 거기에 열 명이 넘는 내 일행이 있어. 아무리 영호충이라도 그들까지 전부 감추긴 불가능할 거야."

"휴우, 그렇지만도 않아."

"뭐?"

무슨 소리지? 그렇지만도 않다니? 내 의문이 담긴 표정을 본 강민 형은 오른손의 검지를 펴더니 목에 대고 긋는 시늉을 하며 말했다.

"숨기는 게 아니라 죽어서 로그아웃시킨 거라면 얘기가 달라지지."

끄응~ 그 방법이 있었군. 내 캐릭터인 사예야 인공지능과 싸울 때 필요해서 살려줬다손 치더라도 내 일행까지 살려줘야 할 책임은 없으니까. 설혹 그가 직접 죽이거나 천추십왕들에게 당하지 않았더라도 저런 위력을 가진 공격의 여파에서 살아남기도 쉽지 않을 거다. 그리고 사예 하나라면 충분히 감출 수 있겠지. 근데 저런 힘을 가진 영호충이 꼭 내 힘까지 필요한 걸까?

"그럼 그곳에 있었던 것으로 추정되는 사예를 위시한 쥬신제황성 문파의 문원들, 그리고 여원, 무진, 소룡, 수유, 미우, 솔하, 사미, 초은설이란 이름의 캐릭터를 추적해 봐."

강민 형의 판단은 아주 탁월했다. 내 캐릭터를 비롯해 다른 이들의 캐릭터를 추적한다면 분명 그 위치를 찾아낼 수 있을 거다. 설사 죽었다 하더라도 죽은 기록은 남아 있기에 그래도 찾을 수 있을 거다.

곧 다시 팀원은 긴 서류를 들고 와서 대답했다.

"우선 사예는 밝혀지지 않았습니다. 죽은 기록도 없고 현재 위치도 나타나지 않습니다. 그리고 쥬신제황성 문파는……."

"다른 이들은 빼고 딴 곳에 떨어져 있는 사람들만 얘기해 봐."

"예. 현재 대부분의 쥬신제황성 문원이 천진에 있으니 그와 가장 떨어져 모인 이들은 하남에 있습니다. 또 몇몇의 사람들은 비상 전 지역이라 해도 좋을 만한 곳에 퍼져 있습니다. 넓은 범위로는 알아낼 수 있었지만 이들도 정확히 밝혀내지고 있지 않습니다. 그리고 나머지 여원, 무진, 소룡, 수유, 미우, 솔하, 사미, 초은설이란 캐릭터 역시 마찬가지입니다. 하남성에 있는 건 확실한데 어디에 있는지 정확히 밝혀지지 않습니다."

"그나마 살아는 있단 말이군."

그렇군. 살아 있다면 안전하다는 말일 거다. 파풍유의 흔적으로 보이는 공격을 천추십왕들에게 퍼부었다면 결코 그들도 무사하진 못했을 거고 그런 몸으로 영호충만이 아닌 일행을 감당해 내기엔 벅찰 테니까.

그때 팀원 중 한 명이 다가오더니 강민 형에게 말했다.

"운영진들을 습격하던 자가 사라졌습니다."

"운영진들 중 한 명이 그의 사진을 찍었다고 합니다."

"좋아, 누군지나 보자고."

강민 형의 말에 팀원들 중 한 명이 자신의 앞에 있는 컴퓨터를 만지작거리자 강민 형의 자리에 배치된 컴퓨터의 화면에 몇 개의 화면이 떴고 그 화면으로 누군가의 모습이 보이기 시작했다.

무표정을 유지한 채 거대한 도를 내려치는 그. 놀랍게도 내가 아는 인물이었다.

"패왕?!"

"패왕? 음, 그렇군. 그렇다면 신의 시야를 막는 게 영호충이란 자가 아니라 인공지능이라는 게 증명된 셈이군."

확실히 그렇다. 신의 시야를 차단하는 데 저렇게 운영자조차 간섭하지 못하게 패왕이 나섰다면 인공지능이 직접 개입했을 가능성이 크다. 천추십왕 중 하나인 패왕이 척살 대상 영순위인 영호충의 일을 도와줄 리 없잖아. 근데 어떻게 된 거지?

"투귀는 당한 건가?"

"그럴 리가 없지."

무심코 내뱉은 한마디에 강민 형이 곧바로 대답해 왔다.

"그럴 리가 없다니?"

내가 강민 형을 의아한 눈초리로 쳐다보자 강민 형은 마치 말실수를 했다는 듯 당황한 기색을 보이며 살짝 고개를 돌렸지만 내가 계속 노려보자 곧 입을 열었다.

"사실… 투귀도 하나의 버그에 걸렸거든."

"버그?"

"일명 불사신의 버그라고도 하지."

불사신? 그럼 죽지 않는다는 말인가?

"네게 한계치가 사라졌듯 투귀에겐 생명력의 수치가 사라졌어. 비상에선 생명력이 남아 있다면 설사 목이 잘려도 생명력이 다할 때까진 살아 있어. 목이 잘린 뒤엔 생명력이 급속도로 감소해서 아무리 체력이 많아봤자 5초 안으로 죽으니 살 수 있는 가능성 따윈 없지. 하지만 투귀는 그렇지 않아. 투귀도 시간이 지나면 죽도록 제약은 되어 있지만 그 시간이 1, 2분 정도로 대폭 늘어버렸어. 그리고 고위 의원, 의녀들은 그 시간이면 충분히 고칠 수 있지."

"허어……."

그러니까 강민 형의 말을 대충 정리해 보면 투귀도 버그에 걸렸는데 그게 생명력 수치가 사라지는 버그더라. 그래서 단순한 상처나 생명력의 감소로는 죽지 않고 설령 목이 잘리거나 심장에 칼이 꽂혀도 1, 2분 안에 상처를 고칠 수 있는 의원이나 의녀만 옆에 있다면 그렇게 당하고도 살 수 있단 거잖아.

허! 내 버그도 어이가 없지만 투귀의 버그는 어이가 없다 못해 행방불명이 됐구먼.

투귀 정도의 고수가 목이나 심장을 내줄 것 같은가? 말도 안 되는 소리! 설령 내준다 하더라도 거기에 단단한 방어구만 겹쳐서 막아놓았다면 녀석은 죽음의 걱정 없이 마음껏 싸울 수 있단 거잖아.

젠장! 아무리 강한 공격을 해도 그 공격을 무시하고 들어와서 배때기에 권강을 쑤셔 박으면 도대체 무슨 방법으로 이기라고…….

"그 지독한 놈에게 그런 버그가……."

난 망했다.

그런 놈이 눈에 불을 켜고 나에게 달려드는데 죽여도 죽지 않는 놈을 두고 어떻게 싸우라는 것인가. 거기다가 내 버그인 한계치가 사라지는 버그도 능력치를 비롯한 몇 가지 기능의 한계치만 사라지는 일종의 제약이 있다. 물론 아직 그 한계치가 무엇 무엇인지는 모르지만 강민 형이 확신하는 바로 절대생명의 숫자는 아니란다. 그러니까 나도 세 번 죽으면 캐릭터가 사라진다는 거다.

내 버그만으로도 무공을 마음대로 배울 수 있고 능력치도 마음껏 끌어올릴 수 있는, 엄청나게 강해질 수 있는 발판은 마련된 셈이지만 투귀의 버그는 그 궤도를 달리해서 발판 마련과 동시에 죽음의 위험에서 벗어나 있다.

"하… 하하하. 어쩌다 보니 그렇게 됐네."

어색하게 웃으며 말하는 강민 형.

아아, 투귀에 관한 건 잠시 제쳐 두자. 생각한다고 뾰족한 수가 나오는 것도 아니고 지금은 인공지능만으로도 머리가 터져 버릴 것 같으니…….

그 뒤로도 형의 지시로 한참 동안이나 일행의 위치를 추적했지만 결국 찾아내지 못했다. 내가 로그인한다면 되겠지만 나도 모레나 돼서야 로그인이 가능했다. 내가 로그아웃하기 전 청화 누나가 알려준 사실인데 그렇게 신체 부위가 떨어져 나간 뒤 새로 만드는 시술을 시행하면 그 캐릭터는 이틀 동안은 로그인하지 못한다고 했다. 즉, 난 이틀 동안은 그 안에서 무슨 일이 일어나고 있든 간에 간섭을 하지 못한다는 거다.

"휴우, 모르겠다. 아참, 효민아. 넌 가서 쉬어라. 오늘 하루 정말 고마웠어."

"뭐, 별로 도와준 것도 없는데."

처음에야 상황에 대해 설명을 해줄 수 있었지만 나중에 가선 정말 할 짓 없이 구경만 했다. 내가 뭐 저런 것을 알아야 거들지. 그나마 비상을 직접 겪어서 많이 알고 있었으니 다행이지 안 그랬다면 처음부터 꿀 먹은 벙어리가 될 뻔했잖아. 아, 왠지 비참해진다.

"근데 오늘 내가 보고 들은 내용은 기밀이지 않아? 이 정도로 보안을 철저하게 해놨으면서 나 같은 민간인에게 보여줘도 괜찮은 거야? 위에서 뭐라 하지 않아?"

"아, 그 보안 장치들? 내버려 둬. 회사의 윗대가리들이 처음엔 이 게임 시장에 관심없다가 유일하게 인기를 끈다니까 그제야 오랫동안 이 시스템을 독점하고 돈 좀 벌어보겠다고 억지로 사무실도 이런 곳으로 옮기고 그런 보안 장치도 단 거야. 보면 알잖아. 많기만 했지 비싸고 성능 좋은 건 몇 개 없어."

마치 정떨어졌다는 듯 한숨을 내쉬며 말하는 강민 형을 보니 그 회사의 윗대가리란 사람들이 어떤 사람들일지 대충 상상은 되었다. 실제로 S · T가 나오기 전까지 게임 시장은 거의 바닥을 기고 있었고 S · T 가 나왔다가 불의의 사고로 무산된 뒤로는 그나마 전보다는 나아지긴 했지만 그래도 환대받는 그런 분야는 아니었으니까. 아, 오해는 마라. 이 말은 상호가 얘기해 준 것을 그대로 읊은 것뿐이다.

"그리고 윗대가리들이 이 사실을 알았다 하더라도 내가 비상의 안전 을 위해 특별히 고용했다고 하면 아무 말도 못 할 거야. 뭐, 실제로 고 용한 거나 마찬가지로 일을 해주고 있으니 말이야."

"호오, 그렇게 생각한단 말이지? 그럼 나 봉급은 얼마야?"

"응? 그게 무슨……."

어허! 고용한 것과 같이 생각한다면서 그것을 떼먹으려 했단 말인 가! 난 되물어오는 강민 형의 말을 잘라 버리며 말했다.

"힘들여 한 일엔 정당한 대가가 있어야 하지 않겠어?"

"끄응, 잘나가는 카페 주인이란 놈이 월급쟁이인 이 형의 돈마저 갈 취하려 하는 거냐?"

"그렇게 말하면 내가 섭섭하지. 갈취가 아니라 정당한 대가라니까."

"마, 말은 잘한다."

난 골치 아프다는 듯 머리를 짚는 강민 형에게 싱긋! 웃어주며 그 말 을 살짝 씹어줬다.

"끄응. 좋다, 그럼 절정무공 세 권을 주마."

"헉!"

난 헛바람을 들이키고 말았다. 절정의 무공이라니… 이류도 아니고 일류도 아닌 외 3등급, 초일류도 아닌 외 2등급, 절정의 무공이라 니……!

이, 이런 악덕 운영자 같으니라고! 내가 가진 단 두 개의 절정무공인 현월광도와 축뢰공에 버금가는 그런 무공을 세 개씩이나 마음대로 줘도 되는 거야? 아무리 운영자라지만 이건 너무하잖아!

내가 그런 마음으로 강민 형을 노려보자 강민 형은 그런 내 맘을 알기라도 했다는 듯 손을 휙휙 내저으며 말했다.

"아아, 걱정 말라고. 이건 운영자로서가 아닌 1차 때부터 계속해서 테스터를 해왔던 강민, 아니, 전황(戰皇) 진명의 이름으로 주는 거니까."

"뭐, 뭐?!"

저, 전황? 지, 진명? 그럼 구신 중 중삼신의 전의 직업이……?

"뭘 그렇게 놀라냐? 1차 때는 운영자 중에서도 테스트를 해야 하는데 테스터를 할 사람이 없어서 내가 한 것뿐이야. 뭐, 운영자로서 정보를 미리 알고 있었던 것이 키우는 데 도움이 되긴 했지만 순전히 운이 좋아서 전(戰)의 직업을 얻었다고. 그리고 군에 투신해서 운영자 비슷하게 써먹고 있으니 안 될 것도 없잖아. 내가 주려는 절정의 무공도 황궁보고에서 슬쩍 빼돌린 거라고."

놀랍다. 형이 전의 칭호를 가진 캐릭터의 주인이라니.

운영자로서 정보를 가져다 썼다지만 내가 알기로 구신의 직업은 단순히 정보만을 알고 있다고 해서 얻을 수 있는 것이 아니다. 그만큼 강민 형도 열심히 했다는 건데…….

음, 어쨌든 좋은 정보를 얻었군. 이 정보를 사용해서 가끔씩 뜯어내야겠어.

그때 날 지켜보던 강민 형이 조금 재수없게 느껴지는 의미심장한 미소를 지으며 입을 열었다.

"대신!"

"대신?"

으윽! 역시 뭔가 있었어!

"네가 나 대신 한 가지 일을 해줘야겠다."

"무, 무슨?"

씨익!

헉! 저 웃음… 재수없어. 뭔가 아주 곤란한 걸 시킬 것 같다. 그렇지 않고서야 저런 미소를 보낼 리가……

까딱까딱!

귀를 대보라는 듯 손가락을 까딱거리는 강민 형의 모습에 난 불안감에 휩싸였지만 별수없이 귀를 가져다 댔고 그때부터 강민 형은 얘기를 풀어놓기 시작했다.

"뭐?!"

"쉿! 조용히 해. 별로 어려운 일도 아니잖아."

뭐? 별로 어려운 일이 아니야?

난 몸을 팩 돌려 버렸다.

"말도 안 되는 소리 마! 만약 그거 걸렸다가는 난 끝장이란 말이야, 끝장!"

"야야, 너와 나만 조용히 하면 아무도 몰라. 그리고 단 한 번 가지고 뭘 그러는 거냐?"

"그럼 형이 하라지! 단 한 번인데 말이야!"

"나야 일이 바쁘잖아. 어차피 넌 내일도 할 일 없을 거 아냐."

윽! 분하지만 맞는 말이라서 반박을 못하겠다. 어쨌든 안 되는 건 안 되는 거다!

"어쨌든 절대 안 돼! 어떻게 내 사정을 뻔히 알면서 그런……."

"뭐 싫으면 나도 억지로는 안 시켜. 다만 네가 지금까지처럼 그리고 앞으로도 계속 무료 봉사한다고 생각하지 뭐."

치, 치사하게.

난 유들유들거리는 강민 형에게 달려들어 분노한 동생의 쓴맛을 보여주고 싶었지만 곧 그것보다 더 좋은 생각이 떠올라 관두었다. 좋아, 눈에는 눈! 이에는 이라고!

"그, 그럼 나도 인공지능이고 뭐고 안 막을 거야. 비상이 망하든 말든 나랑 무슨 상관인데! 키운 캐릭터가 아깝긴 하지만 그래도 그 일을 한 후 벌어질 수도 있는 불상사보단 나아. 그건 내 인생이 달렸다고."

최후의 수단을 쓴 나는 의기양양하게 강민 형을 쳐다봤다. 헹! 이젠 어쩔 건데!

근데 강민 형은 내 그런 말에도 전혀 당황하지 않고 오히려 눈을 가늘게 뜨더니 곧 입을 열었다.

"너 뭔가 잊고 있는 것 같은데 비상이 망하면 나만 거지 되는 건 줄 알아? 비상이란 소재로 카페를 개업한 게 누구더라? 지금 당장이라도 그 계약 건을 철회할 수도 있어. 아니, 그렇게 하지 않더라도 비상이 망하면 자동적으로 그 카페의 소재도 사라진다고. 카페만으로도 버틸 수 있겠지만 비상 구동기기인 캡슐과 스테이지에서 많은 손해를 볼 텐데? 거기다가 처음부터 평범했다면 모르되 잔뜩 이미지를 끌어올렸다가 한순간에 이미지를 잃고 추락한 카페에 과연 많은 손님이 찾아올까?"

그, 그런…… 미, 미처 생각을 못했다.

비상이 망한다면 내 카페인 아틀란티스도 메리트를 잃게 된다. 과연 메리트를 잃은 평범한 카페로 얼마나 버틸 수 있을까……. 젠장! 이거

남의 일이 아니잖아!

　땅바닥을 짚으며 절망하고 있을 때 강민 형이 의자에서 일어나 휘적 휘적 걸어오더니 내 어깨를 잡고 말했다.

　"쯧쯧! 넌 아직 사업을 몰라. 어떻게 할래? 다 같이 죽을까, 아니면 네가 수고 좀 할래?"

　크악! 빌어먹을! 내가 그딴 일 할 리가 없잖아! 내가 망하고 말지 때려죽여도 그딴 일 못해!

　"차라리 날……!"

　젠장. 내가 왜 여기에 나와 있는 거지. 난 내 애마 XI―3 금속 부분의 차가운 감촉을 등으로 느끼며 XI―3에 기대어 서 있었다. 내가 서 있는 곳은 포에버 사의 정문 앞. 크윽! 어제 결국 난 강민 형에게 무릎을 꿇었고 결국 이곳에 나와 있는 거다.

　난 시계를 보았다. 약속 시간에서 30분이나 이르게 나와 있었지만 그래도 어쩔 수 없다. 강민 형이 내건 조건 중 하나가 바로 이거니까. 도대체 왜 내가 이렇게 빨리 나와 있어야 하는 건데! 강민 형! 두고 보자고!

　"어머, 벌써 나와 계시네요."

　낭랑한 목소리. 그러면서도 깨끗한 목소리. 그런 목소리가 XI―3에 기대고 있는 내 등 뒤로 들렸다. 음, 왔나 보군.

　"많이 기다리셨나요?"

　잘빠진 몸매, 긴 머리에 웨이브가 첨가되어 하늘하늘거리는 헤어스타일, 세련되어 보이는 옷차림. 이것만 봐도 누군지 알 수 있을 거다. 부이사장, 음, 이름이… 진사혜라고 했던가?

그녀는 입가에 살짝 미소 지으며 내게 인사를 했다.

"아뇨, 저도 방금 왔습니다."

"정말요? 그럼 다행이네요."

형식적인 인사였지만 뭐 어색한 분위기를 없애는 덴 형식적인 것만큼 좋은 게 없지.

휴우… 내가 왜 이러고 있느냐. 그건 바로 강민 형의 조건 때문이다. 저 부이사장 진사혜는 이 포에버 사의 이사장 딸이라는데 네 살인가? 하여튼 아주 어릴 때 미국으로 이민 가서 쭉 유학 생활을 하다가 사흘 전에 건너왔단다.

그리고 나서 한창 개발 중인 비상 개발 계획 팀 부이사장으로 발탁이 되었다는데 비상 개발 계획 팀의 총책임자인 강민 형과의 첫 대면에서 요상망측한 말솜씨로 어처구니없게 한국 구경을 시켜주겠다고 약속해 버렸단다. 그리고 그 약속을 이것저것 핑계 삼아 내게 떠넘겨 버린 거고.

정말 어이가 없지. 아이큐 200이라는 천재가 그런 말솜씨 하나 못이기고 넘어가 버려? 거기다가 말이 한국 구경이지 미국이나 한국이나 이런 도시가 달라봤자 다르면 얼마나 다르다고 구경은 구경이야? 이건말이 구경이지 데이트의 핑계나 다름없잖아!

그리고 강민 형도 그래. 저 여자의 관심은 강민 형에게 있는 것 같은데 나한테 떠넘겨서 뭘 어쩌겠다고! 이걸 서인이에게 들키면 난 죽는단 말이야! 형만 결혼하냐고!

"뭐 하세요?"

"네? 아, 네. 잠시 사색에 잠겼습니다."

"네?"

“아니, 아닙니다.”

한참 절규를 해댈 때 부이사장이 내 모습을 보고 물었고 난 대충 어물쩡 넘겨 버렸다. 근데 내가 한 말은 내가 생각해도 가관이다. 사색에 잠겨? 부이사장은 다시 한 번 무슨 소리인지 물어왔고 이번에야말로 그냥 넘겨 버렸다. 어휴… 이게 무슨 신세냐.

“그건 그렇고 정말 이걸로 괜찮은 겁니까?”

난 나의 애마 XI—3를 가리키며 물었다. 아무리 내 애마라지만 이건 좀 아닌 것 같은데?

“네. 저도 이런 거 한번 타보고 싶었어요.”

살짝 미소를 지으며 말하는 그녀의 모습은 아름다웠지만 그 아름다움보다 그녀의 말과 행동이 어이없음으로 해서 그녀를 바라보았다. 세상에 이게 말이 되냐고.

어제 강민 형의 협박에 못 이겨 결국 약속을 잡게 된 나는 집으로 돌아와 강민 형을 저주하며 잠에 빠지려고 했는데 그때 강민 형에게서 전화가 걸려왔다. 내용은 오전 10시까지 포에버 사 정문 앞으로 나오라는 거고 거기에 덧붙인 게 꼭 바이크를 타고 나오라는 거였다. 연유를 물어보니 강민 형이 부이사장에게 약속에 대한 사실을 알려줬더니 그녀가 한편으로 아쉬워하면서 꼭 부탁한 게 그거란다. 어제 내가 바이크 타는 것을 보았나 보다.

정말 황당하지. 무슨 여자가 생전 처음 만난 남자와 함께 바이크를 타겠다는 건지. 요즘 시대에 그런 걸 따지자니 좀 이상하긴 하지만 남녀칠세부동석이라고 난 그쪽으론 좀 보수적이란 말이야.

거기다가 워낙 집에서 단속을 시켜 지금까지 바이크 같은 이륜은 한번도 못 타봤고 오직 안전한 자동차만 탔다니 이런 시대에 뒤떨어진…

음, 내가 할 말은 아니군.

"자, 받으세요."

그녀의 대답에 난 한숨을 쉬며 헬멧을 건넸다. 요즘엔 바이크에 각종 안전 장치가 되어 있어 헬멧을 쓰지 않더라도 법에 저촉되지 않지만 뒤에 타는 사람은 그래도 조금 위험하기에 일부러 헬멧까지 챙겨온 것이었다.

그녀는 헬멧을 처음 써보는지 약간 시간이 걸렸지만 어설프게나마 헬멧을 쓸 수 있었다. 그리고 난 바이크에 올랐고 곧 그녀도 내 뒤에 탑승했다. 허리춤의 옷을 잡는 손길이 느껴졌다. 그럼 어디부터 가볼까나⋯ 음, 좋아! 거기다!

"그럼 출발합니다."

난 바이크의 시동을 걸었고 천천히 출발하기 시작했다. 성격 같아서는 빠르게 출발하고 싶었으나 이런 이륜차를 처음 타보는 부이사장을 생각해서 그냥 천천히 출발시켰다. 그러나 언제까지고 느리게 갈 수만은 없기에 점점 더 속력을 냈고 그럴수록 그녀는 내 등에 얼굴을 묻고 옷을 잡는 손길이 거세어지는 것을 느낄 수 있었다. 괜찮으려나?

"괜찮아요?"

"네! 괘, 괜찮아요!"

한참을 신나게 달리고 있었기에 크게 소리를 내서 그녀에게 물었고 그녀도 약간 떨리는 목소리지만 괜찮다고 대답해 왔다. 쩝, 말은 괜찮다지만 떨고 있는 게 그대로 느껴지구먼. 그래도 괜찮다고 그러니 우선 달리고 보자!

현 대한민국의 수도는 서울이라 이름 붙여진 곳이다. 다른 게 뭐가 있냐고?

음, 다른 건 많다. 과거의 서울보다 더 위에 있는 곳이니까. 또 정식 명칭은 신(新) 서울이라는 아주 넌센스틱한 이름이다.

과거, 대한민국의 수도는 구 서울이었지만 3차대전 이후 북한과 남한이 하나로 통일되면서 구 서울 대신 가장 중심에 위치한 곳을 수도로 잡게 되었는데 그 지역 전체를 하나로 일컬어 신 서울이라 이름 붙이고 새로운 수도로 명명했으며 구 서울은 주공이란 이름으로 바꾸었다.

한 나라의 수도가 그렇게 쉽게 바뀌어지겠냐마는 뭐라더라? 구 서울이 발전하면 발전할수록 오염된댔나? 나 참, 말은 그렇게 해도 분명 그 이유가 아니라 정치하는 윗대가리들 간의 알력이 오갔을 거다.

말 같은 소리를 해야지. 오염됐다고 수도를 바꿔? 진짜 웃겨. 그들 간의 알력을 나 같은 소시민이 알 길이 없지만… 아니, 알 필요가 없지만 시대를 막론하고 정치인들이 문제라는 건 언제나 똑같다.

어쨌거나 내가 살고 있는 곳이나 포에버 사의 본사가 있는 곳도 바로 대한민국의 수도 신 서울이다. 가장 번창한 곳이며 모든 정보의 요충지. 그러면서도 산업보다는 관광 요소를 많이 포함한 곳이 바로 이 신 서울이다.

그런 서울이니만큼 볼 곳이야 많았지만 미국의 도시에서 배부르게 자란 이 아가씨가 서울의 관광지를 보고 새로울 게 있을까나?

그래서 내가 생각한 게 유명한 곳을 찾아다니기보다는 미국엔 없고 한국에만 있는 그런 곳을 찾아다니기로 했다. 그리고 지금 내가 도착한 곳이 바로 그곳, 서울에서 좀 벗어나긴 했지만 그래도 한국의 정취를 느낄 수 있는 곳, 민속박물관이다.

아아, 아무리 한국 본토의 느낌을 찾아왔다곤 하지만 여긴 내가 생각해도 깬다, 깨.

"저 이런 곳 처음 와봐요."

"하… 하하. 그, 그래요?"

부이사장이 쾌활하게 웃으며 내게 말했다.

솔직히 나도 장담할 수가 없었다. 그녀가 정확히 몇 살에 미국으로 건너갔는지 확실하지가 않으니 이런 민속박물관에 들렀는지도 미지수이지만 그래도 생각나는 곳이 여기밖에 없는데 나보고 어쩌라고! 그래도 마음에 들어하는 것 같으니 다행이네. 그리고 이 지역은 관광을 위해 여기서 약 1, 2킬로미터만 더 가면 한국에서도 알아주는 대형 놀이공원도 있으니 뭐, 괜찮겠지.

"어서 들어가요."

"아, 네."

그녀와 함께 들어간 민속박물관은 제법 신기했다. 하나의 거대한 마을로 만들어져 있는 민속박물관은 예전에 내가 한 번 들른 곳과는 정말 달랐다. 그러니까 열 살 이후로 소풍이고 수학여행이고 다 빠졌으니 약 9년 만인가? 아니지. 여덟 살 때 민속박물관에 소풍 온 이후로 처음이니 약 11년 만이네.

10년이면 강산도 변한다고 11년이 지나 처음 들른 민속박물관은 정말 신기했다! 이런 날 뭐라 할지 몰라도 신기한 건 신기한 거다!

"우와! 저건 뭐지?"

"어라? 이런 것도 있었나?"

"호오! 저거 멋지다!"

난 갖가지 소리를 지르며 민속박물관을 돌아다녔고 어떻게 보면 부이사장보다 내가 더 신나 있었다. 아니, 분명 내가 더 신나 있었다. 하지만 몇 년 만에 이런 데를 와보는 건데……

그렇게 두 시간쯤 구경을 하자 민속박물관을 모두 구경할 수 있었고 이번에는 부이사장의 요청으로 그녀를 태우고 놀이공원으로 향했다. 미국엔 한국보다 훨씬 좋은 놀이공원이 많을 테고 또 그런 곳에 많이 가봤을 텐데 놀이공원 같은 델 오다니… 정말 미안할 따름이다.

"죄송합니다. 제가 아는 곳이 별로 없어서. 미국엔 더 좋은 곳도 많을 테고 한국에도 좋은 곳이 많을 테지만 제가 그쪽으로는 좀 약해서요."

"아니에요. 미국에서는 공부한다고 놀이공원 같은 데를 가보지 않았는걸요? 덕분에 이런 놀이공원에 오는 게 몇 년 만인지 몰라요."

그녀는 빙긋 웃으며 대답을 해줬는데 처음의 그 약간 도도한 모습이 많이 희석되어 푸근한 느낌을 줬다. 역시 연상의 여인은 이해심이 많은가?

놀이공원에 가면 뭘 해야 하는가? 당연히 놀이기구를 타야지.

점심을 간단한 패스트푸드로 때우고 한참을 놀이공원에서 시간을 보내자 더 이상 갈 곳이 없어졌다. 아아, 저 붉은 석양이 왜 저렇게 빨리 끝나지 않는지… 난 이런 건 꽝이란 말이야!

"후후, 재미있게 놀았네요. 이제 어디 가서 좀 쉬고 싶은데……"

쉬고 싶다라……. 아! 거기 좋다. 거기로 가자.

"제가 정말 좋은 곳으로 안내해 드리죠."

"네?"

"우선 타시죠. 다시 서울 안으로 돌아가야 하니까."

난 어리둥절해하는 그녀를 태우고 다시 바이크를 출발시켰다. 하루 동안 그녀와 많이 친해진 상태라 그녀는 거리낌없이 내 허리를 잡았고 나 역시 처음과는 다르게 보통처럼 바이크를 출발시켰다. 좋아! 가자!

한참을 달려 우린 서울 안으로 다시 진입할 수 있었고 난 바이크를 서울의 중심으로 몰았다. 그리고 얼마 후 목적지에 도달할 수 있었다. 도착했을 땐 이미 해가 완전히 져서 하늘을 검은색 물감이 물들이고 있었다.

"자, 다 왔습니다."

"여긴? 아! 들은 적 있어요. 저희 비상을 접목시킨 카페라고… 말로만 들었는데 굉장히 장사가 잘되네요?"

그렇다. 내가 그녀를 데리고 온 곳, 그곳은 한창 잘나가는 내 카페 아틀란티스였던 것이다. 음, 여기라면 돈도 안 들고 쉴 수도 있어서 좋지. 왠지 선전하는 것 같아 좀 찔리긴 하지만.

난 그녀에게 싱긋 웃어주곤 말했다.

"제 카페죠."

"네?"

"제가 이 카페, 아틀란티스의 사장입니다."

내 말에 부이사장의 눈이 휘둥그레지고 있었다. 좋아, 내가 원하던 반응이야!

"와, 정말 이 카페가 효민 씨 거예요? 대단해요!"

포에버 사라는 대기업의 부이사장이란 요직을 맡고 있는 그녀를 생각하면 일개 카페 사장이란 건 그다지 대단한 게 아닐 테지만 말만이라도 칭찬을 해주니 기분은 좋군.

"뭘요. 한국에 이런 카페가 한둘인가요. 부이사장님이야말로 대기업의 요직을 맡고 있으니 자랑할 건 못돼요."

"아니에요. 젊은 나이에 이런 대형 카페의 사장이시니 충분히 대단해요. 저야 아버지 덕분에 이런 직책을 맡은걸요."

음, 그렇게 따지만 나도 부모님 유산으로 이 카페를 세운 거니 별로 다를 게 없는데… 아, 왠지 비참함이 몰려온다.

"어쨌거나 이 얘긴 그만 하고 어서 들어가시죠. 언제까지 이러고 서 있을 순 없잖아요."

난 바이크를 몰아 아틀란티스 앞으로 가져다 대었다. 그러자 나를 알아본 종업원들이 인사를 했고 나도 가볍게 그 인사에 응대하며 바이크를 맡겼다. 서비스 산업이니 손님의 주차는 우리 측에서 책임진다는 명목으로 고급 호텔의 그것처럼 손님의 주차를 종업원들이 대신 해주는 규칙을 만들었기 때문이다.

카페 안으로 들어가자 여전히 사람들이 북적대고 있었다. 장사가 잘되니 내 마음도 기쁘구나! 어쨌든 난 그녀를 데리고 사람들을 피해서 2층으로 올라갔다. 2층으로 들어갈 수 있는 문과 2층을 지나쳐 계속해서 올라가는 계단을 선택해야 하는 기로에 섰던 우린 2층으로 들어가는 문 앞으로 발걸음을 옮겼다.

문 앞에는 굉장히 잘 차려입은 턱시도의 중년 남자가 서 있었는데 바로 이 2층을 책임지는 책임자다. 일명 지배인이라고도 하지. 그는 날 알아보곤 다가와 인사를 건넸다.

"아, 사장님. 나오셨습니까."

"안녕하세요. 오늘 손님 많죠?"

"항상 그렇지 않습니까. 그런데 오늘은 아름다운 숙녀 분과 함께이

시군요."

"하… 하하. 그게, 그냥 그렇죠."

난 능글맞게 웃는 지배인에게 어색한 미소를 지어줬다. 우선 화제부터 바꿔야겠군.

"아참, 부사장은 지금 연락이 되나요?"

화제를 바꾸자는 것도 있었지만 혹시나 하는 마음에 물었다. 만약 된다면 내가 로그아웃한 후의 정보를 얻을 수 있을 테니까 말이다.

"부사장님은 어제와 오늘, 내일까지 비번이시지 않습니까. 요즘 그 게임… 아! 비상이란 게임에서 대회다 뭐다 한다고 바쁘시고 말입니다."

"아, 비번."

난 탄식 섞인 소리를 내뱉었다.

희구 형은 프로다. 아무리 게임을 좋아한다 할지라도 카페에 소홀할 정도는 아니다. 그 예로 지금까지 중요 비무가 있었어도 낮엔 비상에 들어오지 못했고 희구 형 스스로도 거기에 대한 미련은 없어 보였다.

하지만 오늘 같은 비번 날은 다르다. 희구 형의 신조가 무슨 일을 하든 그 순간은 그 일에 최선을 다하자는 것이었고 우연히 그 얘기를 들은 나는 희구 형의 신조를 아예 카페의 신조로 만들어 버렸다.

카페 일을 할 땐 그 일에 최선을 다하고 비번 같은 쉬는 날에는 절대 예외없이 푹 쉬게 했던 것이다. 거기다가 비번의 기간도 대폭 늘려서 한 달에 삼 일씩 두 번 쉬게 해주었으며 토, 일요일에는 주말 전용 직원을 고용해서 주말에도 쉬게 만들었다.

어떻게 보면 한 달에 일을 하는 날이 얼마 없을 것 같지만 확실히 직원의 능률은 대폭 상승했기 때문에 그로 인해 받는 손해보다 이익이 더욱 커서 나를 만족하게 만들었다.

어쨌든 희구 형은 그 신조를 철썩같이 지키기에 카페에선 부사장이란 직책으로 최선을 다하고 쉬는 날엔 쉬는 것에 열중해서 코빼기도 보이지 않는다. 그러므로 오늘 같은 비번인 날엔 희구 형을 찾기란 요원한 일이다. 비상 안에서라면 몰라도.

"휴우, 그렇군요. 알겠습니다. 혹시 오늘 안에 연락이 되거든 꼭 제게 알려주세요. 아, 그리고 로열 스테이지에 전망 좋은 자리 중 남는 자리 있습니까? 밖의 야경이 한눈에 보이는 멋진 자리로요."

"그럼요. 사장님을 위해 항상 특석은 비워둡니다."

지배인은 웃으며 말했지만 그 말속에 걸리는 게 있다.

"항상 특석을 비워둔다고요?"

내가 되묻자 지배인은 아차 하는 표정을 지었지만 이미 늦었다.

"숨길 생각 하지 말고 빨리 말해요."

"휴, 부사장님이 사장님께서 사용하실 자리는 항상 비워두라고 하셔서……."

그러니까 언제 올지도 모를 내 자리를 항상 비워두고 손님들은 다른 자리에 앉혔다 이 말이지? 거참, 날 위해서 한 일이니 화를 내기에도 뭐하고 그렇다고 특석을 비워둔 채 공돈을 날린 걸 칭찬할 수도 없고…….

"앞으로 제 자릴 비워두지 마세요."

"하지만 부사장님께서 사장님을 생각하셔서 특별히……."

"어쨌든 그러지 마세요. 언제 올지도 모를 저 때문에 괜히 수입이 줄어드는 걸 감수할 필요는 없어요. 알겠습니까? 이건 사장으로서의 명령입니다."

내가 그렇게 말하자 옷을 멋지게 차려입은 지배인은 잠시 명한 표정을 지었다가 빙긋 웃었다. 으윽! 저 표정 마음에 안 들어. 꼭 내가 뭔가 당한 것 같잖아. 쳇! 난 사장이라고!

"네, 알겠습니다. 그럼 직원들에게도 그리 일러두겠습니다. 하지만 오늘은 숙녀 분도 계신데 그냥 사용하시죠."

"뭐, 별수없군요. 그럼 그 자리로 부탁합니다."

"네. 알겠습니다, 사장님."

난 뒤로 돌아 부이사장에게 다가갔다.

"죄송합니다. 오래 기다리셨죠?"

"후후, 괜찮아요."

"자, 어서 가시죠."

난 빙긋 미소 짓는 그녀와 함께 지배인을 따라 로열 스테이지 안으로 들어갔다.

로열 스테이지는 조용하면서도 고급스런 분위기에 클래식 류의 음악을 틀어주는 층을 칭하는 것이다. 1층, 2층 그런 식으로 칭하니 어색한 점이 없지 않아 따로 이름을 붙였던 것이다.

로열 스테이지에 들어가자 그녀의 눈이 매우 놀랐다는 듯 동그래졌다가 특석에 이르자 결국 탄성을 지르고 말았다.

"와아! 멋져요!"

마치 벽이 없는 듯 유리의 광택 자체를 없애, 오직 투명하게만 만든 유리들이 벽을 대신하고 있었고 그 유리벽 너머로 울긋불긋 물든 도시의 야경이 펼쳐지고 있었다. 화려한 네온사인이 난무하는 그런 모습이 아니라 형태를 이루지 않은 불빛들이 펼쳐져 온화함의 아름다움을 자아내고 있었다.

미사어구를 다 빼고 한마디로 말하자면 끝내준다! 정도일까?

그나저나 되게 좋아하는군. 음, 다음엔 서인이와 단둘이 와야겠어. 여자들은 이런 로맨틱한 곳을 좋아한다지?

나와 부이사장이 넓게 펼쳐져 아름답게 산화한 빛무리의 춤사위에 감탄을 토할 무렵, 지배인은 예의 그 빙긋 웃는 표정을 유지하며 특석 테이블의 의자 하나를 빼내었다.

"앉으시지요, 마드무아젤(Mademoiselle)."

우욱! 넘어올 것 같아. 지배인은 저런 낯간지러운 말을 참 잘한단 말이야? 난 때려죽여도 못할 것 같은데… 하여간에 저것도 재주야, 재주.

"후후, 고마워요."

느끼함에 몸부림치는 나완 달리 부이사장은 지배인의 에스코트를 아주 자연스레 받으며 인사를 했다. 과연 살아온 방식이 다르다 이건가? 아, 나도 이러고 있을 게 아니지.

난 지배인이 그녀를 에스코트하는 사이 재빨리 그녀의 반대편 의자를 직접 빼 들고 앉아버렸다.

혹 예의에 어긋난 행동일 수도 있겠지만 버터와 마가린을 아주 잘 섞어 온몸 구석구석 고르게 바르는 느낌을 받는 것보다는 예의범절 같은 건 어머니 뱃속에 놔두고 온 사람이 되는 게 나을 거란 생각에서 취한 행동이었다. 모르긴 몰라도 내가 계속 서 있었다면 지배인이 다시 느끼한 짓을 했을 거다. 분명히!

나의 그런 행동에 벙찐 표정을 짓던 지배인은 다시 자연스럽게 말을 건네왔다. 메뉴에 관한 거였는데 로열 스테이지는 카페만이 아닌 레스토랑도 겸비하고 있었다. 지배인이 뭐라 왈라왈라 그러고 그에 부이사장도 왈라왈라 그러는데 내가 알게 뭔

가. 그냥 밖의 야경만 바라보며 딴청을 피울 뿐이었다. 쩝, 아무리 사장이라도 모르는 건 모르는 거야.

"사장님은 뭘 하시겠습니까?"

"에… 저, 그냥 똑같은 걸로 주세요."

"네, 알겠습니다. 잠시만 기다려 주십시오."

으윽! 자존심 상해.

지배인은 살짝 웃으며 물러갔고 곧 클래식 음악이 귓가에 들리는데 특석은 다른 곳과 조금 떨어져 있었기 때문에 클래식 음악 외엔 아무런 소리도 들리지 않고 아주 조용했다. 음, 이 어색한 분위기라니…….

"참 좋네요, 한국이란 곳은……."

에?

"후후, 그거 알아요? 미국에서 살며 이렇게 하루 동안 신나게 놀아본 적이 거의 없어요. 항상 시간에 쫓기고, 공간에 쫓기고, 시선에 쫓기고… 정말 오랜만이에요. 어릴 땐, 아주 어릴 땐 많이 놀았었는데……. 지금 생각해 보면 지금까지 살아온 게 너무나 힘들고 고독했어요. 두 분 부모님은 모두 일에 바쁘셔서 절 챙겨주시기 힘드셨고요. 과연 앞으로도 잘 살아갈 수 있을까 막연히 걱정도 돼요."

"누구나 그런 때가 있죠. 전 열 살 때 부모님 두 분을 모두 잃었습니다. 그때야 어릴 때라서 슬픈 느낌밖에 없었지만 곧 주변에서 쏟아지는 시선들, 부모님이 남겨주신 유산을 노리고 달려들려는 시선을 받았죠. 그리고 1년이 되지 않아 형마저 떠나 버려 그 두려움과 괴로움은 더욱 커져 갔죠. 어찌어찌해서 그 시선을 이기고 보니 막상 살기가 막막한 거예요. 안 해본 게 없을 정도예요. 이것저것 닥치는 대로, 그렇게 살다 보니 어느새 성인이 되어 있었고 8년간을 힘들게 살아온 덕분에 이렇게 그럴싸한 카페도 생기게 되었죠."

지금 생각해 보면 정말 힘들었다.

과연 열 살로 돌아가 8년간 시련을 넘으면 이렇게 편해진다는 미래를 알려주고 그것을 넘으라면, 그렇게 된다면 난 정말 다시 8년간을 견딜 수 있을까? 하하하, 웃기는 소리!

몰랐기 때문에, 미래란 불투명하기 때문에, 행복의 맛을 생각하기도 전에 그런 상황이 처해져 있었기에 난 선택의 여지 없이 견딜 수밖에 없었고 또 견딜 수 있었던 것이다.

사람은 그렇게 살아간다. 뚜렷한 목표를 따라가는 사람은 몇 없다. 언젠가 그 목표가 변질되기 마련이고 결국엔 목표를 쫓고 쫓다 그냥, 사는 대로 살아간다. 인생무상(人生無常)이랄까?

후후, 결국엔 또 감성적이 되어버렸군.

"과거를 회상하고 후회하며 부러워하기보단 그냥 현실을 즐기는 게 어떨까요. 애써 미래를 생각하지 말고 그냥 현재에 최선을 다하는 거예요. 그럼 틀림없이 멋진 미래가 기다리고 있지 않을까요?"

그렇게 말하며 싱긋 웃었다.

아악! 내가 생각해도 너무 유치해! 으윽! 닭살이… 닭살이!! 부이사장을 보니 멍한 눈초리로 날 보고 있다. 크억! 내가 어쩌자고 이런 말을… 입을 주리 틀고 싶구나. 우선 이 분위기부터 바꿔야 해. 더 이상 날 이상한 놈으로 보게 해선 안 된다고!

"하… 하하. 그냥 제 생각이 그렇다는 거죠. 뭐, 이렇게 말해도 미래는 정해져 있지 않으니까… 그러니까, 저기……."

"후후후, 제가 설마 이 자리에서 충고를 들을 줄은 생각도 못했네요."

표정을 풀고 웃음을 지으며 침묵을 깨는 그녀. 아아, 역시 저 웃음은 비웃음일 거야.

"강민 씨의 동생이라고 해서 그와 마찬가지로 무뚝뚝할 줄만 알았더니 전혀 달라요."

"하… 하하. 그, 그런 말을 좀 많이 듣죠."

그럼~ 강민 형은 천재, 난 둔재라는 소리 많이 듣지. 그런데 어쩌라고! 라고 외치고 싶은 마음이 들었지만 상대는 표면적으로 강민 형의 상관. 내가 그렇게 함부로 대했다가는 강민 형이 모가지가 될 것 같아 기분을 맞춰주는 수밖에 없었다.

아, 비참해.

그때 그녀가 작은 소리로 무언가 말을 했지만 난 딴 데 정신을 팔고 있어서 그 말이 무슨 소리인지 알 수 없었다.

"네? 뭐라고 하셨죠?"

"아, 음식 나왔다고요."

아앗! 그렇군! 다행히도 분위기가 이쪽으로 돌아가니 다행이다.

가지고 온 음식은 닭고기 수프와 무슨 재료로 만들었는지 모를 이상한 스테이크다. 음, 소고기나 돼지고기는 아닌 것 같고… 나중에 물어봐야겠군.

끼익!

"자, 다 왔습니다."

"후후, 고마워요."

"제가 이런 쪽으로는 잘 몰라서 심심하지나 않으셨는지 모르겠습니다."

"걱정 마세요. 즐거웠으니."

"그럼, 전 이만 가보겠습니다. 벌써 시간이 늦었네요."

효민은 바이크에 다시 오르며 말했고 사혜는 그를 보며 싱긋 웃어줄 뿐이었다.

"그럼. 조심히 들어가십시오, 부이사장님."

"아직도 부이사장님이에요? 그냥 사혜 씨라 불러요. 아니면 그냥 사혜도 좋구요."

"무, 무슨 그런 큰일날 소리를… 그랬다간 저 강민 형에게 맞아 죽습니다. 그럼 전 진짜로 갑니다!"

효민은 허겁지겁 바이크를 몰아 길을 떠났고 홀로 남게 된 사혜는 그런 효민의 뒷모습을 바라보았다.

"후후, 아까 듣지 못했던 말 다시 해드릴게요. 처음이에요, 절 감동시킨 남자는. 정말 고마워요."

이미 저만치 멀리 가버린 효민은 듣지 못했겠지만 그녀의 뜻을 담은 말의 느낌은 바람을 타고 흐르고 흘러 효민에게도 전해졌으리라……

그녀는 잠시 그렇게 서서 효민이 사라진 곳을 바라보다 몸을 돌렸다.

◆ 비상(飛翔) 서른여섯 번째 날개
잠은(潛隱)

비상(飛翔) 서른여섯 번째 날개 잠은(潛隱)

〈어젠 정말 고마웠다.〉

"말도 마. 진땀나서 죽는 줄 알았다니까."

〈그래, 그래. 그 대신 대가는 확실히 챙겨줄게. 부이사장도 즐거웠던 것 같으니 특별히 보너스까지 얹어주지. 아, 그리고 아직 안 들어가 봤지?〉

"이제 들어가려는 참이야."

〈들어가면 또다시 한동안 연락이 안 될 테니 비상 속 시간으로 나흘, 현 시간으로 이틀 후 소림사에서 보도록 하자.〉

"전황으로 접속하려고?"

〈그래. 물론 정체를 숨기고서 말이야. 그리고 그때 상황 설명해 주는 것도 잊지 마.〉

"알았어. 그럼 소림사에서 봐."

〈힘내라!〉

〈전화 연결이 끊어졌습니다.〉

"후우……."

난 긴 한숨을 내쉬었다.

현 시간은 오전 6시 20분. 비상에선 이제 해가 중천에 떴을 시간이다.

어제까지 비상에 접속을 하지 못한 나는 집으로 돌아와 씻고 바로 잠이 들었는데 비교적 편히 쉬었던지 평소보다 빨리 일어날 수 있었고 때마침 강민 형의 전화가 걸려와 바로 받을 수 있었다.

발걸음을 옮겨 내 방으로 향했다. 내 방에는 어느샌가 낯이 익어진 캡슐이 자리잡고 있었고 난 그 캡슐로 다가갔다.

프슈우우.

이젠 익숙해진 소리가 들리고 곧 캡슐의 뚜껑은 완전 개방되었다. 그리고 몸을 캡슐에 눕힌다. 침대를 능가하는 푹신푹신한 쿠션이 날 반기고 있다. 이거 이틀 만에 캡슐에 누우니 감회가 새로운데?

내가 작동 버튼을 누르자 캡슐은 닫혔고 캡슐과 연결된 헬멧 너머로 드디어 시야가 바뀌기 시작했다. 좋아! 가보자!

"으음……."

이틀 만에… 아니, 이곳 시간으론 나흘 만에 처음 접속한 비상에서 가장 먼저 느낀 것은 강한 이질감이다. 마치 내 몸이 내 몸이 아닌 것 같고 내가 누워 있는지 앉아 있는지 그것도 모호하다.

"아!"

생각해 보니 접속을 끊기 전 감도를 최소로 줄였었구나.

감도란 굉장히 독특한 시스템이다.

너무 줄이게 되면 캐릭터에 대한 직접적 지배력이 낮아져 상상만으로 캐릭터를 움직여야 한다. 그와 반대로 감도를 높이게 되면 감도를 높일수록 실제 자신의 몸같이 세세한 부분도 조절이 되지만 비상상의 체력과는 별도로 피곤함 같은 것을 느끼게 되고 고통이라는 최악의 동반자도 따라온다.

그래서 보통 사람들은 감도를 중간보다 조금 낮게 하여 플레이를 한다. 기세 좋게 감도를 최대로 올리고 시작하는 사람이 없진 않지만 한번 심각한 고통을 당해보면 십중팔구 감도를 낮춘다.

난 십중일이(十中一二)에 포함된 예외 케이스다.

예민한 성격 탓에 누구보다 고통도 잘 느끼고 고통에 대한 참을성도 없었지만 애초에 감도에 대해 알지도 못한 채 게임을 시작했고 그 상태로 제법 많은 경험을 했다. 그런 덕분인지 비상의 나, 사예는 고통에 대해 조금 익숙해졌고 그러하기에 이제 와서 어설프게 감도를 낮췄다간 죽도 밥도 안 될 것 같아 그냥 현 상태를 유지하는 것이다.

"……."

각설하고 난 감도를 높이려다 흠칫하며 멈추고 말았다. 그 이유인즉 슨 과연 감도를 올려도 괜찮을까란 생각이 들어서였다.

지배력이 떨어져 몸은 쉽게 움직일 수 없다지만 시야는 개방되어 있기에 난 정면을 비롯한 시야가 닿는 주변 모습을 볼 수 있었다. 곁눈질로 눈동자를 돌리며 주변을 정찰한 나는 나 자신이 통나무로 만들어진 오두막에 홀로 눕혀져 있다는 결론을 내릴 수 있었다.

"누… 구 없나?"

어눌한 말투. 감도를 낮추고서 상상만으로 캐릭터를 조종한다는 게 초보에겐 상당히 까다로운지라 감도에 대해선 초보나 다름없는 내 입에서 어눌한 말투가 튀어나온 것이었다.

하지만 그런 노력에도 불구하고 내 말에 대답해 주는 이는 없었고 결국 난 모험을 감행하기로 했다.

지독한 고통에 못 이겨 낮춘 감도. 비록 치료를 했다지만 상처가 너무 심해 과연 이틀 만에 고통이 사라졌을까? 젠장… 아무리 익숙해졌다고는 하지만 아픈 건 싫은데…….

"우읍!"

내가 생각해도 기괴한, 신음인지 기합인지 모를 소리를 내며 난 서서히 감도를 높여갔다.

여기서 사나이라면 한 번에 올려야지! 라고 지껄일 사람이 분명 있을 거다. 하지만 만약 그 사람이 나와 같은 처지고 누군가 그런 말을 한다면 상당히 증오스러울 것이라 생각한다. 한꺼번에 올렸다가 갑작스레 고통이 밀려와 쇼크사하면 나만 손해잖아.

어쨌거나 난 조금씩 서서히 감도를 올릴 뿐이었다.

"휴우……."

다행히도 예상과는 달리 감도를 최대로 올릴 때까지 고통은 날 괴롭히지 않았다. 고통이 전혀 없는 건 아니지만 완전히 날아갔던 부위를 중심으로 따끔따끔거릴 뿐이지 못 참을 정도는 아니었다. 오히려 잠에서 깬 지 얼마 되지 않아 조금 흐리멍덩하던 정신을 맑게 해주기까지 했다.

으음, 이거 잠 깨울 땐 괜찮은 방법이군. 변태로만 몰리지 않는다면 말이야.

난 침상에서 일어나 몸 이곳저곳을 움직여 보았다. 분명 날아가 버렸던 왼쪽 팔이 다시 붙어 있는 게 신기하긴 하지만 그곳을 움직일 때마다 느껴지는 고통이 눈살을 찌푸리게 만든다. 전체적으로 따져 보면 괜찮은 컨디션이다.

"자, 그럼 여기가 어디고 또 일행은 어떻게 됐는지 알아보러 가볼까?"

오두막의 유일한 문을 열고 밖으로 나가자 진한 솔 향을 느낄 수 있었기에 주변을 둘러보니 온통 소나무들이 빽빽이 서 있었다. 소나무들만 이렇게 비정상적으로도 자랄 수 있는 건가?

그때 오랜만에 느껴보는 기파. 아니, 꼭 기파가 아니더라도 조금만 집중하면 말소리가 들리니… 어쨌든 쉽게 일행의 행방을 찾을 수 있었던 나는 소리가 들리는 쪽으로 걸어갔다.

십여 그루의 소나무를 지나자 넓진 않지만 그래도 공터라 할 만한 곳이 나타났고 그곳에 일행이 있었다.

한가로이 공터에 주저앉아 차를 마시는 모습이라니… 난 걱정하고 있었는데!

그때 난 날 뚫어지게 쳐다보는 한 시선을 느꼈다.

나비라도 쫓던 중이었는지 몸을 세우고 앞발을 치켜든 이, 언제나 늘 변함없는 모습으로 날 맞아주는 이, 푸우가 티꺼운 눈초리로 날 티껍게 쳐다보고 있었다.

으으, 저 변함없는 티꺼움이 날 체하게 만든다. 아, 뭔 소리야? 어쨌거나 기분 다운, 다운, 삼 연속 다운이다!

"이봐들!!"

"음, 내가 시술했으니 당연한 거지만 시술 상태가 상당히 좋아. 시술 자체도 완벽해. 이곳 시간으로 한 삼 일이면 통증도 사라지고 완치가 될 거야. 이 환상적인 의술을 가진 누님께 감사해하라구.”

청화 누나는 다시 내 어깨에 붕대를 감아주며 말했다.

이게 사실이라면 그 정도 상처를 겨우 붕대로 때우고 삼 일 만에 완치가 된다는 사실에 사기야! 라고 외치며 날뛰겠지만 여긴 게임이니까 뭐… 그나마 리얼리티 때문에 바로 완치되지 않는 것만으로도 꽤나 높은 페널티지 뭐. 게임 축에서는 말이야.

“휴우… 그러니까 다시 정리해 보면 내가 로그아웃한 뒤 노도가 나서서 검을 한 번 뿌리니 세찬 바람이 불어 천추십왕들을 쓸었고 나를 치료하고 당분간 인공지능의 눈을 피하기 위해 이곳으로 옮겨왔다, 이거잖아.”

“그냥 세찬 바람이 아니라 완전 폭풍이고, 태풍이었다니까.”

“어쨌든!”

난 내 정리에 딴죽을 건 병건이에게 신경질을 버럭 내주고는 일행을 쳐다보았다. 여전히 세찬 바람을 폭풍으로 고치지 않는다고 투덜거리는 병건이를 제외한 일행이 내 말이 정확하다는 표정을 지었고 개중엔 고개를 끄덕이기까지 했다.

“나 참, 어이가 없어서.”

정말 어이가 없다. 아무리 게임이라지만 이게 가능한 건가?

내가 로그아웃을 하자 상황은 본격적으로 빠져들었단다. 영호충과 천추십왕, 그들이 나서 상투적인 배신자 어쩌고저쩌고 대화를 하더니 이내 성질 급한 요왕이 술법을 부려 귀신을 소환해 영호충에게로 쏘았단다. 이 대목에서 난 그녀의 성깔을 다시 한 번 확인할 수 있었다.

어쨌든 여기서부터 믿을 수가 없는데 가볍게 검을 꺼내 든 영호충은 마치 장난이라도 하듯 천천히 검을 뻗어내었고 그와 동시에 엄청나게 강력한 바람이 불어와 땅을 헤집고 나무는 뿌리까지 뽑혔으며, 귀신을 비롯한 천추십왕들이 아예 날아가 버렸단다.

아니, 이게 말이나 되냐고. 초절정무공이 아무리 대단하다지만 단순히 뻗어낸 일검에 그 정도의 위력이 나올 수 있다는 거야? 이거 정말 사기야!

어쨌든 그 일검에 천추십왕들은 상처를 입은 채 비왕의 시신을 챙겨서 도주해 버렸고 영호충은 내 일행과 날 지키기 위해 그들의 뒤를 쫓지 않고 바로 이곳으로 데려왔단다.

이곳은 낙양(洛陽)에서 얼마간 떨어진 곳에 위치하는 산으로 이름은 다송산(多松山)이라는데 말 그대로 소나무가 많은 산이었다.

"아아, 작명 센스하고는……."

"응?"

"아아, 아니야."

나도 모르게 생각이 입 밖으로 튀어나왔군.

어쨌든 각설하고 영호충은 이곳에 도착하자마자 초매를 데리고 어디로 가버렸단다. 무슨 단약을 제작한다던데 초매가 신녀로 의술이 제법 뛰어나긴 하지만 순전한 의술로는 청화 누나가 더 뛰어나다. 그러나 단약 제조에 필요한 것은 기술.

"내가 침술이 전문이거든."

이렇게 말하는데 뭐 어쩔 수 있나. 하얀이는 침술과 의약(醫藥) 제조법을 고루 익히긴 하지만 아직 그 성취가 낮아 안 된다며 초매를 데리고 가버렸단다. 아아, 밥이나 제때 챙겨먹고 있을는지.

근데 도대체 왜…….

"넌 왜 남아 있는 거냐?"

쿠어엉.

입을 있는 대로 주악 벌리며 하품을 해대는 푸우를 보며 난 한숨 섞인 목소리로 물었다.

이놈은 나 없을 땐 항상 초매를 따라다니더니 왜 여기 남아 있는 거냐고. 오랜만에 보면 반가우리만도 한데 저놈의 티꺼운 표정만 보면 나도 발끈하니…….

어쨌든 떠나기 전 사흘 정도 걸린다고 했으니 오늘 아니면 내일 안으로 돌아오겠군. 안 그래도 좀 쉬어야 할 테니 잘된 거지 뭐.

영호충이 초매를 데리고 나타난 것은 하루가 지나서였다. 나야 오랜만에 들어오는 거니 몸도 생각해서 푹 쉬는 게 나쁘지 않았지만 다른 일행은 며칠간이나 이런 시간을 가지다 보니 지겨워 죽을 맛이었을 거다. 그래도 훌쩍 떠나 버리지 않은 것만으로도 다행이지.

돌아온 초매는 매우 초췌한 모습이었는데 아마 게임 접속 시엔 최소한의 휴식을 빼놓고는 영호충과 무슨 단약 제조에 열중한 것 같았다. 그리고 그들은 돌아오자마자 내게 가벼운 인사를 건네곤 방에 처박혀 버렸다. 으윽! 초매한테 무시당한 기분이지만 찔리는 게 있어서 화도 못 내겠어.

그리고 하루가 지난 뒤 영호충과 초매는 방에서 나와 나머지 일행을 한 방에 불렀다. 내가 먼저 초매를 만나 무슨 일이냐 물어보니 살포시 웃으며 곧 알게 될 거라고, 힘들었다고, 그렇게 말하는데 그 모습이 어찌나 아름답던지… 아악! 난 벌써 초매의 마수에 빠져 버리고 만 건가! 난 공처가가 되고 말 것인가… 크윽!

"다들 모였구먼 그래."

"……."

"궁금하겠지. 그래, 자네가 제일 궁금할 거야."

영호충이 지목한 사람은 바로 나였다.

당연하지. 솔직히 말해서 나머지 일행이야 중도 탑승을 했던 거고 나야 처음부터 영호충과 손을 잡고 인공지능을 막기로 한 처지인데. 그리고 보면 영호충에 대해 아는 게 별로 없었다. 아니, 그에 대해서만 아니라 이 일의 내막에 대해서도 아는 게 별로 없었다. 기껏해야 인공지능이 설치는데 그들의 대표가 천추십왕이고, 또 그들을 막고 결국엔 인공지능을 몰아낸다는 것 정도?

너무 추상적이고 막연한 느낌을 준다. 인공지능이 실체를 가지고 있는지도 모르고, 또 인공지능이랑 어떻게 싸워야 할지 그것도 모르는데 난 그동안 뭔 수를 믿고 그들에게 대항했던 걸까?

물론 비상을 지키기 위해선 별수없었다지만 그렇다 해도 제대로 된 정보도 없이 너무나 막연하게 행동했다. 그런 만큼 내 의문도 점점 더 커져 가고 이내 극에 이른 것이다.

"이제 그 의문을 풀어줄 테니 잘 들어보게. 우선 본도의 이름은 영호충이라 하네."

"영호충? 어디선가 들어본 이름인데……."

영호충이 본격적으로 자신을 소개하려고 이름을 말하자 병건이가 끼어들었다. 또 어디서 들었다는 거야?

짝!

"아! 맞다! 독고구검(獨孤九劍)의 영호충!"

손바닥을 치며 말하는 걸 보니 정말 아는 것 같았다.

병건이의 말에 따르면 영호충은 약 150여 년 전에 대단한 인기를 끌었다는 소호강호란 무협 소설의 주인공 중 한 명이란다.

병건이 이놈이 또 무협 소설하면 사족을 못 쓰는 놈이라 학교 다닐 때부터 무협 소설을 항상 끼고 다녔던 놈이다. 덕분에 나도 병건이의 책을 빌려서 몇 편 볼 수 있었는데 그게 설마 비상하는 데 도움이 될 줄은 생각도 못했었다.

어쨌든 간에 영호충이란 존재가 그냥 만들어진 게 아니라 과거의 복선이 깔려 있었다니…….

병건이 때문에 말이 끊어졌지만 그 뒤로 영호충은 계속 말을 이었다. 예전 내게 해준 말들… 나는 알고 있지만 다른 일행은 모르기에 전부 설명하는 것이었다.

그는 나와 헤어진 후 인공지능에 대한 조사를 하기 위해 창조주의 파편을 찾아다녔다. 그는 인공지능에게서 많은 지식을 받았지만 인공지능을 스스로 떠난 후 더 이상 인공지능의 행태를 알 수 없었기에 직접 조사를 했다고 한다. 그리고 마침 하급 창조주의 파편을 찾아내었고 그때 내 생각을 읽었던 것처럼 그 창조주의 파편의 생각을 읽었다고 한다.

덕분에 이번 비무대회의 계획도 알게 되었고 그는 천추십왕들을 쫓게 되었는데 그 와중에 마침 내가 천추십왕과 맞붙게 된 것이다. 어떻게 보면 나 때문에 천추십왕을 놓친 것이지만 영호충은 그에 대해선 그다지 신경을 쓰고 있는 것 같지 않았다.

음, 대충 의문이 풀리기는 하지만…….

난 우선 내가 가졌던 의문부터 풀기로 했다. 내가 할 말은 기밀이지만 주변에 있는 사람이라고는 전부 내게 도움을 줄 이들이고 아마 끝까지 같이해야 할 것 같으니 얘기를 꺼내기로 했다. 이 정도는 강민 형이

봐주겠지 뭐. 그래도 도와주려는 사람들도 알 건 알아야 할 거 아냐.

"그럼 주변으로부터 시야를 차단한 것도 인공지능이 개입한 것인가요?"

"그렇다네. 천추십왕들의 힘은 막강해서 창조주도 그들의 신체를 빌려 주변의 시야를 차단할 수 있다네. 마음만 먹으면 본도도 시야를 차단할 수 있지만 그렇게 광범위적인 것이 아닌 현재 본도와 자네들 정도는 감출 수 있다네."

"그럼 현재도……?"

"현재뿐만 아니라 신녀와 본도가 단약의 재료를 찾아 떠났을 시에도 항상 집중을 하고 있었기에 자네들의 모습을 감출 수 있었다네. 그러나 그것도 얼마간이라 가능한 일이었지 앞으론 불가능할 것일세."

영호충이 우리의 모습을 주변 시야로부터 차단한 이유는 인공지능으로부터 보호하기 위해서란다. 인공지능은 우리의 모습이 아닌 캐릭터의 기파로 그 정체를 찾아내기 때문에 기파를 차단하고 시야를 차단한다면 우리의 정체를 알 수 없다고 한다.

인공지능이 직접 나서면 또 얘기가 달라지겠지만 천추십왕들의 시야도 속일 수 있다고 하니 그 정도면 얼마나 대단한 능력인지 알 수 있다.

"그럼 앞으로 어떻게 해야 하는 거죠?"

"다행히 자네를 제외한 다른 일행의 기파는 창조주에게 흘러가지 않았다네. 본도가 천추십왕들을 만나기 전부터 기파를 차단한 탓이지. 하지만 자네는 다르네. 자네의 기파는 무제라는 이름으로 활동할 시절부터 강자로 창조주의 시야에 드러났었고 이번 전투에서 완전히 기파가 창조주에게 각인되어 자네가 어딜 가든 창조주는 그것을 알고 자객을 보낼 걸세. 자네의 실력이면 자객으로부터 벗어나는 것은 어렵지 않을 것이나 자네가 지배력을 잃어버린다면 어찌하겠나? 또한 천추십왕들과 같은 자들이 두 명, 세 명 이상이 덤빈다면?"

영호충이 말하는 지배력을 잃는다는 표현은 바로 내가 로그아웃을 한다는 말이다. 비상은 로그아웃을 하더라도 캐릭터는 그대로 남아 있기에 얼마든지 습격을 당할 수 있다. 때문에 암살자가 무서운 것이고 오랫동안 게임을 할 수밖에 없게 만드는 것이다.

몇몇 이들은 죽을 때까지 영원히 비상의 세계를 떠나지 않는 용병 같은 NPC들을 고용해서 로그아웃을 한 뒤 자신을 지키게 하는데 나에겐 그것 또한 불가능하다. 세상에 NPC들 중에서 거의 최강자들이 모인 창조주의 파편들을 어느 NPC가 막을 수 있겠는가.

젠장! 그럼 앞으로 어떻게 해야 하는 거지? 로그아웃도 안 하고 인공지능을 처단할 때까지 계속 게임 속에 있을 수도 없잖아.

"하지만 큰 걱정은 하지 말게. 그 때문에 본도가 신녀를 이끌고 단약을 만들려 하지 않는가."

에?

"근데 그 단약이라는 게 어디에 쓰이는 것이죠?"

역시 의녀라는 직업은 숨길 수 없는지 내성적인 하얀이가 용기를 내서 물었다. 적절한 타이밍의 나이스한 질문이로군.

"바로 기파의 성질을 바꾸는 단약일세."

"네?"

"그, 그럴 수도 있나요?"

저, 저게 가능한 말인가? 기파를 바꾸다니… 비상에서의 기파는 곧 본래 육체의 뇌파를 뜻하는 거다. 그것을 바꾸는 게 가능하다는 말인가?

영호충은 날 주시하며 입을 열었다.

"자네는 알고 있을 걸세. 창조주의 파편이 왜 자네들이 말하는 그 운영자란 이들에게 잡히지 않는 것인지."

영호충이 말하는 것은 강민 형에게 들은 내용이다.

"보통 NPC들 속에 녹아들어 있는데 특별한 계기가 아니라면 알아차릴 수 없어 그렇다고 알고 있습니다."

"맞네. 하지만 그것만으론 부족하지. 그들이 창조주와 접촉을 시도할 경우, 그때 주변 시야가 차단되며 이미 그들의 정보가 자네들이 말하는 운영진으로 흘러 들어가지. 보통 유저들과는 달리 NPC는 운영진들이 관리하기에 가능한 것이라네. 하지만 그럼에도 그들을 운영진들은 찾아내지 못하고 있네."

"아!"

"설마……."

"그렇다네. 창조주는 하나의 단약을 만들어내어 그 단약을 이용하여 기파를 바꾸는 것이지. NPC나 유저였다면 절대 불가능하겠지만 불행히도 그는 이 비상의 세계를 다스리는 창조주. 조금의 시간이 주어진다면 불가능한 것도 아니라네. 결국 창조주는 그것을 만들어냈고 본도도 처음엔 그것으로 정체를 숨겼지. 지금은 본도의 능력으로도 가능하지만 말일세."

애초에 초고수가 아닌 이상 기파를 읽기란 거의 불가능하다. 하지만 인공지능에게서 힘을 받은 창조주의 파편이라면 전부 기파를 읽을 수 있다고 봐야 한다. 그런데 실제로 저런 단약이 있다면… 대단하군.

"어쨌든 본도도 그 단약을 만드는 법을 안다네. 그것만이 아니라 본도가 더욱 연구하여 창조주의 눈까지 속일 수 있지. 단, 제약이 따르지만 말일세."

영호충의 말은 놀라운 것이었다. 인공지능의 그 단약을 만드는 것만으로도 대단한데 그것을 더욱더 개발하다니… 도대체 저 양반이 못하는 게 뭐야?

"제약?"

"섭취한 자가 내공을 8성 초과로 끌어올렸을 경우 단약의 효과는 사라진다네. 그리고 일주일에 한 번씩 섭취해야 하지."

"그 말은 곧 8성까지밖에 실력을 발휘할 수 없다는 겁니까?"

"내공에 따라 파괴력이 달라지니 그렇다고 봐도 좋네."

음, 별로 나쁜 제약은 아니다. 보통 사람에겐 치명적이겠지만 나야 내공무적 아니겠는가! 8성이 아니라 6성만이라도 보통 유저들에겐 대단한 수준이다. 지금 내 내공은 이 갑자하고도 20년의 내공. 비무대회 전만 해도 이 갑자였지만 잔왕과 싸우면서 축뢰공과 현월광도가 극성에 올라서서 단번에 20년에 달하는 내공을 얻게 되었다.

이 갑자는 120년, 거기에 20년을 더하면 140년이니까 140 곱하기 12분의 8. 즉, 약 93년의 내공이다. 93년이면 일 갑자하고 또 반 갑자의 내공. 이 정도만 되어도 최고수의 내공이다. 거기다 8성 전부가 용연지기이니… 아아, 나의 이 내공무적은 8성만으로도 계속 이어진단 말인가.

"그다지 나쁜 제약은 아니군요."

"자네에겐 그렇겠지. 그러나 자네는 얼마 동안 일행에게서 떠나 있어야 하네."

"네?"

"그게 무슨 말씀이세요?"

영호충의 말에 나만이 아닌 친구들까지 나서서 눈을 동그랗게 뜨고 물어보았다. 자식들, 나랑 헤어지는 게 그렇게 아쉽단 말이더냐.

"다른 일행의 기파는 들키지 않았지만 단약으로 약간은 이질적으로 변한 기파가 계속 한곳에 붙어 있다 보면 창조주의 시야를 속이기도 쉽지 않을 것이네. 그러니 자네는 일행과 떨어져 여행을 해야 할 걸세."

"그렇군요."

여행이라… 참 오랜만인 것 같다. 비상을 처음 시작할 때부터 혼자였긴 했지만 바로 동굴에 갇히는 바람에 여행을 다닐 수도 없었고 고작해야 1차 비무대회를 위해 천악산으로 갔었던 게 전부인가?

영호충의 말을 들으며 난 약간의 쓸쓸함을 느꼈다. 혼자서 여행을 가는 것도 좋지만 그래도 친구들과 떨어지는 것에 약간이나마 섭섭하달까? 친구들을 보니 친구들도 나름대로 섭섭해하는 것 같았다. 친구들과 함께 있었지만 정말 제대로 보낸 시간은 별로 많지 않다. 내가 친구들의 주변에 겉돌았기 때문이기도 했지만 상황이 허락하지 않았을 때도 있었다.

"단약은 이틀에 다섯 알을 만들 수 있다네. 지금 다섯 알을 만들어둔 게 있으니 우선 그것을 가지고 떠나게나. 그리고 단약이라면 전장을 통해 찾을 수도 있을 걸세. 본도는 떠나겠지만 신녀에게 단약 만드는 비법을 전수해 줬으니 걱정 말게."

"그럼 앞으로 초절정무공이나 찾으러 가야 하는 건가? 아참, 노도. 노도께선 초절정무공을 익히셨지 않습니까?"

시무룩해하다가 내 말에 금방 일행은 반응을 보이기 시작했다. 과연 초절정무공의 위력은 대단하구만.

"자네가 아는 대로 본도는 초절정무공을 익혔고 그 무공의 이름은 파풍유의라네."

영호충은 역시 내 생각을 읽었는지 짐작하고 있던 생각을 바로 들어 맞혔다.

"그럼 그때 천추십왕을 날려 버린 것도……?"

"그렇다네. 파풍유의의 투로(套路)를 따라 지른 검이지."

"자세히 얘기해 주시겠습니까?"

우린 어느새 다른 사실을 모두 잊고 영호충의 말에 빠져 들어갔다.

초절정무공. 영호충도 그 실체를 완벽히 알지 못한 무공이라 제대로 설명해 줄 수는 없어도 몇 가지 사실만으로 난 많은 것을 깨달을 수 있었다.

"그렇다면 인공지능이 찾아준 게 아니란 말씀이십니까?"

"그렇다네. 창조주에게서 접촉이 온 것은 파풍유의를 2성가량 익혔을 무렵이네."

"그렇다면 파풍유의를 어디서 발견하셨나요?"

난 혹시나 초절정무공들을 찾는 데 힌트가 될까 싶어 잔뜩 흥분해서 물었다.

"미안하네만 내가 이 검법을 발견한 것이 아니라네. 오래전 선사(先師)에게서 받은 것이지. 선사께서는 내게 파풍유의를 전해주시고는 다음날 우화등선(羽化登仙)하셨다네."

이런… 그렇다면 결국 알 수 있는 건 아무것도 없다는 거잖아. 기껏 단서가 될 만한 걸 찾은 줄 알았는데… 휴우, 별수없지. 여행을 다니며 직접 찾아다니는 수밖에.

"더 물어볼 게 있나?"

"아닙니다. 이제 쉬십시오. 그동안 많이 고생하신 것 같은데… 초매도 들어가서 쉬어."

"전 괜찮아요."

괜찮기는… 예쁜 얼굴이 수척해졌구만.

"신녀, 휴식을 취할 때는 휴식을 취해야 동료들이 걱정하지 않는 법일세."

"…그럼 저도 쉬러 갈게요."

오두막은 방이 하나만 있는 게 아니었다. 당시엔 내가 정신이 없어서 눈치 채지 못했지만 내가 있던 오두막 뒤로 계속 이어져 있어 다른 일행은 제각기 그곳에 머물고 있다고 한다.

근데 여기 왜 이런 첩첩산중에 오두막이 있는 거지? 에라, 모르겠다. 공짜면 좋은 거지 뭐.

다음날 영호충은 어디론가 사라져 버렸고 결국 우리는 다송산을 내려와 숭산으로 향했다. 여기서 우린 쥬신 일행과 헤어졌는데 너무 오랫동안 문파를 비웠다고 돌아가야 할 것 같다고, 그리고 인공지능에 대해선 그들도 힘이 되어줄 테니 걱정 말라는 말까지 했다.

음, 든든한 아군이 생긴 셈이로군. 그리고 난 헤어지려 할 때 디다 형에게 무언가 부탁을 했는데 디다 형이라면 분명 잘해줄 거다.

쥬신 일행과 헤어지고 숭산으로 가는 도중 많은 사람들이 떠나고 있었는데 이미 비무대회는 끝난 것 같았다. 친구들에게 듣기론 단엽도 나를 따랐다고 하는데 투귀도 떠나왔고, 그럼 도대체 누가 우승을 한 거야?

"저기로군."

많은 인원이 이동하는 터라 주변의 시선을 끌었지만 제법 이름을 날린 일행은 하나씩 정체를 숨기도록 뭘 뒤집어썼기에 다행히 조용히 소림사에 도착할 수 있었다. 소림사에선 전날의 피해를 수복하기 위해 물심양면으로 노력하는 중이었고 말 걸기가 미안할 만큼 다들 분주했다.

"이걸 어쩌지?"

"어쩌기는. 그냥 가서 우리들이 찾아왔네, 이래야지."

퍼억!

"말 같은 소릴 해라."

난 병건이의 뒤통수를 때려준 뒤 다른 친구들을 바라보았다. 그러고 보면 우리들끼리만 이렇게 다닌 것도 오랜만이네.

미영이가 손가락 하나를 펴며 입을 열었다.

"강민 오빠가 온다고 했잖아. 그럼 기다리면 되지 않아?"

"하지만 강민 형이 오는 건 내일이라고. 또 어디서 만날지도 정하지 않았는데."

"정말 무책임한 형제들이서."

미영이의 비꼬는 말에 발끈했지만 성격 좋은 내가 참아야지 뭐.

그렇게 속으로 중얼중얼거릴 때, 누군가 우리 일행에게로 다가왔다. 예전의 나와 같이 죽립을 푹 쓰고 있어 얼굴은 보이지 않았는데 아무 말도 없이 갑자기 다가오니 누군가 싶기도 하고 혹여나 창조주의 파편일 가능성을 무시할 수 없어 긴장감을 높였다.

"이봐."

"누구십니까?"

"약속은 내일까지였는데 하루 빨리 도착했구나."

살짝 고개를 들어 보이며 말하는 모습에서 난 그가 누구인지 알 수 있었다. 아니, 나뿐만이 아니라 친구들도 모두.

"강민 형!"

"강민 오빠!"

"안녕하세요."

가지각색으로 인사를 하는데 강민 형은 실실 웃으며 그 인사를 다 받아주고 있었다.

"것보다 어떻게 된 거야? 약속은 내일까지잖아?"

"아아, 잘나신 윗분들이 쭝얼쭝얼대서 중요한 일 때문에 접속한다 하고 그냥 들어와 버렸지. 시간도 이르고 해서 어디 갈까 하다가 사건이 일어난 곳을 답사라도 미리 해보고자 소림사에 왔던 거야. 그리고 우연히 너희들을 만날 수 있었던 거고."

한마디로 땡땡이라는 거잖아. 쳇! 저런 사람에게 월급을 주다니…….

"자자, 우선 들어가자. 계속 여기 있을 순 없잖아."

"에? 하지만……."

"아아, 걱정들 말라고. 아직 무림맹주가 안 떠났어. 그리고 무림맹주는 우리 직원이고. 여기선 소림 방장이 최고겠지만 무림맹주의 영향력을 무시할 수 없다고. 그리고 소림 방장과도 안면이 있고 말이야."

별로 여행을 하지도 않았다면서 아는 사람은 되게 많네. 쩝, 뭐 당연한 건가? 일단은 운영자니까 말이야.

강민 형을 따라 소림사 안으로 들어가자 중년의 중이 나와서 마치 우릴… 아니, 기다리기라도 했다는 듯이 강민 형을 맞았다. 그리고 강민 형과 뭐라뭐라 대화를 하더니 곧 우릴 소림사 안으로 인도했다.

"전 오빠가 '전(戰)'의 직업을 가졌다는 것에 정말 놀랐어요."

"하하, 그래?"

"강민 형, 언제 한번 겨뤄주시겠습니까?"

"야야, 좀 봐줘라. 진천신협이란 별호는 나도 부담스럽다고. 전황이란 체면에 진천신협에게 깨지면 뭐가 되겠냐."

"그건 그래요. 하하하."

"호호호."

젠장! 하하하, 호호호. 시끄럽기도 하지!

그동안 내가 잊고 있었던 게 있었다. 강민 형은 아주 어릴 적부터 남녀를 구분하지 않고 주변의 사람들을 모여들게 하는 능력을 가지고 있었다. 그들 딴에는 뭐라나? 카리스마가 느껴진다나? 얼어죽을!

어릴 때야 형을 따라 많이 놀았다지만 클수록 형과 비교되는 게 느껴졌고 형이 집을 나가고 나서야 그게 좀 줄어들었는데 다 큰 지금 그걸 느끼게 되다니……

현재 친구들은 앞서 가는 강민 형의 옆에 붙어 즐겁게 토킹어바웃 중이시다. 더욱이 설마설마 하던 얼음마녀 지수까지 붙어 있다니……

다들… 배신자들이야. 흑! 이거 완전 왕따된 기분이잖아!

크르릉.

아! 그래! 푸우, 네가 있었구나! 평소엔 정말 맘에 안 드는 그 티꺼움의 극치를 달리는 눈동자와 표정도 오늘따라 정겨워 보이는구나. 푸우야! 역시 넌 날 배신하지 않았어!

내가 감격스런 표정으로 쳐다보자 푸우도 내 시선을 느꼈는지 날 주시했다.

쿠릉? 퉤!

저, 저 자식이!

나와 눈이 마주치자마자 바닥에 침을 탁 뱉고 고개를 돌려 버리는 푸우.

저, 저놈마저 날 무시해! 이 빌어먹다 혀가 꼬일 곰탱이가아!

"이……!"

꼬옥!

대역죄인 초특급 미련곰탱이 푸우에 대해 정의의 일격을 날리려던 그때, 아주 부드럽고 따뜻한 것이 내 손을 감쌌다.

"초, 초매."

"후후."

부드럽고 따뜻한 무언가의 정체. 바로 초매의 손이었던 것이다.

그렇군! 내겐 초매가 있었어. 저 앞에 가는 배신자 녀석들 백 명이 있어도 부럽지 않단 말이야. 앞에 가는 저들끼리 논다고 바쁠 테니 우리가 뒤에서 뭔 짓을 하든 저들이 알 바가 뭐야?

난 그렇게 초매와 손을 잡고 걷기 시작했다. 흐흐.

"정말 오랜만이다."

"네, 오랜만이에요."

친구들과의 여행은 둘째 치고 초매와 여행 다닌 것도 고작해야 이무기를 만났던 그 한 달이 전부이니……. 앞으로 잘하자.

"미안해."

신경 써주지 못해서…….

그러나 뒷말은 꿀꺽 삼켜 버리고 말았다.

"괜찮아요."

싱긋 웃으며 말하는 그녀.

내가 잘난 게 뭐가 있다고 이런 여잘 좋아하는 걸까? 이렇게나 부족한 난데… 잘해주지도 못했는데……. 그런 자괴감이 들었지만 그녀의 푸근한 미소에 모든 것이 풀어지고 만다.

아아, 오늘따라 저 건방진 곰탱이의 씰룩거리는 엉덩이를 봐도 부담스럽지 않구나.

뿌웅!

큭! 저놈이 이 좋은 분위기를!

내가 푸우를 노려보자 푸우는 자신이 생각해도 민망했는지 저도 날 쳐다봤다.

크릉! 퉤!

저, 저……! 휴우, 참자, 참아. 참을 인 세 개면 살인도 면한다 했느니…….

"빌어먹을! 못 참겠다!"

"참아요, 참아."

초매는 옆에서 날 뜯어말리는데 내가 그럼에도 더욱 열받는 건 미련 곰탱이나 친구들이나 전부 그러려니 하고 날 무시한다는 거였다. 어억! 혀, 혈압이……!

"아미타불. 잘 오셨습니다."

"오랜만입니다, 소림 방장님. 그리고 무림맹주님."

강민 형과 마주 인사하는 중은 저번에 보았던 그 점잖게 늙은 중이었다.

역시 소림 방장이었군. 소림 방장실에 우리 같은 외인이 떡하니 들어앉아 이렇게 인사를 주고받는 것을 보니 과연 운영자의 힘이란 어떤 것인지 알 수 있었다. 쩝.

"오랜만이오."

비상의 총책임자는 강민 형. 무림맹주도 직원이라고 했으니 곧 강민 형의 부하가 된다. 아, 저 모습은 뭐 임의대로 만든 거겠지. 그건 그렇고 그런 직원이 강민 형에게 저런 말투를 쓰는 이유? 강민 형이 말하기를 자신이 운영자인 건 유저들이나 NPC들 중에선 나랑 친구들을 제외하곤 아무도 모르기 때문에 무림맹주도 부하직원이 아니라 안면이 있는 그런 존재로서 대해주고 또 대접받아야 한다고 했다.

아아, 정말 복잡도 하지. 뭘 그렇게 따지는 건지 도대체 모르겠다. 그건 그렇고 다른 친구들은 전부 다 밖에 세워두고 난 왜 여기까지 들어오게 한 거야?

"갑자기 찾아와서 많이 놀라셨을 것입니다."

"아미타불. 아닙니다. 소림사는 불문을 공부하는 곳. 지금은 그 뜻이 변했다지만 찾아오시는 분들을 막을 순 없습니다."

그 예전 고대 중국의 모습을 그대로 베껴왔는지 소림 방장이 하는 말은 고전적인 티가 팍팍 났다.

"소림사에 큰 화가 있었다고 들었습니다."

"진 시주도 들으셨군요. 본사의 불찰로 많은 분들이 생명을 잃으셨습니다."

"범인은 아십니까?"

"옛날 무림을 질타했던 신마쾌도(神馬快盜) 투영 시주가 모습을 드러내셨지요. 현재는 비왕이란 이름을 쓰고 계시더군요."

"흠……."

이미 비왕의 정체는 강민 형도 다 조사했을 터다. 하지만 저렇게 심각한 표정을 보이는 것은 허점을 보이지 않기 위해서일 것이다. 운영자라는 사실을 들킬 수도 있으니 말이다.

그러고 보면 비상에서 운영자가 발휘할 수 있는 힘은 정말로 작다. 기껏해야 남보다 시야가 넓고 정보가 많다는 것뿐. 직접적으로 힘을 발휘할 수는 없다.

자신이 만든 NPC에게도 이렇게 힘을 기울여야 뭘 얻어낼 수 있다니… 뭐 그 때문에 리얼리티가 높긴 하지만……. 근데 저 무림맹주는 도대체 뭘 하는데 아무 말도 없이 그냥 상황을 주시하는 거야?

"저도 나름대로 조사를 한 것이 있습니다. 비왕이란 작자가 장경각을 털었다더군요. 그가 뭘 훔쳐 갔는지 알 수 있겠습니까?"

역시 강민 형의 연기에 소림방장은 옆에 있던 무림맹주와 뭐라 말을 주고받았다. 그러더니 곧 나서며 입을 열었다.

"아미타불. 군부의 높으신 분이니 말해 드려도 괜찮겠다고 사료되는군요. 총 네 권의 무공비급이 사라졌습니다. 각각 낙뢰검법이라는 검법과 환염장이라는 장법, 금강진공이라는 기공, 그리고 마지막으로 분영보라는 보법입니다. 하나같이 모두 절기라면 절기랄 수 있는 무공들입니다."

예전에 강민 형이 얘기해 줬던 그 무공들이로군. 욕심도 많지, 네 권을 전부 훔쳐 가? 쳇!

"비왕이란 자가 분영보로 보이는 보법을 사용했다는 정보가 사실이었군요."

"그 무공들은 하나같이 절정의 무공이라 자칫 무림에 피바람을 몰고 올 수도 있으니 걱정입니다."

소림 방장은 무공을 지키지 못했다는 자책감 때문인지, 그렇지 않으면 앞으로도 많은 희생이 날 것에 대한 염려 때문인지 몰라도 침통한 표정을 지었다.

그때 강민 형이 눈빛을 빛내며 물었다.

"그렇다면 단도직입적으로 말씀드리겠습니다. 그것을 주십시오."

"그것이라 하오면?"

"이미 다 아시지 않습니까."

"……."

도대체 무슨 소린 거야? 알아먹을 수가 있어야지.

"물론 그냥 달라는 것은 아닙니다. 교환입니다. 제가 가진 한 가지 절정무공을 소림사에 기증하겠습니다. 또한 이번 일을 계획한 흉수를 찾는 데 도움을 드리죠."

"아미타불… 아무리 진 시주의 무공이 뛰어나다 하더라도 진 시주는 군의 인물. 무림의 일에 깊게 관여하지 못한다고 알고 있습니다. 그런데 어떻게 흉수를 쫓겠다는 것인지 알려주시겠습니까."

"좋습니다. 대답을 해드리죠. 하지만 지금부터 할 말은 그 누구에게도 말하지 않는다는 약속을 꼭 해주셔야 하겠습니다."

"아미타불. 부처님께서 가호하시니 걱정 마십시오."

난 대충 강민 형이 할 말이 짐작 간다.

강민 형의 캐릭터인 전황 진명이 군부의 인물이 아니더라도 강민 형은 운영자. 언제까지고 비상에만 있을 순 없는 법이다. 그렇다면 결국 다른 이의 도움을 빌려야 한다는 건데… 날 왜 여기까지 데리고 들어왔겠는가?

답은 하나다.

"여기 제 옆의 이 사람은 강호에 흔히 알려진 무황이란 존재입니다."

"……!"

"……!"

강민 형이 말을 내뱉자 소림 방장과 무림맹주까지 놀라는 표정을 지었다. 저건 분명 연기가 아니다. 그렇다면 강민 형에게 제대로 설명을 듣지 못했다는 건데…….

강민 형의 말에도 그들이 놀라는 표정만 짓고 선뜻 믿을 생각을 하지 않자 강민 형은 내게 눈치를 줬다. 뭐 그 정도 눈치면 알아들을 만하지.

난 품속에 손을 집어넣어 백면귀탈을 꺼냈다. 강민 형이 준 눈치는 이들에게 내가 무황이란 것을 증명시키라는 뜻. 그렇다면 무황의 마스코트인 이 백면귀탈을 빼놓을 수 없지. 쩝, 사실은 한월과 승룡갑은 눈에 띄기 때문에 벗어놓고 와서 이것밖에 증명할 게 없으니까.

품속에서 꺼낸 백면귀탈은 치열한 전투를 치렀음에도 상처 하나 없는 것이 '과연 용린으로 만든 것이 다르긴 다르구나' 라는 생각을 하게 만들었다. 하여간에 정말 멋진 아이템이라니까, 이 백면귀탈은.

"……!"

"흠!"

난 백면귀탈을 쓰고 살짝 내공을 흘렸다. 적당히 알아볼 정도의 내공을. 이 정도라면 의심이란 있을 수 없을 터. 정 못 믿겠으면 한번 붙던가!

"무황이란 이름을 얻고 있습니다."

"저, 정말 무황 시주이셨구려. 과연 풍기는 기세가 범상치 않다고 생각했습니다만 설마 무황 시주이셨으리라고는……."

"반갑소. 무림맹주를 맡고 있는 이명광이라 하오."

분명 무림맹주는 1년 전, 비무대회의 우승자들에게 상품을 주며 만났던 그 모습 그대로였다. 희고 긴 수염에 마치 신선 같은 모습. 나도 별로 달라진 것은 없었지만 그는 나를 알아보지 못하고 있었다. 아아, 그럴 만도 한 게 레벨 1들 대회에서 우승한 게 뭐 대수라고 무림맹주라는 작자가 기억까지 하겠나.

난 백면귀탈을 벗어 다시 품속에 넣었다.

"이제 충분하지 않으십니까. 아시다시피 흉수가 훔쳐 간 무공 중엔 분영보가 들어 있습니다. 보통 무공으로 그것을 막기란 요원한 일 아니겠습니까."

강민 형의 말은 확실히 맞다. 내가 투결이란 스킬이 있어서 망정이지 안 그랬으면 그 자리에 누워 있었을 것은 나다. 아니, 처참히 살해당했겠지.

분영보는 말이 절정의 무공이지 충분히 초절정무공에 꼽혀도 될 정도다. 하나하나가 그림자나 환영이 아닌 실체.

일 대 일로도 힘든 상대가 몇 명이나 더 있어 합공을 한다 생각해 봐라. 실제 나누어지면 그 능력이 떨어지는 것을 목격하긴 했지만 그것도 그것 나름이다.

분영보라… 그렇다면 현재 강민 형이 뜯어내려는 것은 분영보의 대책에 필요한 무공이란 건가? 대체 어떤 것이기에……?

"아미타불. 알겠습니다. 드리죠. 강호의 평안을 위해 애를 쓰시는데 본사에서 그 정도 일도 못해 드린다면 안 되죠. 잠시만 기다려 주십시오."

소림 방장은 그렇게 말하고 방장실을 나갔다. 다른 스님을 시켜도 되었겠지만 직접 간다는 것은 그 무공이 그만큼 중요하다는 뜻일 터. 결국 방장실엔 나와 강민 형, 그리고 무림맹주밖에 남아 있지 않게 되었다.

"오랜만이군요."

"그렇군요. 일하는 곳이 다르니……."

강민 형과 무림맹주의 대화가 이상하다.

비상의 총책임자는 강민 형 아닌가? 공과 사는 확실히 구분하는 강민 형의 성격 때문에 강민 형은 아무리 나이가 높아도 자신보다 하급 직위를 가진 사람에겐 말을 낮춘다. 그런데 일개… 아니, 무림맹주란 직책이 일개란 것은 어울리지 않지만 어쨌든 비상의 직원에게 말을 높인다? 주변에 아무도 없는데? 너무 용의주도한 거 아냐?

"언제 한번 사무실에도 들르시죠."

"죄송하지만 제 본분은 그쪽이 아닌 것 같군요."

"기획이사님! 아니, 주상우 씨!"

주상우? 무림맹주의 본명인가? 어디서 들어본 것 같은데… 그리고 기획이사라니……. 그거 대단히 높은 직책 아닌가? 그런 사람이 뭐 하러 이런 걸 해?

"전황 진명 대협, 말실수하셨군요. 전 기획이사도, 주상우도 아닙니다. 무림맹주 상온검(常溫劍) 이명광입니다."

"도대체……!"

말을 잇다 끊어버리는 강민 형. 무언가 하고 싶은 말은 있는데 그걸 밖으로 표현하기 껄끄러운 것 같았다. 음, 이럴 때는 자리를 피해줘야 하나? 다행히 그때 멀리서 기파가 흔들리며 곧 인기척이 들렸기에 그런 생각을 접을 수 있었다. 소림 방장이었다.

소림 방장은 방장실에 들어서자마자 방장실 안 분위기가 바뀐 것에 의아해했지만 곧 자신의 자리에 앉았다. 그리고는 중앙에 있는 탁자에 책 한 권을 내려놓더니 입을 연다.

"오래 기다리셨습니다. 이것이 바로 생사일보(生死一步)입니다."

아주 자랑스럽게 말하지만 그 작명 센스라니… 삶과 죽음의 한 발자국? 진짜 유치하기 짝이 없잖아!

"분영보를 상대할 수 있는 유일한 보법. 한 발자국으로 상대와 시전자의 목숨을 가져가고 또 가져올 수 있는 보법. 그것이 바로 이 생사일보!"

강민 형의 설명으로 봐선 대단한 것 같은데 그래도 이름이…….

어쨌든 강민 형도 품속에서 책을 내놓는데 사실은 품속이 아니라 인벤토리에서 무공서를 꺼내는 것이리라. 그 무공서의 겉표지엔 대지창법(大地槍法)이라 적혀 있는데 아무래도 제목 그대로 창법 같았다.

"절정무공인 대지창법입니다. 생사일보엔 미치지 못해도 충분히 뛰어난 무공입니다. 그리고 이번 일은 저희들에게 맡겨주십시오."

강민 형은 그렇게 말하며 생사일보를 집어 들어 내게 안겨준다. 얼떨결에 생사일보를 받은 나는 잠시 당황한 눈초리로 강민 형을 바라보는데 강민 형은 자리에서 벌떡 일어나 인사를 한다.

"그럼, 다음에 다시 뵙죠."

"아미타불… 멀리 나가지 않겠습니다."

"그럼."

"안녕히…….”

마치 화가 난 듯 급하게 방장실을 나가는 강민 형을 따라 나도 대충 인사를 하고 방장실을 나왔다. 아무래도 무림맹주와 친분이 있는 게 아니라 악연인 것 같은데?

그나저나 이 생사일보라는 게 그렇게 대단한 건가? 강민 형의 성격으로 억지로 만나기 싫은 사람을 만나면서까지 꼭 입수해야 하다니…….

솔직히 분영보라면 이미 투결에 깨진 적이 있기에 별로 걱정은 되지 않는다. 분명 그땐 분경도 함께 썼으나 매번 싸울 때마다 분경을 쓸 수 없기 때문에 확실하게 깬 것은 아니지만 그래도 속으로는 '어떻게든 되겠지'란 생각을 가지고 있었다. 쩝, 근데 이 생사일보로 모든 걱정이 사라진 것이다.

"나왔다!"

"강… 아니, 진명 대협."

우리가 밖으로 나오자 기다리는 게 지루했던 듯, 친구들이 달려와서 자초지종을 물었는데 솔직히 나야 알아들은 말도 별로 없고 해서 노코멘트로 모든 말을 무시해 버렸다. 아아, 귀찮아, 귀찮아.

"생사일보야 네가 직접 써보고 익혀야 제대로 알 수 있을 테니 따로 설명은 하지 않으마. 간단히 어떤 거다라는 말만 해주지. 생사일보는 절정무공 중에서도 최상급의 보법이야. 네 현월광도가 절정무공 중 상급 정도라 생각한다면 대단한 거지. 다만 생사일보는 6성이 되기 전까지는 능력이 나타나지 않아. 고작해야 그냥 한 발자국 내디뎠다 거두는 것뿐이지. 그러니까 6성이 되기 전까지 남에게 보이는 것은 삼가라. 특히 비왕을 만났을 땐 조심하고."

"근데 비왕은 죽지 않았어?"

"원래 NPC가 죽을 경우, 데이터가 초기화되어서 다른 NPC로 태어나게 되는데 인공지능이 힘만 좀 쓴다면 부활하기는 어렵지 않을 거야."

"그런… 그렇다면 몇 번을 죽여도 끝이 없는 거잖아."

"그렇진 않아. 인공지능으로서도 죽은 NPC를 부활시키려면 꽤나 많은 힘을 사용할 테고 그렇다면 우리 레이더에 걸릴 테니까. 그렇게 되면 레이더에서 인공지능이 계획하는 일의 정보를 어느 정도 빼낼 수 있으니까 계획이 실패하기 바라지 않는 이상 인공지능으로서도 몇 번 할 수 없을 거야. 연속으로 할 경우 인공지능이 가진 대부분의 지식을 빼올 수도 있을 것으로 예상돼. 그러니 너무 걱정 마라."

난 강민 형의 말을 들으며 입맛을 다셨다. 아무리 걱정 말라고는 해도 부활이라는 것은 부담스럽다고… 쩝.

현재 우리는 숭산 소실봉 소림사에서 내려와 객잔에 짐을 풀었다. 그러고 나서 나를 부르더니 강민 형은 내게 앞으로의 계획 같은 것을 말해 주었다. 그래 봤자 여행을 떠날 나에 대한 지침서 같은 것이지만.

게임 안에 있는 도중에 몇 번씩 로그아웃하고 강민 형에게 상황도 설명해 주고 했기 때문에 강민 형은 내가 여행을 떠난다는 것과 현재 상황이 어떻게 돌아간다는 것을 미리 알 수 있었던 것이다.

"어쨌든 생사일보의 그런 점 잘 알아두고, 다음으로 내가 네게 세 권의 절정무공을 주기로 했고 그중 하나가 이 생사일보니 이제 두 권 남은 셈이지?"

"그렇지."

"자, 이게 그거다."

강민 형이 꺼내놓은 책엔 각각 초풍건룡권(超風乾龍拳)과 광한폭뢰장(狂悍爆雷掌)이라 쓰어 있었다. 근데 왠지 저 이름들 내가 아는 무언가와 상당히 비슷한 듯한데……?

"폭풍룡권, 초풍건룡권. 광뢰충장, 광한폭뢰장. 어라?"

"너답지 않게 이번만큼은 눈치가 빠르구나."

"무어라?"

날 깔보는 강민 형의 말에 발끈하는 사이 강민 형이 손바닥을 뻗어

내 눈앞에서 멈추며 입을 열었다.

"이 두 무공은 네가 가진 폭풍룡권과 광뢰충장이 이어지는 무공이다."

"뭐?"

이게 뭔 얼토당토 않는 소리? 내가 입수한 폭풍룡권과 광뢰충장이 그럼 우연히 입수된 게 아니란 말인가?

"아아, 오해하지 마. 폭풍룡권과 광뢰충장은 순전히 네 운으로 얻게 된 거니까."

"그렇다면 왜 그 후편이 형 손에 있는 건데?"

아니, 후편이라는 것도 우습다. 폭풍룡권과 광뢰충장은 그 자체만으로 일류의 무공. 그런데 거기에 후편이 있어?

"쯧쯧, 역시 정상적으로 성장을 하지 않다 보니 이런 것도 모르는구나. 너 상성이라는 거 알아 몰라?"

"상성? 알지."

"아는 놈이 그러냐?"

"도대체 무슨 말을 하려고 그러는 건데? 어서 나를 납득시켜 보라고!"

난 계속해서 말을 비꼬는 강민 형에게 쏘아붙였지만 강민 형은 아직도 여유만만한 표정이다. 으… 저런 모습이 뭐가 카리스마가 있다는 거야?

"잘 들어. 무릇 무공엔 상성이라는 게 있어. 하나의 무공을 익혔다면 그와 상성이 맞지 않는 무공을 익혔을 경우, 일부 페널티를 받게 돼. 주화입마의 확률이 높아진다거나 제 위력을 발휘할 수 없다거나 말이야."

"나도 알아."

"말 끊지 말고 계속 들어. 그 상성이란 건 무공의 등급이 높아질수록 더욱더 커져. 상성이 되지 못했을 경우의 페널티도 그만큼 커지는 거지. 그래서 일류급 이상은 어쩔 수 없이 상성이 맞는 걸 찾으러 다녀야 할 수밖에 없어. 일류에서 외 3등급으로 넘어갈 때 상성이 되지 않으면 페널티가 제법 크거든."

"호오……."

그런 것도 있었군. 음, 나야 버그 때문에 그런 거엔 관심이 없었지.

"자, 이제 생각을 해봐. 네가 가진 무공. 폭풍룡권은 정순한 정도(正道)의 권법 중에서도 최상급의 권법이요, 광뢰충장은 탁한 사도(邪道)의 장법 중에서도 최상급 장법인데 그 둘의 상성이 맞겠어? 그것만이 아니야. 현월광도라는 절정의 중도(中道)의 도법까지 익혔으니 이미 꼬일 대로 꼬인 거야. 버그가 아니었음 십 중 십 사망이지."

"허……."

"하지만 넌 버그 덕분에 아무런 페널티도 받지 않게 그 모든 무공을 익혔어. 참으로 어이없는 경우지. 현월광도의 경우, 현월광도와 상성인 무공을 외 3등급까지 익힌 사람은 눈 빠지게 현월광도를 찾아다니고 있을걸?"

강민 형은 여기까지 말했지만 난 다 이해할 수 있었다. 그러니까 상성이 맞는 무공이 필요하다는 건데 폭풍룡권과 광뢰충장과 상성이 되는 무공이 초풍건룡권과 광한폭뢰장이라는 거잖아. 쩝, 그나저나 더럽게 어렵군. 아아, 꼬인다, 꼬여.

"그런데 형이 어째서 딱 맞게 이 두 무공을 가질 수 있었던 건데?"

"너… 설마 상성이 맞는 무공이 하나밖에 없다는 엉뚱한 생각을 하고 있는 건 아니겠지?"

"응?"

"역시… 휴, 야, 그럼 비상에서 무공을 제대로 익힐 수 있는 사람이 몇이나 되겠냐? 상성의 정도에 따라 위력이 조금 달라지긴 하겠지만 상성이 맞는 무공은 하나가 아니라고. 그리고 초풍건룡권과 광한폭뢰장은 황궁보고에 있던 것이니만큼, 폭풍룡권, 광뢰충장과 상성이 최고일 거란 말씀. 힘들게 빼낸 것이니 고맙게 여겨라."

강민 형의 말을 듣다가 반쯤 흘렸다. 젠장, 뭔 말인지 헷갈리기도 해라. 어쨌든 그냥 익히면 되는 거잖아. 쳇! 괜히 물어봤네.

난 강민 형이 자화자찬하는 사이 세 권의 책을 모두 읽어들였다. 폭풍룡권과 광뢰충장도 아직 제대로 익히지 못한 상황에서 다음 무공을 익혀도 되겠냐마는 나야 무적의 버그가 있지 않은가. 가끔 틈을 내서 폭풍룡권과 광뢰충장도 수련해 주지 뭐.

유유자적 세 권을 모두 읽어들인 나는 무공 창을 보고 이상한 표정을 지을 수밖에 없었다.

"혀, 형."

"응?"

"광뢰충장과 폭풍룡권이 사라져 버렸어."

"뭐?"

무공 창에는 얼마 전까지만 해도 뚜렷이 자리잡았던 광뢰충장과 폭풍룡권이 사라지고 그 자리에 광한폭뢰장과 초풍건룡권이 자리잡고 있었다. 그리고 그 옆엔 생사일보도 같이……

"너 설마 광뢰충장과 폭풍룡권이 5성도 되지 않았는데 읽어들인 건 아니겠지?"

"그, 그랬는데?"

"맙소사……!"

하지만 얼마 전에 익힌 거고, 또 연습할 시간도 없었는데 어떻게 5성을 이루란 말인 거야?

"그게 문제인 거야?"

"바보야. 아무리 상성이 최고라 하더라도 엄연한 페널티가 있다고. 5성을 익히지 않은 상태에서 무리하게 익혔다간 낮은 등급의 무공이 높은 등급의 무공에 먹혀 버린단 말이야."

"뭐?!"

이, 이런 빌어먹을……. 무공도 몇 익히지 않은 내가 그런 사실을 알 리가 없잖아! 그럼 이제 두 무공은 어떻게 되는 거지?

"추출(抽出)은 안 될까?"

"그야말로 사라져 버렸는데 될 리가 없잖아."

무공을 익히게 되면 무공서는 사라지고 무공만이 남는다. 그렇게 되면 그 무공은 한 사람밖에 경험하지 못한다는 건데, 거기에 운영자들이 바꾼 것이 추출이란 시스템이다.

익혔어도 얼마간의 돈을 지불하면 추출이란 능력으로 무공을 다시 무공서로 빼낼 수 있다. 물론 자신의 무공에서 추출된 무공은 완전히 사라져 버리고 다시 익힌다 해도 처음부터 새로 익혀야 한다.

"휴, 너 때문에 내가 못산다, 못살아. 나중에 시간 봐서 다시 만들어야 하나?"

"하… 하하하."

강민 형의 표정으로 봐선 다시 만들어도 내 손에 줄 리가 없다는 걸 눈치 챈 나는 그냥 멍하니 웃을 뿐이었다. 으어… 공돈 날렸다!

"휴우, 그건 그거고 이건 약속했던 보너스다."

철크덩.

"응? 보너스?"

"그때 주기로 했었잖아. 왜 필요없어?"

"아니, 아니야. 필요해."

난 강민 형이 웬 쇳소리 나는 물건이 든 보자기를 식탁에 내려놓으며 하는 말에 되물었다가 곧 다시 집어넣으려는 강민 형을 급히 만류하며 보자기를 빼앗았다. 뭐가 들었을까?

"음, 이건……?"

"흑립(黑笠)이다."

"흑립? 흑립이라면 옛날 우리 나라 양반들이나 썼던 그 갓 아닌가?"

"그건 우리 나라에서 그런 거지. 그냥 검은색 죽립이라 생각하면 돼. 너 죽립 불에 탔잖아. 흑립은 모자류 아이템 중에서도 꽤나 좋은 보패 아이템이니까 잘 간직하도록 해라. 아, 흑립의 옵션은 모든 종류의 힘 저항력이야."

호오, 꽤나 멋지겠는데?

난 예전에 내가 썼던 죽립과 똑같이 생겼으면서도 색깔은 흑색인 흑립을 써보았다 벗었다 하며 웃었다. 근데 이게 쇳소리를 낼 순 없었을 텐데? 난 보자기를 다시 뒤져 보았고 그곳에서 쇳소리의 정체를 발견할 수 있었다.

재질을 알 수 없는 철로 만들어졌고 각 관절 부위마다 섬세히 이루어진 검은색의 그것. 그것은 바로 권갑(拳鉀)이었다.

"너 정체를 숨기고 여행을 해야 한다며. 그것도 내공의 8성만을 사용한 채. 내가 생각하기에 한월이 아니더라도 도를 들고 있다면 넌 네

성미를 참지 못하고 분명 8성 이상을 사용할 거야. 그럴 바엔 차라리 무황이 아닌 사예를 도객이 아닌 권사로 키우는 게 좋겠지. 그래서 마련한 거다. 현철로 만든 거니까 상당히 비싼 거다. 보통 권사들이 보면 환장을 하고 덤벼들 테니 그것도 잘 간직해."

아, 조금 감동이다. 이렇게까지나 챙겨주다니… 역시 강민 형은 착한 형이었어.

"어디 가서 사고나 치지 말라고 주는 거야. 네가 사고를 치면 운영자인 내가 처리해야 할 게 늘어난단 말이야."

그럼 그렇지. 강민 형이 나 좋으라고 줬을 리가……

"그나저나 언제 갈 거냐?"

"뭐 별로 할 일도 없고 영호충이 떠나며 되도록 빨리 떠나는 게 좋다고 했으니 내일이나 모레쯤으로 생각하고 있어."

"다른 애들에겐 말했고?"

"뭐 어디 죽으러 가는 것도 아니고 현실에선 고작해야 30분이면 만날 수 있는데 뭐 그리 호들갑이야. 그냥 내일 말하고 떠날까 생각 중이야."

현실에선 언제든지 만날 수 있다. 당분간 같이 게임을 즐기지 못한다 하더라도 계속해서 떨어지는 건 아니니까 이 정도야 참아야겠지. 으윽! 초매와 여행을 다니지 못한다니 그게 좀 많이 아쉽다.

"그래도 그러는 거 아냐. 친구들이 걱정할지도 모르잖아."

"알았어, 알았어. 좀 있다 말하러 갈게. 그럼 됐지?"

"그래, 그래야지."

강민 형은 고개를 끄덕이다 무엇인가 생각났다는 듯이 번쩍 고개를 치켜들었다.

"아참, 부이사장님이 한국 구경 또 시켜달라고 하더라. 이번엔 내가 아니라 너로. 저번에 너무 즐거웠다면서."

엑? 그게 무슨……!

"노! 절대 안 돼! 저번 한 번만이라며!"

"야야, 월급쟁이인 내가 상관에게 무슨 힘이 있겠냐. 진짜 이번 한 번만 더 부탁한다."

"그건 그거고 이건 이거지! 서인이에게 들켰다간 끝장이라니까?"

"그러니까 조심하면 되잖아."

"아냐, 안 돼. 더 이상 서인이에게 미안한 일을 할 순 없어."

그럼, 그렇고말고. 내가 뭐 잘난 게 있다고 서인이를 냅두고…….

"말이 이상하다? 데이트해 달라는 게 아니라 한국 구경을 시켜달라는 거잖아. 남자가 한 번 책임을 졌으면 끝까지 져야지. 도중에 빠진다는 게 말이나 되냐?"

"허… 물에 빠진 사람 구해줬더니 보따리 내놓으라는 격이네."

내가 계속 거부하자 강민 형의 눈초리가 이상해졌다. 뭔가 불안한데… 그래도 절대 안 돼.

"너 정말 이렇게 나올 거냐?"

"형이야말로 그렇게 살지 마. 출셋길을 위해 동생을 저당 잡히겠다는 말이느뇨!"

"내가 혼자 잘 먹고 잘살자고 이러는 게 아니잖아."

"어쨌든 안 돼!"

"……."

갑자기 침묵으로 나오는 강민 형. 뭐, 뭔가 굉장히 불안하다.

"좋아, 마음대로 해."

"그, 그래?"

의외로 순순히 나오는데? 아냐, 뭔가 아직 더 있을 거야.

"아아, 효민이가 로그아웃하고 뭘 하는지 가장 궁금해하는 사람이 누 굴까나… 아아, 입이 근질거려 못 참겠다. 수진 씨에게나 말해 줄까?"

저, 저런 치, 치사한! 형이 수진 씨라 부르는 인물은 바로 서인이의 언니이자 강민 형과 장래를 약속한 사이, 즉 나의 형수님이신 것이다. 크음, 너무 앞서 가나?

어쨌든! 크억! 형수님께 말하면 그게 서인이에게까지 들어가지 않으 려 해도 안 들어갈 수가 없잖아! 누가 시켜놓고 이제 와서 협박이라 니…….

"치, 치사한……."

"인생이란 원래 그런 거란다. 어떻게 할래? 말래?"

"큭! 이, 이 원한은 언젠가 반드시……."

"얼마든지."

난 결국 또다시 무릎 꿇고 말았다. 혹시 나의 천적이 투귀가 아니라 강민 형 아냐? 심각하게 의심스러운데?

"내일 효… 아니, 사예가 당분간 떠나게 되니까 송별회라도 할까? 한동안 게임 속에선 못 보게 될 것 같은데 말이야."

"아! 미안. 나 약속이 있어서."

"엥? 그런 게 어디 있어. 네 송별회에 네가 빠지면 그게 뭐냐?"

"미안, 미안."

난 흘겨보는 친구들의 시선에 미안하다는 표정을 지으며 손을 저었 다. 하지만 오늘은 정말 약속이 있는데 어쩌라고.

"에잇! 그럼 저놈 빼놓고 단체 사냥이라도 가자."

"좋지!"

"왠지 상당히 오랜만에 사냥이라는 걸 해보는 것 같은데……."

상호의 말에 친구들은 동의의 의사를 내비쳤다.

이미 강민 형은 돌아간 상태. 운영자로서 할 일이 있으니 오랫동안 자리를 비워둘 수 없다는 이유로 군으로 복귀를 했고 복귀하자마자 로그아웃을 할 것이라 하였다. 어젯밤 느닷없이 떠난다는 강민 형의 말에 우린 의아해하며 말렸지만 강민 형은 요지부동이었다. 결국 강민 형을 떠나보내고 왠지 분위기가 침체되었는데 그런 분위기를 깨고자 상호가 저러는 것이었다.

"저……."

"응? 서, 아니, 은설아, 너도 좋지?"

"저도 할 일이……."

"뭐?"

"단약의 재료도 구해야 하고… 여러 할 일이 많아서요."

초매의 말에 상호는 맥 빠진 표정을 지었다. 초매마저 배신할 줄은 몰랐던 거지. 음, 인생이란 그런 거야.

그때 미영이, 하얀이, 지수, 지현이 등이 나섰다.

"서인아, 그럼 나도 같이 가줄게."

"그래, 어차피 송별회나 단체 사냥도 못 가는 것 같으니 그냥 너 따라가지 뭐."

"내가 아는 약초도 있으니 도움이 될 거야."

"혼자 가면 위험할 수도 있어."

쟤, 쟤들이 왜 끼어드는 거야!

사실 초매와 나는 이별을 아쉬워하며 오랜만에 단둘이서 데이트를

즐기려 하고 있다. 표면상 같이 산책하는 걸로 했지만 그거야 표면상
이고, 그것이 데이트지 뭐가 데이트리오! 그런데 저놈의 친구들이 정말
뜻대로 안 따라주는 것이다.

"아, 아니에요. 저 혼자 가는 게 좋은걸요. 그리고 제 개인적인 볼일
도 있어서요."

잘한다! 잘해!

"그래? 그럼 별수없지."

여자애들은 의외로 쉽게 떨어졌다. 아쉬워하는 기색이 역력하지만 개
인적인 볼일이 있다는데 뭐라고 하며 달라붙을 수 있으랴! 좋군! 좋아!

거기까진 좋아! 정말 좋아! 그런데!

쿠릉!

"빌어먹을 망할 곰탱이, 넌 왜 따라오는 거냐고!"

나의 한 맺힌 절규에도 빌어먹을 망할 곰탱이 푸우는 콧방귀조차 뀌
지 않는다.

사실 녀석이 따라올 수밖에 없다는 것을 안다. 아무리 그동안 친구
들과 친해졌다고는 하지만 만약 나나 초매가 없다면 녀석은 제멋대로
행동하기에 주변에 많은 피해를 끼친다. 여기 가서도 말썽, 저기 가서
도 말썽이니 놈을 제어하기 위해선 나나 초매가 필요한 것이다. 신기
한 건 나나 초매가 로그아웃을 하더라도 육체만 남아 있다면 많은 사
고를 치지 않는다고 한다.

"쩝, 하지만……."

쿠엉!

저놈의 티꺼운 표정을 보면 재수가 없단 말이야! 저 애물단지! 저놈

때문에 데이트도 한번 제대로 못해! 젠장!

"참아요. 어쩔 수 없잖아요."

"휘유우우~"

광분한 채 폭주를 감행하려다 초매가 만류하는 바람에 결국 긴 한숨을 내쉬며 참을 수밖에 없었다. 그래. 좋은 것만 생각하자, 좋은 것만.

우선 이놈의 티껍고 더러운 인상 때문에 초매의 미모를 보고도 엉겨 붙는 놈이 없으니 좋고, 또 이렇듯 자가용으로 삼아 편히 이동할 수 있으니 좋고. 그래, 좋은 게 좋은 거라고 오늘이면 너와도 당분간 빠이빠이니까 오늘만, 딱 오늘만 그냥 참자.

"어디로 갈까?"

난 약간씩 흔들리는 곰탱이표 자가용의 승차감을 느끼며 초매에게 물었다.

하남에 내려온 것은 꽤 되었지만 항상 시간에 쫓기고 사건에 쫓기다 보니 제대로 둘러볼 겨를도 없었고 또 그런 것에 대해 잘 알지도 못했기에 막상 가려니 갈 곳이 생각나지 않았다.

비상은 옛 중국의 향취를 그대로 살려 단순한 레벨업과 아이템의 수집, 그리고 전투 등만이 아닌 실제로는 경험하지 못하는 풍물을 탐험하는 등 관광의 효과를 살렸다. 그래서 이곳 하남 역시 곳곳이 관광할 곳 천지이지만 막상 찾아가려니 어디부터 가야 할지 막막할 뿐이었다.

초매도 그런 점에선 나와 별반 다를 게 없던지 고개를 저었다.

"저도 하남행은 처음이라서요."

"그래?"

흠, 어쩌지? 그렇다고 데이트를 사냥터에서 보낼 수도 없는 노릇이잖아.

잠시 고민을 하던 나는 무언가 하나의 생각이 떠올랐다. 지금 상황에선 제법 그럴듯한 생각이긴 한데 과연, 과연 믿을 수 있을까? 아니, 이런 생각을 현실화해도 괜찮을까? 심히 걱정되기 이를 데 없다.

하나 딱히 다른 방법도 없었기에 난 초매에게 이 방법에 대해 말을 꺼냈다.

"저기… 이러면 어떨까?"

"네?"

"아주 오래전에… 엄청나게, 생각도 나지 않을 정도로 오래전에 이놈의 곰탱이가 괜찮은 곳에 데려다 준 적이 있거든."

"아!"

초매도 생각나는지 손뼉을 치며 탄성을 질렀다.

하지만 난 이놈의 푸우에게 맡긴다는 게 영 꺼림칙하다. 엄청나게 오래전에, 진짜로 오래전에, 빌어먹을 놈에게 맡길 정도로 오래전에, 하여간에 오래전에 곰탱이는 예전에 지자님과 함께 살던 곳에 우리를 데려다 주고, 또 그보다 더욱 멋진 곳에도 데려다 줬다. 마지막엔 영호충을 만나 기분을 잡쳐 버렸지만 어쨌든 경치가 좋았던 것은 사실이다.

저번엔 녀석이 살았던 곳에 간 거 아니냐고 할 수도 있지만 어차피 발길 닿는 대로 가는 세상, 한번 도박을 해본다 해서 후회할 건 없지 않느냐. 물론 그 도박의 대상이 나로 하여금 구만 사천육백이십이 번을 다시 생각하게끔 하는 그런 녀석이지만 말이다.

난 초매를 바라보며 제발 내 의견에 동참하지 않길 바랐다. 내가 낸 의견이지만 너무나 허황된 것이었기 때문이다. 그러나 초매는 활짝 웃으며 고개를 끄덕이는 것으로 내 기대를 산산조각 내버렸다. 차라리 말을 꺼내지 말걸……

그러나 이미 엎질러진 물이요, 흘러간 세월이라. 되돌릴 수 없으면 그 일을 즐기라 성인께서 말씀하셨지만 즐기지는 못하겠고 떨떠름한 표정을 애써 감추며 난 푸우의 목 부분을 두들겼다.

"이봐, 곰탱이 군. 한번 네 멋대로 가봐라."

난 그렇게 팩 쏘아버리곤 뒤돌아 누워버렸다. 푸우라는 존재에게 일을 맡긴 것이 영 꺼림칙하기 이를 데 없는데 초매는 뭐가 그리도 우스운지 계속 쿡쿡거리며 내 신경을 자극하고 있었다. 크윽! 화를 낼 수도 없고… 뭐가 그리 웃긴 거야!

그럼 그렇지. 역시 내 예상은 빗나가지 않았어.

난 지금 세찬 바람이 귓가를 스치는 것을 느끼며 심각한 후회에 몸 부림치는 중이다. 푸우는 나의 예상을 역시 배신하지 않았던 것이다.

처음엔 잘나갔다. 갈수록 주변의 풍경도 좋아지고 갖가지 꽃들에 초매도 즐거워했으니까. 그땐 나도 제법 즐거워 푸우 녀석에게 가끔 칭찬도 해줘야 하겠다는 미친 생각까지 하고 있었다.

근데 꼬이기 시작한 때는 이동하는 도중, 한 유저에게 잡혀 끌려가던 마물을 본 후다. 아마도 퀘스트에 그 마물을 데려오기로 되어 있나 보다.

문제는 그 마물이 평소 푸우가 가장 즐거하며 찾는 간식거리인 마오(魔鳥)였다는 것. 닭고기 씹듯 입 안에 훌쩍 넣고 질겅질겅 씹을 때 내가 본 것 중 가장 행복한 표정을 짓는 푸우다.

참새가 어찌 방앗간을 그냥 지나리오.

낌새를 눈치 챈 나는 급히 푸우의 진행 방향을 돌리려 했지만 마오에 눈동자가 돌아간 푸우는 엄청난 속도로 뛰어가 유저에게 대들었다.

다행히 유저는 갑자기 인상 더러운 곰이 쫓아오자 마오고 뭐고 냅다 도망쳐서 살아날 수 있었지만 마오는 어김없이 푸우의 입 안에서 질겅질겅 씹히게 되었고 그것으로 만족을 못했는지 코를 킁킁거리며 다른 마오를 찾더니 곧 방향을 가늠하곤 뛰기 시작한 것이다.

푸우는 명마 축에 드는 말보다 빠르다. 보통 땐 게으르고 느리기 짝이 없지만 먹을 것을 발견했을 때는 정말 무섭게 뛴다. 덕분에 푸우의 등에서 떨어질 뻔한 나와 초매 중, 난 푸우의 털을 잡고 간신히 매달렸고 동시에 나머지 한 손을 뻗어 초매를 품 안으로 낚아챈 채 푸우에 대롱대롱 매달려 이동하고 있는 것이다.

"야! 임마! 그만 멈추라고!"

쿠엉!

"이 빌어먹을 곰탱이!"

난 내 말을 들은 척도 안 하고 괴성을 지르며 냄새를 쫓아가는 푸우에게 한바탕 욕설을 퍼부었다. 품 안에 안긴 초매는 내가 품속 고이 안고 있지만 그래도 가끔씩 찾아드는 풍압을 이기기 힘든지 약간 인상을 찡그리고 있었다. 음, 그래도 기분은 좋네. 흐히히.

"초매! 괜찮아?!"

"네! 아직까진 괜찮아요!"

난 품속의 초매를 더욱 꼭 껴안으며 물었고 초매는 부끄러운 것인지 아니면 고통 때문인지 얼굴이 약간 붉어지며 대답했다. 흐히히, 예쁘다. 아참, 이럴 때가 아니지.

"이 자식아! 언제까지 갈 거야!"

나야 경공으론 일가견이 있다지만 초매는 경신 부분에서 좀 떨어지는 경향이 있었다. 보법도 약간 조잡해서 절정고수치곤 약한 편이니 경공이야 말할 게 있으랴. 그러니 아직 풍압에 대응하는 법이 익숙지 않아 괴로울 것이다.

그런데 이놈의 곰탱이는 어디까지 가는 거야?

"근데요!"

"응?"

"마오라면 추마인(醜魔人)이 기르는 마물 아니에요?! 아무래도 지금 우리가 향하는 곳은 그들의 본거지인 것 같은데?!"

"아차!"

이제야 그걸 깨닫다니…….

평범히 받을 수 있는 퀘스트 중 하나에 마오의 검은 깃털을 모아오라는 것이 있다. 그래서인지 마오가 주는 검은 깃털은 시장에서 꽤나 비싼 가격으로 팔린다. 잘 나오지 않는 것도 있지만 가장 큰 이유는 마오를 잡기 힘들다는 것 때문이었다.

마오는 그다지 강한 전투력을 지니고 있지 않다. 한 열 마리씩 떼를 지어 다니기에 고수가 아니라면 잡기는커녕 그들에게 접근하기도 힘들겠지만 일반 사람들도 연합을 하면 잡을 수 있을 정도로 마오의 전투력은 약하다.

그렇게 전투력도 약한 마오를 왜 잡기가 힘들까?

그것은 마오가 단독적인 마물이 아니기 때문이다. 원래 비상의 설정상 마오는 추마인이란 인간형 마물이 열 마리에서 이십 마리 정도를 길러서 이끌고 다닌다.

추마인 하나가 이류고수 급이며 마오와의 합공인 경우 일류고수 급의 능력을 지닌다. 거기까지면 그다지 큰 걱정은 하지 않겠지만 지금 우리가 향하는 곳은 추마인의 본거지. 추마인이 리젠되어 사방으로 퍼지게 되는 곳인 것이다. 적어도 그 중심엔 수십 명의 추마인, 수백 마리의 마오들이 진을 치고 있을 터!

젠장! 서란 말이야!

"서! 서! 임마!"

그러나 이 말아먹을 곰탱이는 내 말은 들은 척도 하지 않고 오직 마오를 쫓아, 더욱더 많은 마오를 쫓아 내달리고 있었다. 조금 더 지나자 주변으로 마물들, 추마인과 마오들이 새까맣게 모여들었고 푸우는 닥치는 대로 입에 마오들을 물며 계속 전진했다. 그럴수록 나와 초매는 상처만 늘어났고 말이다.

쿠엉!

그때 갑자기 바라지도 않던 일이 일어났다. 푸우가, 빌어먹을 곰탱이가 우뚝하니 제자리에 멈추어 선 것이다. 예전에도 많이 느꼈던 법칙, 관성의 법칙 덕분에 나와 내 품 안에 안긴 초매는 푸우에게서 떠나 날아갈 수밖에 없었다.

"이 빌어먹을 곰탱아!"

"꺄악!"

쿠당탕!

"으… 푸우, 이 빌어먹을 곰탱이."

바닥에 엎어진 나는 푸우에게 다시 욕하며 몸을 일으켰다.

"초매, 괜찮아?"

"네. 별로 다친 곳은 없는 것 같아요."

그럼. 다친 곳이 있으면 안 되지. 내가 온몸을 날려서 초매를 보호했는데 말이야.

쿠웅?

"이 빌어먹을 곰탱이. 너 나중에 보자."

"그런데 말이죠."

"알아알아. 지금 상황이 좋지 않다는 건 말이야."

난 주변을 돌아보며 한숨을 내쉬었다.

보이는 건 오직 적뿐이다. 이미 주변을 새까맣게 검은 까마귀 마물인 마오가 덮었고 드문드문 추마인도 보인다. 그러나 추마인이 가장 무서울 때가 이럴 때다. 어디서 달려들지 모르니까.

"하… 하하하. 안녕들 하신가?"

까악! 까악!

크르르르.

내 어설픈 인사에 대답해 주는 마오와 추마인.

저, 저놈의 추마인은 인간형 마물이면 그나마 말소리는 내야지 크르르가 뭐냐고! 젠장!

난 난처한 표정을 지으며 초매를 바라보았고 그 각도 때문인지 어쩔 수 없이 티꺼운 표정을 지으며 질겅질겅 마오를 씹고 있는 푸우도 볼 수 있었다.

"하… 하하. 어떻게 하지?"

"우선 빠져나가는 게 최우선이겠네요."

하지만 난 내공도 8성까지밖에 못 쓰고, 또 강민 형의 말을 따르기로 해서 한월이나 승룡갑, 흑립도 다 창고에 맡겼단 말이야. 그나마 묵룡갑과 권갑을 착용하고 있긴 하지만… 과연 1성인 초풍건룡권과 광한폭뢰장으로 얼마나 힘을 낼 수 있을까?

까악! 까악!

크르르르!

내 생각은 오래가지 않았다. 녀석들이, 주변을 덮고 있는 마물들이 떼를 지어 덤벼들었기 때문이다. 젠장!

"초매, 조심해!"

까악! 까악!

크르르르!

상황은 좋지 않았다. 끝이 보이지 않을 정도로 주변에 깔린 마물들. 많을 것이라 듣긴 했지만 설마 이 정도일 줄이야… 이건 그냥 많은 정도가 아니잖아!

그래도 한 가지 안심이 되는 점은 방어구가 제법 잘 갖추어져 있다는 것이다. 초매야 용린갑을 입고 있으니 몸통은 신경 쓰지 말고 다른 부위만 방어하면 될 테고, 나야 승룡갑이 아닌 묵룡갑이라지만 추마인과 마오의 공격력으론 묵룡갑도 뚫지 못한다. 푸우는… 말해 무엇 하리. 지금도 저렇게 태연히 마오를 씹고 있는데…….

난 양손에서 느껴지는 차가운 금속의 이질적인 감촉을 느끼며 내공을 끌어올렸다. 도강이 가미된 현월광도의 절초들을 쓸 수 있다면 이들을 전멸시키는 건 어렵지 않겠지만 불행히도 내겐 그럴 상황도, 처지도, 능력도 되지 못한다. 막말로 도가 있어야 도법을 펼치지.

결국 양손, 양 발로 뚫어야 한다는 건데…….

까악!

순간 마오가 구부러졌지만 그 끝이 뾰족한 부리를 내세우며 빠른 속도로 날아왔다. 필시 내 눈을 노리는 공격이리라! 하나…….

"하앗!"

빠각!

까르르르…….

힘차게 내지른 주먹에 부리가 산산조각으로 부서진 채 힘없이 떨어져 내리는 마오.

이거 바보 아냐? 지 부리는 현철도 뚫을 수 있다 그거냐? 아니면 내가 반응하기도 전에 날 죽일 수 있단 거냐? 어찌 되었든 날 한참이나 잘못 봤어!

난 곧바로 왼손의 엄지를 접고 나머지 네 손가락은 편 채 앞으로 내밀었으며 동시에 오른손에 주먹을 쥐고 가슴 안쪽으로 끌어당겨 좌선우심(左先右心)의 자세를 취했다. 또 왼쪽 다리는 쭉 편 채 앞으로 내밀었고 오른쪽 다리는 무릎을 살짝 굽히고 뒤로 보내어 낮고 안정된 자세를 취했다.

이것이 초풍건룡권을 펼치기에 가장 알맞은 자세인 초풍건룡권의 기수식(起手式), 건룡세(乾龍勢)의 자세이다. 나야 이 자세에 어떤 효과가 있는 줄 모르지만 정보 창에 기재된 초풍건룡권의 비급에는 이 건룡세가 초풍건룡권의 시작이자 끝이라 할 만큼 아주 중요하다고 기술되어 있었다.

건룡세를 취할 경우 무공에 대한 추가 경험치가 주어져 조금 더 빨리 성취도를 올릴 수 있었다. 이것도 6성이라는 전제 조건이 있었는데 6성 이상의 성취를 이룰 경우 이 건룡세의 자세를 취하지 않더라도 초풍건룡권을 펼치는 데 아무런 지장도 없다지만, 아직 난 6성은커녕 초풍건룡권을 제대로 펼치지도 못하기에 건룡세의 자세를 취해갔다.

내가 건룡세를 취할 무렵, 주변을 배회하며 기회를 노리고 있던 마오 십여 마리가 득달같이 달려들었다.

까악! 까악!

각각 다른 방향으로 흩어져 갖가지 궤도를 그리며 쏟아져 날아오는 마오들의 부리는 굽어져 있었지만 잘 벼린 칼날을 생각나게 할 만큼 날카롭고 또 섬뜩했다.

갖은 궤도를 그리던 마오들이 일제히 나를 향해 쏘아져 오는 그때! 앞에 내민 채 기다리던 왼손이 움직이기 시작했다.

살랑살랑 춘풍에 나부끼는 들꽃처럼 조금씩 호선을 그리며 움직이던 왼손이 제법 크게 흔들리기 시작한다. 그리고 그땐 이미 나와 마오의 거리는 지척의 거리였다.

"운풍건룡(雲風乾龍)!"

타다다탁!

바람이 구름을 몰아내듯 유연히 움직이는 왼손이 갖가지 궤도를 그리며 쏘아져 오는 검은 까마귀들을 흩어놓기 시작한다. 구름을 실은 바람이 세차게 움직여 세상을 윤회하듯, 그다지 빠르지도 않게 움직이는 왼손의 손등과 손바닥을 이용하여 어김없이 마오들을 살짝 비껴내어 쳐내기 시작했고 곧 내게 달려들던 마오들은 본래의 궤도를 잃어버렸다.

마오와 차가운 현철이 부딪쳐 내는 작은 소음이 울리는 그 순간, 바람을 탄 구름을 뚫고 건룡이 날아오르기 시작했다. 심(心)의 자세로 기다리던 오른 주먹이 쾌풍(快風)을 타고 뻗어 나가기 시작한 것이다.

건룡의 몸짓을 담은 주먹은 궤도를 빗겨 나간 마오들을 덮쳐 갔고 주먹에 격중당한 마오들은 '까르르' 하는 비명 소리와 함께 나가떨어졌다.

바로 초풍건룡권의 제삼초 운풍건룡의 초식이었다.

오직 유연하고 빠른 것만 아니라 그 속에 담긴 파괴력도 남달랐기에 속도만 빨랐지 방어력이라곤 형편없는 마오들을 단 일 격에 즉사를 면치 못하게 만든 것이었다.

그때부터 마오들의 끊임없는 공격이 이어졌다.

까악! 까악!

"칫! 운풍건룡!"

연거푸 운풍건룡을 시전하여 제법 많은 수의 마오들을 떨쳐 냈지만 난 답답함을 느꼈다. 운풍건룡의 초식 자체가 선공이 아닌 반격의 초식이었기에 마오들의 이어지는 공격도 일일이 막아내고 또 반격으로 일격필살의 효능을 거둘 수 있었지만 마오만을 상대해선 이 끊임없이 이어지는 공격들을 타파(打破)해 나갈 수 없기 때문이었다.

그렇다고 초매를 내버려 두고 나 혼자 날뛸 수도 없고 말이야. 아무리 그녀가 용린갑을 입고 있다지만 이 정도 숫자의 마오들이 연속적인 공격을 한다면 위험해질 여지가 다분했던 것이다.

결국 할 수 없이 계속되는 소모전에 버티기 위해 궤도를 그리며 쏟아져 오는 마오들을 처리하려 할 때 거대한 무언가가 앞을 가로막더니 순식간에 달려드는 마오들을 쓸어버렸다.

"푸우?"

크르릉!

내가 갑작스런 푸우의 행동에 의아해하며 푸우가 스쳐 간 쪽으로 고개를 돌리자 입에 마오를 물고 질겅질겅 씹어대며 낮게 으르릉대는 푸우를 볼 수 있었다. 그리고 녀석의 의도 역시 알아챌 수 있었다. 좋아, 이제 배 좀 채웠다 이거지?

초매를 바라보자 그녀도 애병(愛兵) 자소(紫簫)로 마오를 비껴내며 싱긋 웃었다.

"좋아, 그럼 부탁한다!"

내 말이 떨어지자마자 주변의 공기가 변했다.

사정없이 마오를 씹어대던 푸우의 눈이 충혈된다고 느낀 그때, 푸우로부터 무서운 살기가 난데없이 뻗어 나왔다. 발톱은 더욱 길고 날카로워졌으며 붉은색을 띠던 털은 선혈의 그것 같은 진홍색의 빛을 띠기 시작했다. 잔뜩 충혈되어 붉게 물든 눈동자에선 진득한 살기와 혈광이 줄기줄기 새어 나오기 시작했고 이빨은 더욱 날카롭고 길어져 보는 사람으로 하여금 섬뜩함을 느끼게 했다.

크어어엉!

찌릿! 찌릿!

진득한 살기를 담아 내지른 포효에 난 살갗에 따가움을 느낄 정도였다.

큭! 녀석, 대단하긴 대단하군. 저놈의 살기는 볼 때마다 강해지냐 어떻게.

살기에 반응한 것은 나뿐만이 아니었다. 초매도 내공이 그다지 심후하지 못한 탓에 인상을 약간 찡그리고 있었고 주변을 새까맣게 덮은 마오들과 드문드문 보이는 추마인은 움찔하며 순간 동작이 둔해졌다.

모든 공격이 끊긴 이때, 난 마오들 사이에서 나와 가장 가까이에 있는 추마인을 노려보았다. 그리고 건룡세의 자세 그대로 뒤로 내뻗은 오른발의 힘만으로 땅을 박차고 앞으로 쏘아져 날아갔다. 어느새 좌선(左先)의 자세에 있던 왼손은 완전한 주먹이 쥐어진 뒤였다.

"건룡초풍(乾龍超風)!"

퉁!

단 한 번의 박참으로 앞으로 쏘아지듯 퉁겨나 도약한 나는 주먹을 쥐고 앞으로 내뻗은 왼손을 살짝, 아주 살짝 끌어당겼다가 풀어주었고 그 탄력으로 퉁기듯 뻗어 나간 왼 주먹이 팔 길이의 최고 정점에 닿는 순간, 주먹은 추마인의 명치에 닿아 있었다.

뻐거걱!

현월광도가 강기를 분출하여 수많은 적을 도륙하는 체외강기공(體外罡氣功)이라면 초풍건룡권은 전신으로 강기(罡氣)를 축적하여 인간의 신체가 지닐 수 있는 능력과 행동을 뛰어넘어 적을 격살(擊殺)하는 체내강기공(體內罡技功)이었다. 내(內)·외(外)와 기(氣)·기(技)의 차이일 뿐이지만 그 능력은 '뿐이지만' 으로 설명될 만큼 간단한 것이 아니었다.

하나는 많은 수의 적을 맞아 화려하고 넓게 퍼진 강력한 공격으로 적을 쓰러뜨리지만 다른 하나는 절제되고 빨라 우아함마저 느껴지는 공격으로 적을 각개격파(各個擊破)하는 것이었으니 말이다. 두 무공은 서로 반대의 성향을 가지고 있긴 하지만 인세에 보기 드문 그런 대단한 무공임엔 틀림없는 것이었다.

그런 초풍건룡권의 제사초 건룡초풍의 공격을 맞이하여 바람을 뚫고 유영하는 건룡에 격중당한 추마인은 단 일 격에 명치를 중심으로 가슴 부분 전체가 함몰되며 즉사한 것은 당연한 것이었다. 그리고 난 푸우의 살기에 노출당하고 구심점마저 잃어 오합지졸 무리가 되어버린 주변의 마오들을 내버려 둘 생각 따윈 없었다.

"차앗!"

땅을 비틀어 박차고 오른 다리를 뻗은 채 반 바퀴 회전을 하자 휘돌려 차기에 격중당한 마오들이 '퍼버벅' 하는 소리와 함께 우후죽순(雨後竹筍)으로 나가떨어지기 시작했다.

그때 어느새 푸우의 살기에서 벗어나 제정신을 차린 다른 추마인이 다가와 마오를 인솔하니 살아남은 마오들이 공중에 뜬 내 주변을 새까맣게 물들이며 땅부터 하늘까지 막힘없이 공격해 왔지만, 흥! 내가 그딴 수에 당할쏘냐!

탓!

"비켜!"

공중에 뜬 채 능공천상제를 이용하여 공중을 박찬 나는 또다시 위로 뛰어올랐고 광한폭뢰장의 기운을 담은 양손을 휘둘러 공중에서 나를 공격하려던 마오들을 향해 휙! 휙! 휘저어댔다.

파파파팡!

내가 8성의 내공밖에 쓰지 못한다고 하나 양손에 모인 내공은 결코 가벼운 것이 아니기에 마오들은 후두둑후두둑 사방으로 튕겨났고 난 포위를 푼 채 공중으로 날아오를 수 있었다.

그러나 그게 끝이 아니었다.

역시 비행에는 마오를 따를 게 별로 없을 정도로 뛰어난 비행 솜씨를 발휘하는지라 땅에서 치고 올라오던 마오들은 긴 곡선을 그리며 공중으로 유영하던 나를 향해 쏟아져 오기 시작했다.

"그렇다고 당할 순 없지!"

탓!

능공천상제를 역으로 펼쳐 오히려 하늘을 향해 비틀어 박차고 난 아래로, 아래로 쏟아지듯 강한 회전과 함께 하강하기 시작했다. 양팔은 머리보다 더 멀리 쭉 펼쳐져 있었으며 그 속에 회전을 담아 마치 낙뢰가 떨어지는 형상을 가지게 된 것이었다.

"낙뢰격타(落雷擊打)!"

쾅!

광한폭뢰장의 제오초 낙뢰격타와 지면의 충돌로 인해 폭음과 함께 지면의 파편이 사방으로 비산하여 곧 먼지가 뿌옇게 시야를 흐릴 정도가 되었다.

난 발 밑으로 낙뢰격타의 충격으로 죽어버린 마오들이 밟히는 것을 느꼈다. 비록 추마인은 없는 듯했지만 상관없었다. 지금 먼지 너머의 곳, 내 시야에 추마인이 잡혔으니까!

오른발을 앞으로 강하게 내놓으며 약간 비틀어 버림으로 회전력을 싣고 그 회전력을 무릎, 허리, 어깨, 팔꿈치, 손목까지 이동하며 강한 경(勁)을 담아 손가락을 붙인 채 쫙 편 손바닥을 내뻗는다.

"광뢰충장(狂雷充掌)!"

전 광뢰폭장의 가장 파괴력이 강한 기술이었지만 지금은 광한폭뢰장의 제일초인 광뢰충장이 회전력과 경을 담아 주변의 먼지를 일시에 빨아들이듯 소거시키며 파천(破天)의 기세로 한 그림자를 향해 뻗어 나간다.

마오라고 보기엔 어이없이 큰 그림자. 이것이 바로 추마인의 그림자였겠다?

빠각!

광뢰충장에 격중당해 힘없이 바람에 날려가는 나뭇잎처럼 훌쩍 내팽개쳐지는 추마인에게서 시선을 거둔 나는 모래먼지 뒤로 보이는 대여섯 마리 정도의 작은 그림자를 볼 수 있었다.

"건룡풍힐(乾龍風詰)!"

건룡세의 자세를 취하며 주먹을 쥔 채 양손을 내뻗으니 곧 실상인지 허상인지 구분 못할 권영(拳影)이 그려지며 작은 그림자를 향해 쏘아져 나갔다. 빠르고 유연한 연속 공격. 이것이 바로 초풍건룡권의 제일초 건룡풍힐인 것이다.

파바박!

권영에 격중당한 작은 그림자, 마오들은 하나같이 끊어진 실처럼 튕겨져 나갔으며 그 순간 바람이 불어와 약간이지만 남아 있던 먼지들을 쓸어가 버렸다.

쏴아아아아!

"후우……."

내 주변으론 이미 널린 게 마오들의 시체요, 간간이 추마인들의 시체도 보였다. 그리고 한곳에 낙뢰격타가 격한 곳을 표시하려는 듯 쐐기 모양으로 빙글 돌려져 깊숙이 파여 있는 곳도 보였다. 까마득한 숫자다 보니 다시 채워지겠지만 나를 중심으로 반경 10미터 안에는 살아 있는 마물은 없는 셈이었던 것이다.

다시금 마오들과 추마인들이 슬금슬금 접근할 때 그들 너머로 눈길을 돌리니 푸우는 살기를 뿜으며 닥치는 대로 마물들을 추살(追殺)하고 있었고 초매도 초매 나름대로 절정고수의 면모를 보여주는 듯 적절히 많은 수의 마오와 추마인들을 상대하고 있었다.

음? 근데 초매의 내공이 저렇게 고강했었나? 에라, 열심히 수련을 했겠지 뭐.

까악! 까악!

양쪽 방향으로 가장 먼저 달려드는 두 마리의 마오들을 살짝 한 발자국 물러나는 것으로 둘이 부딪치게 해서 쓰러뜨리고는 다시 주변을 둘러보았다.

아직도 까마득히 남은 엄청난 숫자.

아, 이거 끝이 없겠는데? 죽이는 것보다는 적겠지만 이 시간에도 끊임없이 리젠되고 있을 거 아냐. 젠장, 도강… 아니, 강기라도 쓸 수 있다면 좋겠지만 초풍건룡권은 강기가 밖으로 표출되지 않는 거고 만약 된다 해도 광한폭뢰장이나 초풍건룡권이나 익숙하지 않아 강기를 잘못 운용했다가기는 전 내공을 다 끌어올리게 될지도 모른단 말이야. 여행은 시작도 못해보고 들통난다면 그건 또 그것 나름대로 얼마나 쪽팔리는 일이야?

"일섬탄지(一閃彈指)."

손가락에서 내공을 담은 섬광이 분출되었다. 그 섬광은 번쩍 하는 사이 마오 한 마리의 미간에 정확히 적중되었고 마오는 '펑!' 하는 소리와 함께 힘차게 뒤로 튕겨났다. 오, 저 정도의 위력이라면 죽었을걸?

일섬지는 제삼초로 이루어져 있다.

제일초 일섬쾌지, 제이초 일섬탄지, 제삼초 일섬파지.

제일초는 그냥 빨리 날아가 상대방을 꿰뚫는 그런 초식이요, 방금 시전했던 제이초 일섬탄지는 적중당한 상대를 튕겨나게 하는 것이며 제삼초 일섬파지는 적중당한 상대를 속에서부터 아주 부서뜨리는 초식이다.

말은 그렇지만 빠르다는 것 외엔 별 볼일 없었던 일섬지에 내공을 제법 불어넣으니 그 초식대로 뛰어난 위력을 발휘하는 게 아닌가. 그러나 일섬지로도 이 많은 놈들을 상대하기엔 좀 무리가 있다.

"쩝, 별수없나? 결국 정공법이로군. 좋아! 붙어보자고!"

"일섬쾌지!"

퍼걱!

일섬쾌지의 번쩍거리는 지풍에 마지막 마오는 머리에 구멍이 뚫려 죽고 말았다.

"하으."

"하아… 하아……."

그르릉.

"이제 끝난 거지?"

"그런 것 같아요."

"으아! 드디어 끝냈다!"

난 제자리에 주저앉으며 고래고래 고함을 질렀다. 크윽! 내공을 극성으로 운영하지도 않았는데도 현재 내공이 바닥을 보일 정도로 엄청난 내공 소모와 체력 소모에 결국 그 많고도 많던 마오와 추마인을 드디어 다 전멸시킨 것이었다.

아, 이쯤이면 이거 인간 승리야, 인간 승리.

내가 주저앉자 초매도 내 곁에 다가와 옆에 주저앉는다. 잘 버티긴 했지만 나와는 달리 초매는 체력이나 내공도 특출하게 높지 않았으니 더욱 힘들었겠지.

"힘들어?"

"네. 하지만 기분은 좋아요. 오랜만에 이렇게 열심히 움직인 것 같아서요."

어느새 석양이 지고 있었다. 노을이 짙게 깔리는 초저녁의 하늘.

"하아… 결국 오늘 사냥터에서 보내게 되네."

"후후, 하지만 재미있었잖아요."

마오, 추마인과 싸우는 게 재미있어? 초, 초매도 취향이 참 특이하구나라고 말할 수는 없는 노릇. 뭐 이렇게 보내는 것도 좋겠지. 에휴… 그러나 이 시간도 길지 않구나.

"자, 그럼! 푸우야, 초매를 태우고 가라. 다시 마오와 추마인이 리젠되면 골치 아파져."

"잠깐만요. 가라뇨?"

내 말에서 이상한 점을 느꼈는지 초매가 물어왔다. 하… 이거 좀 쑥스러운데?

"알잖아, 내 성격. 친구들과 이별이고 뭐고 그런 걸로 작별 인사까진 하고 싶지 않아. 어차피 완전히 헤어지는 것도 아니고 게임에서만인데 뭐. 그냥… 이렇게 알게 모르게 조용히 떠나가는 게 좋은 거야."

"하지만……!"

"하하하. 초매, 나와 녀석들과 사이가 벌어질까 그러는 거야? 사실… 녀석들도 알고 있을 거야. 내가 이렇게 갈 것이라는걸."

"알고도 어떻게?"

"그런 녀석들이니까."

그래, 그런 녀석들이니까. 내게 부담감을 안겨주지 않으려 학교에 다닐 때부터 항상 편안하게 해주었던 친구들이니까. 그런 친구들이니까. 더없이 소중한 친구들이니까. 내 인생에 가장 값지고 소중한 보물이니까.

"자, 어서 가."

"저도… 저도 따라갈래요."

"초매, 그럴 수 없다는 건 잘 알잖아. 이것만은 약속할게. 무사히, 잘 다녀올게. 그리고 또 한 가지. 널 좋아한다."

"……!"

초매는 굉장히 놀라고 있었다. 내가 자신을 좋아하는 걸 놀라는 게 아니라 내가 이렇게 갑작스럽게 고백을 하니 놀라는 거겠지. 아아, 그러고 보면 나도 참 멋이 없어. 이런 장소에서, 이런 상황에서 고백을 하다니 말이야.

어느새 초매의 눈망울이 젖어 있다. 아아, 이런 분위기 싫어. 완전히 헤어지는 것도 아니고 말이야. 나까지 슬퍼지잖아. 젠장! 강민 형은 무슨 놈의 게임을 이따위로 만들어! 이게 현실이야? 현실이냐고!

"저도……."

"스톱! 거기까지. 나머지는 내가 돌아오면 그때 듣기로 하자고."

"사 공자……."

나는 울먹이는 초매를 품에 꼭 끌어안아 줄 뿐이다. 지금 내가 해줄 수 있는 건 그것밖에 없으니까.

한참을 그렇게 있은 후 우린 아무 말 없이 떨어졌다. 이미 마음속으로 작별 인사를 한 뒤다. 입으로 그것을 꺼내어 연거푸 말할 필요는 없는 것이다. 난 그녀에게 살짝 윙크를 해주며 뒤돌아서 걸었다. 친구 녀석들이 있을 방향과는 정반대의 방향. 왠지 서글프구나.

그르릉.

응?

"푸우?"

걸어가던 난 뒤에서 들리는 이상한 소리에 뒤를 돌아보았고 그곳에 있는 푸우를 볼 수 있었다. 푸우의 표정은 티꺼운 눈초리를 하고 꼭 내게 이렇게 묻는 것 같았다.

'혼자서 어딜 가려고?'

"풋! 큭! 하하하!"

크르릉.

괜히 웃음이 나왔다. 결국, 이렇게 되는 건가? 그래, 이것도 나쁘진 않지. 녀석과의 악연인지도 모를 이 웃긴 인연도 질기니까 말이야.

"그래, 너도 같이 가겠다고? 초매가 많이 섭섭해하겠다."

크르릉.

"하하하. 좋아, 좋아. 가자, 같이 가자. 사예와 곰탱이의 재결합이다."

크르릉.

"이봐, 이봐. 이것도 봐준 거라고. 내가 어릴 때는 친구 녀석들을 데리고 효민… 아니, 사예와 떨거지들이란 집단을 만들었었다니까. 그에 비하면 사예와 곰탱이는 좋은 거지. 안 그래?"

그룽?

"하하하. 좋아! 사예와 곰탱이의 재결합! 곰탱이, 가자고!"

여행. 여행을 간다. 언제 돌아올 수 있을지 몰라도 그냥 이렇게 걸어가는 거다. 걸어가다 보면 그 끝이 나올지 아직 모르겠지만 그래도 걸어가고 싶다. 어차피 미래는 정해지지 않았으니까. 아, 왠지 섭섭하면서도 두근거리는구나. 이게 얼마 만의 여행이냐?

그렇게 살짝 웃음을 짓고 옆에서 걷는 푸우를 바라보다 난 깜짝 놀랐다. 이, 이 녀석이……

"야, 임마! 너 아직까지 마오를 쓰고 있냐?! 이 징한 놈!"

푸우는 십 년, 백 년을 걸어가도 식충이로 남을 거다. 으, 징한 곰탱이 자식.

징한 곰탱이 푸우에게 치를 떨며 발걸음을 옮기려 하는 순간! 뇌리 속을 스치는 것 한 가지.

"아앗!! 아이템!! 아이템을 까먹었어!"

그렇다. 난 마오와 추마인을 떼거리로 죽여놓고선 아이템이라곤 전혀 챙기지 않았던 것이다!

젠장! 쪽팔리게 돌아갈 수도 없고! 으아! 미치겠네. 내 아이템! 내 돈!

◆ 비상(飛翔) 서른일곱 번째 날개

발걸음의 대결

뒤뚱뒤뚱.

어슬렁어슬렁.

"하아……."

쿠르릉.

난 푸우의 등 뒤에 누워 지는 태양이 만들어내는 자줏빛 환상의 하모니, 노을을 바라보며 한숨을 내쉬었다. 그리고 나를 따라 푸우도 한숨인지 확신할 수는 없지만 어쨌든 엇비슷한 무언가의 뜻을 담은 숨을 내뱉었다.

이거 너무…….

"나른하잖아. 하아……."

쿠르릉.

"얌마, 너는 운전이나 잘해. 만약에라도 내가 떨어졌다가는 사리곰

탕으로 만들어 버릴 테다."

푸우에게 한차례 으름장을 놓은 나는 다시 노을로 고개를 돌렸다. 아, 젠장.

"심심해. 심심해!"

세상에 이럴 수가! 게임을 하는데도 이렇게 심심하고 지루하다니! 그동안 너무 스릴감에 묻혀 살았다지만 이건 너무 심하잖아! 마물을 잡으러 사냥터에 갈 생각도 안 해본 건 아니지만 마물을 잡는다고 해 봤자 레벨이 없는 내게 더 이상 득이 될 것도 없고 또 아이템으로 쳐도 최상급 풀 세트로 입은 내가 더 이상의 아이템이 무슨 소용이리… 설사 나온다 하더라도 고급 보패 아이템 이상이 주변에 있는 하위 사냥터에서 나올 리 없잖아.

푸우와 나는 멋지게 길을 나선 후 쪽팔림을 무릅쓰고 다시 되돌아가 아이템을 챙긴 뒤 그곳을 떠나 본격적인 여행의 길에 올랐다. 흠흠. 그런데 말이다. 막상 떠나오고 나니 할 게 있어야 말이지.

말이 초절정무공을 찾는다지만 이리 꼬아두고 저리 꼬아둔 암호를 풀어야 단서가 나올 텐데 그게 쉽다면 인공지능이 그것도 못 찾아내겠냐고. 그러니 머리가 그다지 좋지 않는 내가 풀어봤자 얼마나 풀겠어. 에휴…….

젠장! 생각 같아서는 처음 때처럼 한곳에 자리를 잡고 무공 수련이나 한참 하고 싶다만 지금 내 처지가 한곳에 오래 머물지 못하는 처지이니 그것도 어렵다.

아아, 이럴 때 무슨 일이라도 하나 쾅! 하니 터져 줘야 하는데…….

"까악!"

말 떨어지기가 무섭군.

"곰탱이! 비명 소리가 들린 쪽으로 가자. 재빠르게!"

쿠르릉!

푸우도 무언가 신나는 일이 벌어지기를 학수고대하던 중이었는지 힘차게 숨을 내뱉으며 비명 소리가 들린 쪽으로 재빨리 이동했다.

하아, 이토록 무슨 일이 일어나길 바라다니… 우리 비상을 구하기 위해 파견된 정의의 용사가 맞는 거야? 혹 위치가 바뀐 거 아냐?

재빠르게 뛰어가는 푸우는 그 와중에도 날 한 번 떨어뜨려 보려는 의도가 역력했지만 어림없다, 이놈아!

"우차! 이놈아, 되덜덜 않는 생각 말고 빨리 가기나 하라고!"

한 손으론 푸우의 붉은색 털을 잡고 있었기에 남는 다른 한 손으로 푸우의 머리를 쿵! 소리가 나도록 쥐어박았지만 우리의 푸우가 누구인가.

천하제일 몸빵천하 다굴무시 천상천하 맷집독존이 아니던가! 당연히 아무런 충격도 받지 않은 듯 계속해서 뛸 뿐이었다. 아무리 내공을 싣지 않았다지만 내 주먹이면 웬만한 동물들은 굉장한 충격을 받을 터인데도 전혀 충격을 받지 않다니… 하여간 이 곰탱이는 곰탱이도 아냐. 괴물이야, 괴물.

챙! 챙!

역시 푸우는 빨랐다. 조금 달려가자 비명 소리가 들렸던 곳을 찾을 수 있었고 그곳엔 이제 비명 소리가 아닌 병장기 부딪치는 소리가 나고 있었다.

싸움이다! 세상에서 제일 재미있는 구경은 불 구경, 싸움 구경, 여자 구경이었으니! 내가 어찌 이런 싸움 구경을 놓치리오!

"어떤 사람들이 붙고 있는지 구경이나 하러 가자고!"

쿠릉!

그렇게 신나서 뛰어간 우리는 맥 빠진 표정을 지을 수밖에 없었다. 그럼 그렇지, 우리에게 뭔 복이 있겠냐.

비무를 기대하고 있던 우리가 본 것은 사람과 사람의 비무가 아닌 마물과 열댓 명 정도의 사람들이 싸우고 있는 장면이었다. 하아… 사람과 싸우는 건 몰라도 이런 중급 지역의 마물들과 싸우는 구경이 뭐가 재미있겠냔 말이다.

거기다가 여긴 대장마물이 출몰하는 지역 같은데 알다시피 비상에는 목숨이 세 개뿐이기에 여기에 올 정도면 이미 대장마물도 별로 무서워하지 않을 정도의 무위는 지녔을 것이다. 거기다가 저렇게 떼거지라면 볼장 다 본 거지 뭐.

"악!"

"얼레?"

나의 예상은 멋지게 빗나갔다. 쉽게 마물을 요리할 줄 알았던 사람들이 대장마물도 아닌 하급 정도로 보이는 부하마물 한 마리에게 밀리고 있는 것이다. 다른 부하마물들은 보이지 않는 걸 보니 어찌어찌 해치운 것 같은데 말이야.

부하마물들의 이름까진 몰라도 대장마물들의 생김새나 이름은 숙지해 뒀는데 내가 알기에 절대 저런 대장마물은 없다. 그러니 부하마물이라는 건데… 부하마물도 당해낼 실력이 없으면서 대장마물 출몰 지역에 들어와? 뭔가 이상한데?

"핫!"

"차앗!"

한 마리의 부하마물을 둘러싸고 접전을 벌이던 그들은 전열을 재정

비하더니 어느 순간 한꺼번에 공격해 가는 합격진을 발휘하였다. 마물의 껍질이 제법 단단한 것 같았지만 운 좋게도 그들 중 한 명의 검이 마물의 껍질을 파고들었고 간신히 그 마물을 처치할 수 있었다.

"해치웠다!"

"좋았어!"

"다행이다."

부하마물 한 마리 해치운 것에 뭐가 그리 좋은지는 모르겠지만 그들은 굉장히 기뻐하고 또 안심하는 것 같았다.

하지만 말이야… 저렇게 부하마물을 완전히 다 죽이게 되면……

파앗!

크아앙!

대장마물이 나타나게 된단 말이야.

"헉!"

"대, 대장마물이다!"

"이, 이런!"

당황해하는 그들의 중간에 마지막 부하마물이 사라지며 나타난 대장마물은 철령귀(鐵靈鬼)였다. 철령귀는 중상급 마물로 중급 마물 중에선 상급으로 꼽히는 마물이다. 생긴 것은 거대한 거구의 거인에 머리는 두 개 달고 있으며 온몸엔 꼼꼼히 철갑을 입고 여섯 개의 주먹을 사용하여 공격하는 그런 마물이다. 공격력도 형편없겠다, 속력도 느리기 짝이 없겠다, 내가 직접 붙어본 것은 아니지만 중급 마물 중에서 하급에 꼽히는 마물인 추마인보다 약간 더 강하다고 평가가 나 있으니 말만 중상급이지. 그냥 중급? 중하급? 하여간 그 정도 될 그럭저럭 그런 마물이었다.

다만 한 가지, 체력이 엄청 많다는 게 저 마물의 특징이다. 물론 나와 푸우에게는 비교가 안 되겠지만 하여간에 중급의 상, 중, 하를 통틀어 가장 체력이 많은 마물이 저 철령귀다.

상하급 마물들 중에서 꼽아도 체력만은 중간은 간다고 하니 가히 엄청나다고밖에 할 수 없는 체력인 것이다. 거기다가 철갑으로 감싸고 있어 특별한 약점까지 없으니 강한 공격의 기술을 지니지 않고서는 쉽게 죽이긴 힘든 마물이었다.

크아앙!

"이, 이런! 도, 도망가!"

"으악! 살려줘!!"

철령귀의 정체를 아는지 그들은 눈에 띄게 당황하는 모습을 보이며 달아나려고 하기 시작했다. 하나 속도와 공격력이 약하다는 건 중급 마물 중에서 그렇다는 거지, 하급 마물 한 마리도 제대로 당해내지 못하던 그들에겐 철령귀는 빠르고 강하며 때려도 때려도 죽지 않는 무적의 마물인 셈이었으니 도망가긴 요원할 일이다.

거기에다가 도망갈 때 가장 첫 번째로 쳐야 할 각자 뿔뿔이 다른 방향으로 흩어져야 한다는 것도 잊고 모두 모여서 한 방향으로 도망을 가고 있으니 이제부터 보게 될 상황은 안 봐도 비디오였다.

아, 귀찮은데 나서야 하나?

"까악!"

그때 들리는 비명. 어느새 한 여성 유저가 넘어진 채 무섭게 주먹을 쳐드는 철령귀를 보며 비명을 지르고 있었다.

"쩝, 여자가 있다니 별수없군."

아아, 아무래도 여자에겐 약해서 말이지.

난 그들 중 섞여 있는 몇몇 여인들의 비명 소리를 듣고는 푸우에게서 뛰어내려 빠른 속도로 여성 유저와 철령귀에게로 달려가기 시작했다.

당연히 애초에 거리가 얼마 떨어져 있지 않았기에 곧바로 그들이 있는 곳에 도착한 난 두려움에 하얗게 질린 얼굴로 비명을 지르는 여성 유저와 철령귀 사이로 몸을 띄워 우선 가볍게 날아 돌려차기로 철령귀의 왼쪽 머리 하나를 걷어찼다.

빠각!

쿠에엑!

"얼레?"

발차기에 직격으로 맞은 왼쪽 머리는 비록 철갑 투구로 머리를 감싸고 있지만 골이 뒤흔들리는지 비명을 질러대는 것으로 보아 상당한 충격을 받은 것 같은데 내 예상과는 달리 뒤로 넘어가거나 물러서지는 않았다. 공중에 뜬 채로 살짝 고개를 돌려보니 오른쪽 머리가 날 째려보고 있는 게 아닌가.

이게 어떻게 된 일인가. 아무리 머리는 두 개라도 몸은 하나일 수밖에 없으니 고통도 함께 겪을 터인데 왜 저쪽 머리는 아무런 충격도 없다는 표정일까.

그런 의문이 들었지만 우선은 오른쪽 머리가 작심을 하고 제 왼쪽 머리와 내가 떠 있는 쪽으로 날린 주먹부터 피해야겠다는 생각이 들었다.

탁!

능공천상제를 쓰면 간단하겠지만 쓸데없이 내공 소모를 하기 싫은 나는 다른 발을 뻗어 녀석의 어깨를 밟고 한 바퀴 빠르고 짧은 공중제

비로 몸을 작은 원을 그리며 회전시켜 바로 녀석의 뒤에 내려섰다.

상황이 그렇게 되니 녀석의 주먹은 곧장 왼쪽 머리를 향해 날아가는 꼴이 되었고 나의 강력한 발차기를 정통으로 맞은 왼쪽 머리는 아직도 해롱해롱거리며 그 주먹을 피할 의사가… 아니, 그럴 능력이 없음을 단적으로 보여주었다.

퍽!

쿠에엑!

강철 장갑을 낀 주먹으로 맞았으니 아무리 강철 투구를 썼다 해도 온전할 리가 없는 거지.

처절한 비명을 지르며 다른 손으로 얼굴을 감싸는 철령귀의 왼쪽 머리를 보자니 왠지 안쓰러운 마음도 들었지만 지금은 그것보다 놈의 바로 앞에 쓰러져 있는 여성 유저를 생각할 수밖에 없었다.

난 몸을 옆으로 반 바퀴 돌며 회전력을 실었고 곧바로 녀석의 철갑 한쪽을 잡고 힘을 끌어올렸다.

"차앗!"

크아아앙!

도저히 몇백 킬로그램의 무게라 할 수 없을 만큼 하늘 높이 날아오르는 철령귀. 훗! 나의 능력치라면 이 정도야! 그렇다고 여기서 끝내긴 뭔가 섭하지!

난 발을 구르고 앞으로 한 번 도약하며 그와 동시에 건룡세의 자세를 취했다. 그리고 떨어지는 철령귀의 타이밍에 맞춰서 주먹을 내뻗는다.

"건룡풍힐!"

파바박!

수많은 권영들을 만들어내며 건룡풍힐의 초식은 땅에 쓰러지려는 철령귀의 몸을 공중에 고정시킨 채 한없이 두들겨 댔다. 철령귀들은 오른쪽 왼쪽 할 것 없이 쓰러지지도 못하고 '쿠에엑' 하고 비명을 질러대며 정신없이 맞고 있었다. 그러나 그토록 소문이 자자한 철령귀의 체력이 겨우 요 정도밖에 안 되겠어? 아직 남았다고!

"합!"

짧은 권영을 내치며 한차례 철령귀를 두들긴 후 좀 전에 그랬던 것처럼 몸을 옆으로 360도 회전시키며 철령귀와 바로 붙어버렸고 그 회전력을 실어 바닥에 안착하길 바라는 철령귀의 바람을 무참히 깨버리는 주먹을 쳐올렸다.

퍼억!

쿠에엑!

난 재빨리 원주미보를 밟아 붕 떠오른 엄청난 무게의 철갑 거구, 철령귀가 있던 자리를 지나쳤다. 원주미보의 특성상 속도는 느리더라도 몸의 제어는 거의 완벽할 수 있었기에 철령귀를 지나친 나는 곧바로 철령귀가 떨어질 자리를 보며 설 수 있었다.

내가 관성의 법칙 다음으로 싫어하는 만유인력의 법칙이 처절하게 비명을 지르는 철령귀를 통해 나를 즐겁게 해주었다.

아싸! 타이밍 좋고!

쿠에에엑!

저 푸르른 하늘, 넓은 창공을 마음껏 유영하고 싶은 마음은 하늘을 날 수 없는 동물이라면 누구나 가지고 있는 본능이기에 나 역시 절실히 느끼는 것이지만 그 마음을 느낀다는 것은 곧 하늘을 날 수 없다는 것과 일맥상통하는 말.

비록 자의가 아니라 타의에 의해서라지만 잠시라도 그 꿈을 맛볼 수 있었던 철령귀는 곧, 다시 말하지만 내가 관성의 법칙 다음으로 싫어하는 만유인력의 법칙에 따라 정점까지 떠올랐다 떨어지기 시작했다. 그리고 난 거기에 맞추어 양손을 뒤로 뻗었다가 어깨부터 시작되는 모든 관절에 회전을 담아 앞으로 내질렀다.

"회륜진앙(廻輪震殃)!"

파과가가가!

분명 주변의 어느 것도 파괴된 흔적은 없었지만 한줄기 커다란 폭음이 울리며 철령귀는 마치 끊어진 고무줄이라도 되는 양 휙휙 날아 저 멀리로 날아가기 시작했다.

콰득! 콰드드득!

철령귀는 그 몸무게가 결코 가볍지 않음을 증명이라도 하듯 제법 굵은 아름드리 나무에 부딪쳐 그 나무를 반 토막 내더니 그 뒤로도 몇 그루의 나무들을 쓰러뜨리며 날아갔고, 철령귀 자신의 몸통만한 굵은 나무와 부딪치며 비행은 끝을 맺었다. 희한한 사실은 철령귀에게서 아무런 비명도 들을 수 없었다는 것이었다.

사실 광한폭뢰장의 제육초 회륜진앙의 초식은 광한폭뢰장의 최후 삼 초 중 현재 내 숙련도로 사용할 수 있는 유일한 초식으로 어깨에서부터 시작하는 단순한 회전력이 아닌 그것을 시작으로 전신을 떠도는 진기들을 촉발시켜 몸속에서 진기들이 맹렬히 회전하게 만드는데 맹렬히 회전하는 진기를 손바닥을 통해 쏘아 보내는 초식이었다.

어찌 보면 기를 촉발시키는 것이 폭기와 비슷하였는데 과연 이걸 쓰고도 몸이 온전할까 궁금증을 갖게 만드는 초식이었다. 뭐, 그래서 광한폭뢰장의 최후 삼 초 중 하나로 꼽는 거겠지.

숙련도가 미미한 내가 썼음에도 엄청난 파괴력을 내뿜고 동시에 그와 비견될 정도의 엄청난 피해를 시전자에게 가져오는 초식. 확인 차, 실전 차에서 한 번 써보긴 했는데 자주 쓰다간 시전자고 주변이고 아주 거덜 낼 초식이군. 뭐, 나야 용연지기 덕분에 전혀, 일체, 절대 그런 걱정은 없지만 말이야.

계속 설명하자면 이 회륜진앙은 기를 집중시켜 뿜어내는 경을 기본으로 담고 있었으며 적의 표면이 아닌 내부 속에서부터 철저히 파괴하기에 격중당한 대상은 비명도 지르지 못하고 즉사하고 만다. 대신 성대를 통해 몸속에서 일어나는 일련의 파괴에 대한 폭음이 증폭되어 나오는 게 특징이라면 특징이지.

어쨌든 한마디로 말해 상당히 무섭고 또 그만큼 무식한 초식이란 거다, 이 회륜진앙이란 초식은.

"휴우……."

내가 펼친 초식의 엄청난 위력에 나 자신이 얼떨떨해하며 놀라고 있다가 문득 고개를 돌려보니 상당히 황망한 표정으로 날 보는 이들이 눈에 띄었다.

병건이가 이 상황에 처했다면 몸을 비비 꼬며 '그렇게 계속 쳐다보면 아이~ 부끄러워잉!' 이란 천만 번 도륙하고 갈아 짓밟은 후 푸우에게 먹였다가 배설물로 나온 그것을 다시 푸우에게 먹이는 작업을 되풀이하는 만행을 저지를 만한 대사를 지껄였겠지만 명색이 광무제 무황이라 떠받들리는 입장으로서… 아니, 정상적인 사람으로서… 아~니, 그냥 사람으로서… 아~니, 세상에 존재하는 지능을 가진 생물로서 그런 말을 지껄일 수 없는 노릇이지.

아아, 설마 그런 일이 있으려구. 그런 생각을 가지며 난 나를 바라보는 그들에게 멋쩍은 미소를 지어주었다.

"하… 하하."

그때! 천지가 개벽하고 유성 수억 개가 떨어지는 그런 엄청난 일이, 그런 거대한 일이 일어났다.

"아이~ 그렇게 뚫어지게 쳐다보며 미소 지으면 부끄러워잉!"

몸을 비비 꼬며 말하는 한 남자를 보자, 그를 보자 무언가 가슴속 아주 깊은 심연의 바닥 한구석에서 끓어오르는 것이 느껴졌다.

전신을 돌며 몸의 이곳저곳을 피폐하게 만들고 또 잠식해 가던 그것은 마지막 내 의식의 한 귀퉁이를 붙잡고 있던 실낱같은 무언가를 사정없이 끊어버렸다.

뚝! 하고 끊어버렸다. 그리고 난 이성을 잃었다.

"이! 천만 번 도륙하고 갈아 짓밟은 후 푸우에게 먹였다가 배설물로 나온 그것을 다시 푸우에게 먹이는 작업을 되풀이하는 만행을 당해도 싼 놈아아아!"

퍼억!

쿠억!

내가 정신을 차린 것은 한참이나 지난 후였다. 그때에도 내게 맞던 그 남자는 그래도 아직 용케 살아 있었는데 내가 살살 때린 것도 있지만 남자의 생명력도 제법 높은 것 같았다. 그나저나……

"……."

"하… 하하."

날 멍한 눈빛으로 쳐다보는 사람들의 눈빛이 여간 부담스럽지 않다. 아아, 이성을 잃은 게 잘못이었어.

"하… 하하, 그럼 안녕."

당황스런 사람들의 시선에 어색한 웃음을 짓다 황급히 작별 인사를 하고 떠남으로써 이 어색함을 무마시켜 보려 하는 그 순간,

"저, 저기… 잠깐만요!"

"음?"

한 가늘고 여린 목소리가 내 발을 붙잡고 도무지 놓아줄 생각을 하지 않았다. 아아, 난 여자에겐 약하다고!

최대한 조금 전의 어색함을 감추기 위해 정말 최대한으로 멋있는 미소를 짓고 좀 전의 난 기억하지 말아달라는 뜻을 담으며 돌아보는 그 순간, 또다시 여인의 목소리가 터져 나왔다.

"도와주세요!"

"엥?"

무슨 소리야? 도와달라니?

날 보며 애절하게 말하는, 조금 전까지 넘어져 비명을 지르던 여인이 날 보며 하는 말에 내 의문은 점점 더 커져만 갔다.

"그러니까 다시 말해 몇 명의 날건달들이 초보 사냥터를 차지하고 출입료를 내야 들여보내 준다. 거기다 그것도 시간 제한이 있고 시간 초과 시엔 부과료를 내야 한다. 그러기 전까진 초보 사냥터로 들여보내 주지 않거나 조금 반항을 한다 싶으면 PK를 자행한다. 이 말입니까?"

"네."

자신을 유화라 소개한 그녀가 질서 정론하게 축약된 내 말에 고개를 끄덕이며 대답했다.

내 발걸음을 잡는 연약한 목소리에 여자에겐 약한 난 어쩔 수 없이

떠나려던 발걸음을 접어야 했다. 그 이면 속엔 지루함을 벗어날 수 있다는 것과 여전히 귀찮다는 것이 공존하며 또 상충했지만 거기에 여자의 목소리가 추가되어 지루함을 벗어날 수 있다는 쪽으로 기울었던 것이다.

그건 그렇고 그녀가 하는 말이 참 가관이다.

얼마 전 천추십왕들에 의해 소림사가 피해를 입은 후 얼마 지나지 않아 갑자기 주변의 이름 좀 날리던 문파들이 세력을 급속도로 넓히며 초보 사냥터고 뭐고 간에 전부 자신들의 세력으로 만들어 버린단다. 거기다 문파만이 아닌 제법 한 수 한다는 녀석들까지 남은 초보 사냥터들을 잡고 조금 전 말했던 출입료를 받는단다. 진짜 웃기지도 않지.

발끈해서 그런 놈들을 향해 욕을 퍼부으려다 난 냉정하게 생각하기로 하고 먼저 이야기 도중 생겨난 의문을 해결해 보기로 했다.

"그렇다면 왜 다른 장소로 옮기지 않습니까?"

"다른 곳도 마찬가지예요. 각종 대, 중소문파가 자리를 잡고 있어요. 그래도 여긴 그나마 얼마 전까진 소림사의 보호 아래 있었기에 그런 패악이 심하지는 않았지만 소림사가 큰 피해를 입어 밖에 신경 쓰기 쉽지 않은 상황이니… 그래도 언젠가는 소림사가 피해를 복구할 테고 다른 지역에 가서 똑같이 고생하는 것보다 소림사가 복구될 때까지 기다리는 게 더 나으니까요."

그러니까 그 말은 다른 곳으로 가도 힘들 테고 이곳은 언젠가는 예전처럼 돌아갈 테니 힘들어서 다른 곳을 찾아보는 것보다 그냥 세월아 네월아 하며 기다리는 게 더 편하다는 거잖아.

뭐, 지들도 잘하는 건 없구먼. 못하는 것도 없지만.

"그럼 관에다가 청원서를 넣어보지 그러셨습니까."

물론 이 질문이 말이 안 된다는 것쯤은 알고 있다. 비상에는 운영자의 권력이 약하다. 기본적인 방침은 운영자가 전권을 일임한다고 하지만 그것 역시 관이라는 국가 권력 이름 아래 가능한 거지, 본 운영자의 이름으론 불가능하다. 그리고 지금 이 일은 관의 권력에서 벗어나 있다.

지금 이들의 말을 들어보니 그들이 먼저 공격한 것이 아니라 단지 막아섰을 뿐이고 거기에 이들은 열이 받아 그들을 먼저 공격하였을 테니 죄로 치자면 선공을 한 사람이 더욱 크다. 생각하면 생각할수록 용의주도한 계획 같지만 그렇다고 칭찬하기엔 너무 썩은 녀석들이지.

어쨌든 그런 이유로 방금 내 질문은 어리석은 것이었지만 난 이들의 마음을 떠보고 또 이들의 잘못도 알려주기 위해 물은 것이었다.

"저기… 그러니까."

"공격은 이쪽이 먼저 했겠다, 관에 말해 봤자 소용도 없을 것 같으니 미리 애초에 포기했다 이겁니까?"

"……."

난 우물쭈물 아무런 말도 하지 못하는 그녀에게 냉소를 날려줬다. 그러니까 지들은 아무런 일도 하기 싫은데 작금의 상황에 불평만 늘어놓는다 이거잖아. 뻔뻔하기 그지없군. 그럴 시간 있으면 새로운 사냥터를 찾아 나서던가, 뭔가 해결책을 찾아 나서겠다. 그것이 아니라면 지들이 그동안 레벨을 더 높게 올려두어 다른 문파들보다 힘이 강했으면 될 거 아냐. 지들의 힘이 그 문파란 족속들과 양아치 같은 그 패거리 떨거지보다 강했었다면 이런 일이 있었겠어? 어림도 없지.

거기다 결국 선택한 방법이 자기들 일행 중에서 몇 명이 희생되든 자기들 분수에도 맞지 않는 사냥터에서 사냥을 한다는 거라니… 쯧쯧.

그럴 용기… 아니, 만용으로 무슨 방법을 찾아내도 내겠다.

난 처음 이들 쪽으로 기울었던 마음이 시간이 지날수록 중간으로 이동하는 것을 느꼈다.

"그래서 저보고 그 문파와 떨거지들을 처리해 달라는 겁니까?"

"아니오. 문파는 저희들도 바라지 않아요. 당신이 떨거지라 말하는 소수 단체들만 몰아내 주세요."

"그래서 내가 받게 될 대가는?"

"네?"

순진한 듯이 되묻는 그녀의 표정에 난 순간 어이가 없어짐을 느꼈다.

"내게 돌아오는 아무런 대가도 없이 내가 그 일을 해야 한다는 겁니까?"

시간은 돈이다. 비록 지금은 비상이 베타지만 이 인공지능의 일만 끝내면 곧바로 상용화로 들어갈 것이다. 아니, 강민 형의 말을 들어보니 윗대가리라는 분들이 돈에 눈이 멀어 그전에 상용화를 시킬지도 모른다고 했다. 아마 내 생각에도 그럴 것 같다. 강민 형의 직책이라고 해봐야 비상 개발 계획 팀의 팀장이니 결국 윗대가리들의 말을 따를 수밖에 없을 것이다.

각설하고, 그렇다면 게임을 하는 데도 시간당 돈을 내야 한다는 건데 시간이 돈이 아니면 무엇이겠는가. 내가 왜 내 시간을 낭비해 가면서까지 이들을 도와줘야 하지? 막말로 이들도 초보 사냥터가 필요하지 않을 정도의 고수라면 이런 일에 신경이나 썼을까?

"왜라뇨! 당신은 저희가 생각도 못할 고수잖아요. 그런 고수가 그들 몇 몰아내는 건 그리 힘들지도 않을 거 아녜요!"

"젠장! 잘도 당연하다는 듯 지껄이는군. 이봐요, 철없는 아가씨. 내가 뭐 때문에 당신을 도와준 거라 생각하는 겁니까? 그깟 알량한 정의감? 필요할 땐 떠받들다가 필요가 없어지면 가차없이 내쳐 버리는 그딴 명예? 웃기지 마시지. 지나가다가 비명 소리에 호기심이 동해서 온 것뿐이고, 웬 무리가 마물들에게 당하고 있기에 마침 무료하기 짝이 없고 해서 도와줬더니 그것 가지고 날 정의의 사자니, 용사니 밀어붙여 놓고 도구로 사용하려 들어?"

아, 말발 좀 받네. 줄줄이 쏟아져 나오는 내 신랄한 독설에 여인을 비롯한 주변 사람들의 시선은 점점 핏기가 가시는 듯 창백해져 갔다.

"이봐, 잘 들으라고. 현실이든 이곳 가상 세계든 간에 강자들은 약자들을 위해 힘을 가지고 있는 게 아니야. 자기 자신을 위해 가지고 있는 거라고. 남들에게 무시당하기 싫어? 피해 입기 싫어? 그럼 그만큼 노력을 하란 말이야. 남들에게 무시당하지 않도록, 피해 입지 않도록. 그런 노력도 없이 갑자기 떡하니 나타난 고수에게 정의를 위한 일인 양 모든 책임을 전가시키면 만사형통이 될 줄 알았어?"

어느새 내 말투는 반말로 바뀌어 있었지만 장내의 그 누구도 그런 것엔 신경 쓰지 않았다. 눈앞의 여인은 이젠 창백해질 대로 창백해져 약간이지만 미안한 마음까지 들 정도였다.

"내가 가진 이 힘에 운이 완전 결여되었다곤 말하지 않아. 하지만 난 내 노력이 결코 그따위 운보다 모든 방면에서 뒤떨어진다고 역시 생각하지 않거든. 내 힘은 내가 이 세상을 즐기기 위해 내 노력을 들여 키운 것이지 결코 남이나 돕고 정의의 용사 행세나 하려고 키운 게 아니란 말이야. 알아듣겠어?"

아아, 나도 모르게 흥분해 버렸군. 하지만 말이야, 저렇게 당연하다는 듯 뻔뻔하게 나오면 성인군자가 아니고서야 화가 나는 게 당연하지 않겠어? 이건 물에 빠진 사람 건져 줬더니 보따리 내놓으란 격이잖아.

현재 내 마음은 양 갈래로 갈라져 치열한 싸움을 벌이고 있다. 한쪽은 이들의 말을 무시하고 계속해서 아무런 성과도 없는 지루한 여행이나 하자는 거고 다른 한쪽은 이들을 도와주자는 것이었다.

지금 심정 같아서는 부탁이고 뭐고 그냥 휙 떠나고 싶지만 그럴 수만도 없는 게 이들이 아닌 완전 초보 유저들이 생각나서다. 말이야 바른말이지, 처음 시작하는 초보 유저들이 무슨 죄겠는가. 아니, 죄라면 있긴 있지. 늦게 시작한 죄랄까? 훗! 빌어먹지도 못할 죄로군.

달랑 정보는 게임 속에서 찾으라는 몇 글자 끄적인 매뉴얼 보고 이 비싼 게임에 접속해서 각종 사람들에게 사기당하고, 삥 뜯기고, 괴롭힘 당하다 시간 날리고 돈 날리며 게임을 뜬다? 이게 게임의 로망인가? 나만 해도 그래. 처음 들어와서 그… 뭐더라? 아! 다어 여협이랬던가? 하여간 그 여자랑 느끼한 놈과의 싸움에 말려든 그 시점부터 꼬이더니 결국 당시 날건달 같던 장염 형을 만나서 팔자에도 없는 협박이나 당하고 그 뒤에 힘들게 찾은 여관에선 서백 형에게 목숨의 위협을 당하지 않나, 그런 서백 형에게 속아서 들어간 곳은 젠장 맞게도 출구도 마련되지 않은 곳이고 거기서 발버둥을 치다 간신히 탈출했더니 이번엔 상호 녀석이 내 빡 돌게 만들지를 않나, 또 덕분에 그 미친놈 투귀를 만나 죽을 고생을 하고 어찌어찌 약속을 지킨다 했더니 이번엔 레벨 1 대회요?

환장할 일이지. 그 뒤론 그래도 일이 좀 잘 풀리는 듯싶더니 어럽쇼? 이건 웬 개뼈다귀 같은 인공지능에 뼈다귀 부스러기 천추십왕들이 설치네? 때문에 친구들과도 떨어지고 이게 뭐냔 말이야.

아, 어쩌다 보니 한탄만을 늘어놓은 것 같은데 내가 하고 싶은 말은 그만큼 이 비상이란 게임은 초보들이 성장하기 어려운 시스템을 가지고 있다. 정보도 처음부터 끝까지 자기가 구해야 하지, 싸움도 익숙하지 않지, 거기다 이젠 그런 문파와 떨거지들까지 설치니 최악 중 단연 돋보이지.

아아, 그나저나 나도 정말 게임 힘들게 해왔구나. 처음부터 단추가 잘못 끼워졌던 거야, 처음부터 말이야.

나도 그렇게 초보 때 당한 게 있는 데다 뻔히 어려움을 알면서도 나랑 똑같이 당해보라고 할 정도의 모진 마음을 가지진 않았으니 내 마음은 도와주는 쪽으로 기울었다. 사실 심심하기도 하고 말이야.

"휴우… 그래서 그놈들이 진을 치고 있는 곳이 어디입니까?"

"네?"

다시 높인 말투와 갑자기 물어오는 말에 방금 전까지만 해도 흡혈귀를 생각나게끔 창백히 질려 있던 그녀가 놀란 듯 다시 되물었다.

온갖 독설을 다 뱉어놓고 갑자기 이렇게 질문을 하니 솔직히 나 같아도 어이없고 당황스러우며 농락당하는 기분이 역력하겠지만 원래 내 성격이 죽 끓듯 변하는 변덕쟁이이니 어쩌겠어. 그냥 넘어가라고!

"그러니까 이 주변이란 말입니까?"

"네. 이 언덕 주변이 초보 사냥터예요. 예전부터 보통 초보 사냥터완 달리 거리가 멀어서 초보 유저들이 많이 찾지 않았고 그래서 주변 문파들도 흡수하지 않은 지역인데 그들이 나타난 거죠."

"흠."

난 주변을 둘러보았다. 주변엔 정말 초보들이 잡기 쉬운 림묘(林猫)부터 조금 벅찬 요호(妖狐)까지 두루 깔려 있었으며 몬스터의 수도 많긴 많지만 그 넓이도 제법 넓어 약간만 조심하면 사냥하기에 아주 좋은 지역이었다.

하지만 역시 거리가 너무 멀었다. 보통 초보 사냥터는 멀어봐야 마을에서 걸어 5분 정도 거린데 여긴 무려 15분이나 걸렸다. 거기에다가 지나쳐 오며 몇몇 크고 작은 하급 사냥터들을 보았으니 길을 잘못 들었다간 초급 마물이 아닌 하급 마물에게 당할 듯했다. 그래도 기어코 이런 데 찾아오는 사람이 있다니… 문파들의 횡포가 얼마나 심했을지 예상이 가는군.

그건 그렇고 저기 멀리서 누군가 오는데? 유화라는 이 여자가 말한 그 떨거지들인가? 언덕을 넘어 우리에게로 다가오는 사람들은 열 명 정도 되는 무리였는데 각기 인상을 찌푸리고 병기를 소지한 채 걸어오고 있었다. 거 생긴 거부터 알아본다고 딱 강도, 도둑, 살인자 등등의 범죄자 타입들이군.

"사냥을 하러 온 자들인가? 여긴 우리가 먼저 차지하고 있던 구역이니 물러가던가 아니면 별도의 요금을 내면 사냥을 할 수 있는 자리를 좀 떼어주지."

다가온 그들 중 마치 소림사의 땡중인 양 번쩍번쩍거려 내 눈동자 깊숙이 박히는 대머리를 하고 등 뒤엔 쇠사슬로 연결된 철퇴를 매달았으며 제법 우락부락하게 큰 덩치와는 어울리지 않게 얼굴엔 염소 수염을 기른 자가 말했다. 다행인지 어쨌든 그들은 내 뒤에 숨어 있는 유화의 얼굴을 보지 못했기에 정체를 알아채지 못한 것 같았다.

음, 이들이 하는 방식을 알겠군.

"요금은 얼마나?"

"시간당 은자 한 냥이다. 열 냥을 미리 낼 시엔 특별히 열두 시간을 해주고 있지."

이런 날강도 같은! 지금의 나에겐 은자 한 냥은 그리 큰돈이 아니지만 초보들에겐 더없이 큰돈이다. 세 시간을 죽어라 사냥해야 벌 수 있을 그런 돈을 겨우 한 시간 사용하는 것으로 받아 처먹어? 이런 썩을!

"그 표정은 뭐지? 강요는 하지 않는다. 돈을 낼 생각이 있으면 남아 있고 그렇지 않으면 떠나라."

"둘 다 싫다면?"

"뭐?"

발끈해서 내뱉은 말에 대머리 남자는 의아한 듯 되물었고 그때 뒤에서 무슨 소리가 들렸다.

"어라? 이년은 청오건 패거리의 부두목이자 청오건 애인이었던 년 아냐?"

녀석들 중 하나가 뒤로 돌아가는 것을 눈치 채긴 했지만 별로 상관없을 것 같아 내버려 뒀는데 그놈이 유화의 얼굴을 보고 외친 것이었다. 근데 청오건 패거리?

"야, 이거 반가운데? 청오건이 우리 두목에게 당하기 전까지 이 지역을 잘 맡아서 관리해 주더니 이젠 인사까지 하러 왔나? 흐흐흐."

"이익!"

난 그 말에 일의 전말을 대충 짐작할 수 있었다.

허… 설마 그녀와 그녀의 일행이 얼마 전까지 이 지역을 자기들 구역으로 삼고 지금 눈앞의 이들과 같은 짓을 벌였으리라고는… 기가 차서 말도 안 나오네. 그리고 나서 나보고 어쩌고 저째? 도대체 소림사가 당하고 나서 얼마나 됐다고 세력 교체까지 되냐?

내가 한심하다는 눈빛과 또 약간의 경멸이 담긴 눈빛을 합쳐 보내자 그녀는 고양이에게 들킨 생쥐마냥 찔끔한 듯 고개를 주억거렸다.

"오호라~ 이젠 이놈을 꼬셔서 예전의 영화를 다시 누려보고 싶으시다 이거지?"

"휴우, 어이가 없는 건 나도 마찬가지지만 우선 난 이 지역에 볼일이 있고 그걸 막는다면 다… 쓰러뜨리고 봐야겠지?"

"뭐?"

"너희들 오늘 잘못 걸렸다는 소리야."

녀석들의 무위는 이류에서 벗어나 일류로 접어드는 수준이었다. 나야 일류무공이 아닌 절정의 무공을 몇 개나 익히고 있다지만 그거야 사정이 있어서 어쩌다 보니 그런 거고 실제 일류 이상의 무공은 잘 나오지 않는다. 그래서 이류무공과 일류무공의 시세는 천양지차. 하늘과 땅 끝의 차이라 해도 좋을 정도로 비싸다. 어쩌다 일류무공 한 번 터지면 기뻐서 날뛸 정도랄까?

하나 문제가 있었으니 일류무공은 약한 마물에게선 나오지 않는다. 실제로 일류무공을 4성 이상 익히지 않은 사람은 일류무공을 주는 마물과 공수를 교환하지도 못할 정도이다. 노련함이 보태어진다면 그것보다야 낫겠지만 마물을 끝장낼 수 있는 강한 한 방이 없는 바에야 마찬가지인 것이다.

척 보니 이들은 이류무공까진 극성으로 익혔는데 일류무공을 익힐 수 있는 방법이 없어 이런 초보 사냥터를 잡고는 초보들의 쌈짓돈이나 마 털어내는 것 같았다. 쯧쯧, 이런 방법으로 돌릴 머리를 가지고 달리 돈을 벌 생각이나 할 것이지.

비록 이들이 이류무사 중 제법 수준이 높다지만 그건 이류무사들에게서나 통하는 거고 차원이 다른 무위를 가진 나에겐 어린애 장난일 뿐이다. 그래서 오직 초풍건룡권의 일초인 건룡풍힐로 모두 제압할 수 있었다.

　내공은 많이 담진 않았지만 건룡풍힐의 연속적이고 빠른 공격은 일류고수라도 쉽게 생각하지 못할 정도였으니 이들을 제압하는 정도야……

　"파하! 그러니까 당신의 두목이란 작자는 저놈들의 대장에게 죽다 살아나서 도망가고 남은 당신들은 쫓겨났다?"

　내 어이없음을 대변하는 웃음과 함께 묻는 소리에 유화는 수치심을 느끼는지 얼굴을 붉게 물들이며 고개를 숙였다. 어이가 없지. 자기들이 하면 정당하고 남이 하면 극악 범죄라 이건가?

　난 바닥에 떨어진 몇 개의 돌을 주워 들고는 일섬지 중 일섬탄지로 퉁겨 쏘아내었고 곧이어 묵직한 타격성과 함께 신음 소리들이 들려왔다.

　퍽!

　"억!"

　"으윽!"

　나에게 한참을 얻어맞다 체력과 생명력이 거의 고갈되어 내가 시킨 대로 차려를 하면서 대기하고 있던 녀석들이 복부에서 느껴질 강한 충격에 신음을 내뱉으며 넘어졌다. 일섬탄지의 힘이 담긴 돌멩이에 맞았으니 충분히 고통스러울 만도 하지만 겨우 이것으로 봐줄 순 없지.

　"일어난다."

　난 넘어져 배를 움켜잡고 온갖 호들갑을 떨어대는 녀석들을 바라보며 나직이 입을 열었다. 그러자 녀석들도 인상을 구기며 간신히 일어나는 게 우선 맞고 시작한 게 주효한 것 같았다.

간신히 일어난 녀석들에게 다시 돌멩이를 퉁겨 넘어뜨린 후 일어나라고 읊조리는 것이 한동안 계속되었다. 그러자 그들도 지쳤는지 한명이 일어나지 못하고 있었는데 난 그를 물끄러미 바라보았다. 그러자 그를 봐주는 것이라 여긴 나머지 녀석들은 때론 부러움의 눈길로, 때론 왜 저런 생각을 하지 못했을까 하는 비탄의 눈길로 나와 일어나지 못하는 한 명을 바라보았다.

"연대 책임."

따악!

이번엔 지금까지완 소리가 달랐다. 지금까지 들려오던 둔탁한 복부의 타격음은 여전했지만 그와 함께 딱딱한 무언가가 부딪치는 소리도 동시에 들려왔던 것이다.

"끄윽!"

"아악!"

한 손은 복부에 다른 손은 돌에 맞아 피가 흐르는 이마를 잡으며 그들은 넘어졌다. 겨우 그 정도 맞았다고 비실대는 녀석들을 봐줄 만큼 나는 호락호락하지 않아서 말이야.

하나 이번엔 충격이 제법 심했는지 아무도 일어나지 않았고 그것이 또 내 신경을 긁어놓았다.

"일어난다."

"……."

"일어나지 못해!"

순간 폭발한 나는 내공을 실어 쓰러져 일어날 생각을 하지 않는 녀석들에게 돌멩이를 날렸고 그 돌멩이에 담긴 힘이 지금까지완 다르다는 것을 눈치 챘는지 그들은 몸을 데굴데굴 굴려 간신히 돌멩이를 피해내었다.

쿵!

거암이 내려앉은 듯 묵직한 소리와 함께 작은 돌멩이와 부딪친 땅을 중심으로 직경 20센티미터 정도의 구덩이가 생겨 버렸다. 만약 피하지 않았다면 몇 명이든 필시 게임 오버였을 그런 파괴력. 그 파괴력을 직접 목격한 녀석들의 얼굴은 파랗다 못해 허옇게 질려 버렸다.

"일어난다."

이번 말은 조금 전과 그 무게를 달리했다. 같은 고조의 음량이었지만 분명 녀석들에겐 달랐을 것이다. 그 증거로 머리에 피가 흐르든 말든 일어나지 못하는 녀석들까지 억지로 부축해서 일으켜 세우곤 차려 자세를 취했다. 그리고 난 그들에게 진한 조롱기가 담긴 웃음을 날리며 입을 열었다.

"어때, 직접 당해보는 느낌이?"

"……."

"자신보다 고수에게 조롱당하는 기분이 어떠하냐고 묻잖아!"

조롱. 장난.

지금 내가 하고 있는 것은 그 이상 그 이하도 아니다. 정의를 지킨다, 어쩐다 하는 성격도 아니고 그렇다고 초보들한테 대가를 받은 것도 아닌데 내가 굳이 그들을 도와줘야 할 필요성이 있을까?

지랄. 단지 무료한 내 자신을 달래기 위한 장난과 아주 약간 내가 초보 때 당한 느낌에 대한 복수심이 담겨 있는 것뿐이다.

죽어서 게임 오버시키려면 언제든지 그럴 수 있는 내가 이들을 이렇게 고생시키는 것은 단순한 유흥일 뿐이다. 지들도 어디 한번 당해보라지!

"어때? 기뻐? 어느 게 더 기쁘더냐? 초보들의 고혈을 빼먹은 것? 아니면 한낱 초보가 돼서 고수한테 조롱당하는 거? 지랄 떨지 마. 이 비상에서 네놈들을 위한 거라곤 쥐뿔도 없어. 모두를 위한 것을 오직 네놈들을 위한 것이란 위대한 착각에 빠져 허우적거리지 말란 말이다. 위대한 착각의 물이 깨끗한 물까지 오염시키잖아! 이 빌어먹을 것들아!"

내가 지금 신랄하게 욕을 퍼붓고 있지만 내게 과연 이들을 욕할 자격이 있을까란 생각이 든다. 그렇게 잠시 생각한 후 자격이 있다는 것으로 결단이 났다. 적어도 난 나의 순수한 이익 때문에 남들에게 피해를 끼치진 않았으니까. 그리고 이들도 할 말 없을 거다. 자기들이 했던 것처럼 고수한테 하수가 당하는 것뿐이니까.

그때 얌전히 고개를 숙이고 있던 그들 중 한 명이 고개를 치켜들고 날 바라보았다. 바로 여기의 이들 중에선 대장으로 보였던 그 대머리였다.

"우리 두목에게 걸리면 당신도 끝장이야."

"허……!"

이런 기막힌 경우가. 그럼 지금까지 하라는 반성은 하지 않고 어떻게 내게 복수할 수 있을지만 생각했단 거잖아. 지금 이것도 내 자존심을 건드려서 놈들이 그렇게 믿는 두목과 붙여볼 셈인 것 같은데… 좋아. 한번 넘어가 주지. 이런 걸 격장지계라고 하던가? 훗! 두목이란 녀석이 얼마나 날 즐겁게 해주는지 한번 보라고!

"좋아. 너희 두목이 그렇게 강하단 말이지? 그럼 어디 데려와 봐. 너희들 중 한 명을 보내줄 테니까 두목이란 놈을 데려와 보라고."

"안 돼요!"

소리가 들려온 곳은 그때까지도 고개를 숙이고 있던 그녀, 유화에게 서였다. 그러고 보니 희색이 만연한 녀석들과는 달리 유화는 창백히 질려 있었다.

"안 돼요. 절대 안 돼요!"

"왜 안 된다는 거지? 설마 내가 질까 봐?"

"당신은 분명 고수예요. 하지만 저들의 두목은 정말 강하단 말에 요."

그녀는 당연하다는 듯 그렇게 외쳤다. 하! 이건 고양이가 쥐 생각 하는 격인가? 아니, 쥐가 고양이 생각 하는 격이군.

"나더러 이 지역의 이런 놈들을 소탕해 달라며? 만약 두목을 없애지 않는다면 악순환은 계속될 뿐일 텐데?"

"아니에요. 그는 이런 일엔 관심이 없어요. 자신에게 직접 덤비지만 않는다면 이들이 무슨 일을 당하든 무시할 사람이에요. 이젠 됐잖아 요. 여기서 끝내요."

웃기지도 않지! 아직도 내가 자기 부탁 때문에 이런다고 생각해서 자기 말 한마디면 내가 멈출 거라 생각한 건가? 미안하지만 지금 내 기 분은 더러워질 대로 더러워졌다고!

난 그녀를 무시하곤 대머리를 바라보았다.

"자, 어서 가봐. 만약 도망갔다가는 끝까지 쫓아갈 테니 부디 그런 시도는 하지 말고."

"그건 내가 할 말이지."

"안 된다니까요!"

아, 짜증나게. 정말 내가 여자라고 언제까지 봐줄 거라 생각한 건가? 난 살기를 뿜어냈다. 진하게. 비록 변신한 푸우나 투귀만큼은 아니지만 그녀가 견디기 어려울 정도의 진한 살기를.

"이봐, 내가 계속 봐줄 거라 생각 마. 내 눈에는 당신이나 이들이나 다 똑같아. 자기 이익을 위해서 남을 짓밟는 인간들. 이놈들은 현장을 내게 들켜서 지금 이런 상황에 처해 있을 뿐. 이놈들에게 고마워나 하라고. 이놈들이 이 지역을 빼앗지 않았다면 지금 이 자리에서 수모를 당할 자들은 당신과 당신 패거리였을 테니까."

싸늘한 어투로 말을 끝맺은 나는 고개를 돌려 대머리에게 가보라는 고갯짓을 했다. 그때까지도 내가 혹여나 생각을 바꿀까 봐 마음 졸였을 대머리는 기쁜 표정을 지으며 뒤도 돌아보지 않고 달려갔다.

자, 그럼 기다려 볼까?

한동안 침묵이 감돌았다. 나는 조용한 것을 그리 싫어하진 않지만 그렇다고 무작정 침묵이 있는 것도 좋아하진 않는다. 나는 불안한 얼굴로 주변을 돌아보는 유화에게 말을 걸었다.

"그 두목이란 녀석이 그렇게 강한가?"

"네, 강해요."

"그에 대해 아는 것 있으면 말해 봐."

상당히 건방진 말투였지만 오늘의 컨셉은 건방짐과 천상천하 유아독존으로 정했으니 뭐 상관없지.

"그는 자신을 건드릴 때까진 나서지 않아요. 부하들이 당하고 돌아가도 무시할 뿐이죠. 하지만 만약 조금 전과 같이 자신에게 도전한 인물은 내버려 두지 않아요. 반드시 죽여 버리죠."

"당신의 애인이었단 청오건이란 녀석은 도망갔다며?"

"자만한 결과죠. 오건도 분명 고수였지만 그는 오건의 상대가 아니었어요. 하지만 자만에 빠진 오건은 계속 달려들었고 결국 부하 몇 명을 방패 삼아 도망가 버렸어요."

한심한 자식. 내가 할 말은 아니지만 자기 능력도 제대로 판단하지 못하고 설치니 한심할 따름이다. 거기다, 뭐? 부하들을 방패로 삼아?

"어쨌거나 그는 강해요. 다른 문파들이 다른 사냥터들을 점령했는데 그의 자신만 건드리지 않으면 나서지 않는 성격만 아니었다면 작은 문파 정도는 이미 무너졌을 거예요."

"호오~ 예상 외로 아주 세세히 알고 있는데?"

"이 주변 지역에선 그를 모르는 사람이 드물어요. 당신같이 다른 곳에서 온 사람이 아니라면 말이죠."

거참, 놈. 게임 속에서라도 유명하니 기분 좋겠구먼. 그나저나 올 때가 됐는데… 아, 지루해.

"뭐 다른 거 없어? 싸움 방식이라던가."

"처음부터 싸움을 하진 않아요. 우선 내기를 제안하죠. 내기의 종류는 상대방이 정하게 해요. 내기에서 이기면 상대를 죽이고 지게 된다면 이긴 사람의 말을 들어준다는 식이죠. 물론 아직 내기에서 이긴 사람은 없어요. 내기는 그냥 형식일 뿐이죠, 상대를 죽일. 내기에서 진 뒤 죽나, 아니면 덤벼서 죽나 마찬가지이기에 지고도 급습을 한 사람이 없진 않았지만 귀신같은 몸놀림으로 모든 공격을 피해내죠."

그러니까 줄여서 미쳤으며 신법을 좀 깔짝거리는 놈이란 소리로군. 음, 좋아. 그건 그렇고 이제야 도착한 건가? 난 앉아 있던 바닥에서 일어나 엉덩이를 털었다. 흙은 묻지 않았지만 풀이 묻어서 지저분하군.

내가 풀을 다 털어냈을 때 두 개의 인영이 눈앞에 내려섰다. 한 명은 번쩍거리는 빛나리 머리를 뽐내고 있는 대머리였고 한 명은 황색 장삼에 멋지게 영웅건을 들어 싸매고 한 손에는 부채까지 들고 있는 이십 대 중반 정도로 보이는 미남자로, 생긴 것도 눈에 번쩍 띌 정도로 잘생긴 데다가 여유있는 미소까지 짓고 있어서 주변을 깔보는 듯한 그런 느낌까지 주는 남자였다. 이 남자가 두목이란 놈인가?

"흐흐흐."

대머리가 웃었다.

"흐흐흐."

"흐흐흐."

단체로 미친 듯 웃는 녀석들. 드디어 정신이 나갔구먼. 그래, 언제까지 웃을 수 있나 보자고.

"네가 내게 도전한 녀석이냐?"

"도전이 아니라 교육이나 시켜주려고 하는 거지."

"난 나보다 떨어지는 녀석에게 교육을 받고 싶은 생각 따윈 없다 만?"

"그럼 상관없겠군. 너보단 내가 더 뛰어날 테니까."

"흔히들 착각도 유분수라 하더군."

"너에게 하는 소리겠지."

나의 마지막 반격에 녀석은 말문이 막혔는지 아무 말도 꺼내지 않았다. 겨우 이걸로 내게 말싸움을 걸었던 것이냐? 훗! 같잖군.

내가 말싸움에서 이긴 것에 자축할 때 녀석은 갑자기 살랑살랑 휘젓던 부채를 탁! 소리나게 접더니 웃음을 터뜨렸다.

"하하하! 입담이 제법이구나. 하지만 무공 실력이 그만큼이나 되는지 모르겠다."

"자고로 할 말 없는 놈들의 패턴은 똑같지. 너도 예외는 아니구나."

"놈!"

파사사사.

녀석은 소리를 지르며 기파를 뿜어냈고 그 기파에 풀들이 사방으로 휘날렸다. 호~ 제법인데? 기파를 뿜는다면 최소한 일류고수란 말이로군. 일류무공을 대성했을 때나 가능한 것이니 말이야.

녀석이 기파를 뿜는 것에 놀라는 것도 잠시, 내공을 끌어올려 주변의 기파를 한순간에 제압해 버리며 녀석을 바라보았다. 그때 녀석의 눈가엔 이채로운 빛이 띠었지만 아직 놀라기는 이르다는 말을 하고 싶다.

"호오, 이번엔 정말 다른 놈이군. 좋아. 내게 찾아올 정도라면 내 방식도 알겠지."

"내기 방식을 제안하라는 소리로군. 그전에 내가 한 가지 제안할 게 있다."

"제안? 그딴 건 필요없어. 내가 지면 여기서 물러갈 테고 네가 지면 넌 죽을 뿐이야. 네가 원하는 건 그것일 텐데?"

"그것도 좋지. 하지만 그것만 가지고는 내게 이익이 없거든. 거기에다가 자신이 가진 최고의 아이템을 하나 내놓는 게 어때?"

솔직히 그렇다. 이득도 없는 싸움을 뭐 한다고 하겠나? 이렇게 부가적인 수입이 있도록 하는 것도 좋은 묘수라는 것을 잊지 말도록.

"호오, 그래? 뭐, 좋겠지. 그래, 내기 종목이 무엇인가?"

"종목은… 좋아, 네가 신법에 일가견이 있다 하니 신법 대결로 하지."

"뭐?"

"총 세 번의 신법을 견주는 거다. 첫 번째는 붙어 서서 먼저 상대의 발을 밟으면 이기는 것이고, 두 번째는 상대방의 공격을 피하는 것으로 오직 신법만 펼쳐 상대방의 공격에 제압당할 때까지 몇 초식이나 피할 수 있는지를 겨루는 것이다. 마지막 세 번째는 자신이 신법으로 펼칠 수 있는 최고 기술을 펼쳐 보는 것이지. 심사위원은 이들이다."

"하하하. 내 장기가 신법이라는 것을 알면서도 신법 내기를 해? 그 것도 마지막 내기의 심사위원을 내 부하들로 잡고?'

녀석은 어이없다는 듯 되물었고 난 고개를 좌우로 저으며 녀석의 말을 정정했다.

"네 부하들뿐만이 아니야. 유화라는 이 여인도 있으니까."

"그렇지만 내 부하들이 더 많지 않은가. 절대적으로 불리할 텐데?'

"그렇담 어쩔 수 없는 일이지. 내 사람 보는 눈이 잘못된 죄니까."

잠시 어이가 없다는 듯 녀석은 날 쳐다보았지만 난 그 눈빛을 피하지 않았다. 겁나면 물리던가.

"하하하. 좋아, 마음에 드는군. 마지막 세 번째까지 갈 일도 없겠지만 만약 간다 하더라도 절대 부정은 저지르지 않는다고 내 약속하지. 만약 그런 녀석이 있다면 내가 죽여 버릴 테다."

부하들에게 으름장을 늘어놓는 녀석의 모습에 부하들은 고개를 끄덕이며 한쪽으로 가서 섰다. 그때 유화가 내게 다가왔다.

"너무 무모해요! 저자는 신법이 매우 뛰어나다고요!'

"나도 지는 싸움은 하기 싫어. 그러니 심사위원이나 잘 서시지."

난 그렇게 말하곤 두목에게 다가갔다.

"장소는 여기서 할까?'

"내가 좋은 곳을 알고 있으니 거기로 가지. 어때?'

"뭐 상관없겠지."

"그럼 따라와라."

녀석은 그렇게 말하고는 몸을 날려 어느 한곳으로 신법을 펼쳐 갔다. 과연 신법이 뛰어나다는 것은 헛말이 아닌지 그 속도는 쾌속하기 그지없었다. 내가 못 따라가지는 않겠지만 나머지들이 못 따라올 텐데? 그때 귓가에서 울리는 소리.

"부하들이 안전히 모셔올 테니 걱정 말고 따라오시지."

전음이다. 호오, 전음까지 알고 있다는 건가? 전음은 꽤나 고급 정보라 아는 사람이 드문데 말이야. 나도 상호에게 배웠으니까. 자주 쓰진 않지만.

녀석이 신형을 띄운 방향은 마을 쪽이었다. 다시 말하자면 본래 있던 곳은 마을과 제법 떨어진 거리다. 하지만 속도를 내서 달려오니 시간은 얼마 걸리지 않았다.

그렇게 달려가다 마을에 거의 다 왔을 쯤, 살짝 방향을 돌려 조금 더 가자 제법 그럴듯하게 석벽(石壁)으로 둘러싸인 곳이 보였다. 아마도 저기가 두목이 말한 곳일 테지. 그런데 한 가지 이상한 점. 사람 세 명을 이어놓은 정도의 높이를 가진 석벽의 어느 곳을 둘러봐도 안으로 통하는 입구 같은 것은 보이지 않았다.

그때쯤 우리는 이미 땅이 아닌 주변에 산재해 있는 나무의 가지를 타 넘으며 이동하는 중이었고 난 석벽에 거의 다 도착해서도 아무런 말도 없는 두목이란 녀석을 바라보았다. 이제 어쩌라고?

"하하하! 저기에 입구 따윈 따로 없다. 설마 저 석벽도 넘지 못하면서 내게 신법 도전을 한 건 아니겠지?"

그렇게 외치고 석벽의 지척에 인접한 녀석은 한 나뭇가지에 올라서 멈추더니 유연하게 휘어졌다가 튕겨 오르는 나뭇가지의 반탄력을 이용하여 석벽을 넘고 안으로 진입했다. 끝까지 시험하겠다, 이건가? 그나저나 이걸 어쩌지? 아닌 게 아니라 정말 방법이 마땅찮은데…….

사실 지금까지 난 신법의 한 종류인 경공을 쓰지 않았다. 내가 익힌 경공이라고 해봐야 능공천상제가 전부인데 벌써부터 밑천을 드러낼 수는 없지 않은가. 결국 그냥 달려올 수밖에 없었는데 다행히 녀석이 나를 얕보아 경공을 최대한의 힘으로 펼쳐 내지 않은 데다 나의 엄청난 수치를 자랑하는 민첩과 체력 덕분에 어렵지 않게 쫓아올 수 있었던 것이다.

그런데 이젠 그것도 힘든 지경이 되어버렸다. 석벽과 가장 가까운 나무의 거리가 약 십장. 아무리 내 능력치가 대단하다지만 신법을 사용하지 않은 인간의 힘으로는 30미터가 넘는 거리를 한 번의 도약으로 뛰어넘는다는 건 불가능한 일이다. 그렇다고 이제 와서 능공천상제를 쓰자니 무언가 손해 보는 기분이고…….

쉬익!

탁!

생각은 길었지만 시간은 순간이었다. 어느새 마지막 나무에 도착한 나는 결정을 내려야만 했다. 능공천상제를 사용해서 넘어갈 것인지, 아니면 왠지 패배를 인정하는 것 같지만 멈추어 섰다가 다른 방법을 찾을 것인지.

그때 뇌리를 스치는 생각 하나. 그래, 이거면 되겠군.

난 즉시 손을 뻗어 어른 팔뚝만한 굵은 나뭇가지 하나를 잘라내었다. 아니, 그냥 힘으로 뜯어냈다는 게 정확하겠지만 그거야 어찌 되었든 난 그 나뭇가지를 든 팔을 뒤로 한 바퀴 돌리며 밑에서 위쪽으로,

또 앞쪽으로 날아가도록 비스듬한 각도로 던졌다.

"자! 가라!"

슈웅!

너무 강하지도, 약하지도 않고 적당하게 힘을 줘서 던진 덕분에 나뭇가지는 낮은 경사를 그리며 위의 앞쪽으로 안정적으로 쏘아져 나갔다. 그리고 나는 조금 전 두목이 보여줬던 것과 같이 나뭇가지 하나에 몸을 싣고 나뭇가지의 유연한 탄성력을 이용하여 앞으로 쏘아져 나갔다.

이렇게 되니 내가 미리 던졌던 나뭇가지가 마치 석벽과 나무 중간을 이어주는 다리 역할을 하는 게 아닌가. 거기다가 나뭇가지를 위로 올라가도록 던졌기에 내 한 몸의 무게를 더한다고 해서 바로 가라앉지도 않았다.

탁!

짧은 경소성과 함께 나뭇가지를 발판으로 다시 한 번 도약한 나는 가뿐하게 석벽을 넘어 안으로 들어갈 수 있었다. 쩝, 이거 나중에 경공 하나를 더 익히던가 해야지. 이게 웬 고생이냐?

그런 내 생각이야 어찌 되었든 난 석벽을 넘어 말끔하고 반듯한 석조 바닥에 내려섰다.

"여긴?"

"내가 신법 수련을 위해 특별히 만든 곳이지."

석벽 안은 한마디로 말해서 넓고 깔끔했다. 자유롭게 수련을 하기 위해 문파에서나 쓰이는 수련장보다 더 넓었으며 바닥은 온통 대리석으로 깔려 있어 깔끔해 보였다. 또 석벽의 한쪽 끝에는 다른 석벽이 하나 세워져 있었는데 거기엔 보통 문 정도 크기의 구멍이 뚫려 있었다.

밖에서 본 석벽의 둘레는 지금 서 있는 이곳의 세 배쯤 됐으니까 저 벽 너머에는 또 다른 수련을 위한 장소가 있을 것으로 추정되었다.

"이럴 돈 있으면 부하들의 무공이나 사줄 것이지."

수련장은 한눈에 보기에도 보통의 가격으론 지을 수 없음을 알게 해주었다. 자기는 이런 돈이 있으면서 부하들은 초보들 삥 뜯어 무공을 사게 하려 하다니……

"하하하. 그 녀석들과 내가 무슨 상관이지? 그 녀석들이 스스로 찾아와 부하가 되길 자청했으니 내가 원해서 이루어진 관계도 아니거니와 나는 돈 역시 상납하라고 한 기억이 없는데? 녀석들이 좋아서 한 일을 가지고 내게 책임을 운운해선 안 되지. 그리고 녀석들도 내 이름을 팔고 다니니 공평한 셈이지 않아."

말은 잘한다. 그러니까 잘못은 무조건 그놈들 책임이고 자기는 묵인한 것밖에 한 게 없다, 이거잖아. 하지만 대한민국 법도로 녀석들에게 상납금을 받은 그 시점부터 넌 공범이 된 거야. 빼도 박도 못한다고.

"하하하. 그거야 어찌 되었든 넌 나와 겨루기 위해 오지 않았나? 심사위원이란 과분한 직책을 맡은 그 녀석들이 도착하기 전에 운기조식으로 내공을 회복하는 것이 급선무일 텐데?"

쩝, 내공을 썼어야 회복하든가 하지. 그냥 무작정 뛰어왔는데 얼어죽을 내공 소모냐? 거기다가 쓴 체력도 내가 가진 체력에 비해선 극미량밖에 안 된다고.

"그러는 넌 왜 운기조식을 취하지 않지?"

"하하, 이런. 운기조식 도중 내가 공격을 할 것 같아서 그런가? 의외로 소심하군. 그리고 내가 운기조식을 취하지 않는 이유는 뻔하지 않나. 그 정도의 제약도 없으면 내기가 너무 싱거울 것이잖아."

줄여서 너 잘났다는 말이로군. 하여간 간단히 말하면 될 거 가지고 온갖 미사여구는 다 가져다 붙인단 말이야.

"그래? 그렇다면 난 한 바퀴 더 뛰다가 와야 할 것 같군. 그래야 내기가 지루하지 않을 테니까."

되로 받고 말로 주기. 난 그렇게 말하며 석벽을 벗어나는 시늉을 취했다. 그러자 녀석은 어이가 없다는 듯 나를 쳐다보다 다시 그 재수없는 웃음을 토해냈다.

"하하하! 정말 혀 놀리는 솜씨 하나만큼은 대단하군. 너라면 내 이름 정돈 알아도 될 것 같다. 내 이름은 유향운. 비룡신객 유향운이다."

난 별로 알고 싶은 마음은 없었는데……. 그리고 그렇게 말해 봤자 내가 알아들을 리 만무하다. 그 유명한 구신도 모르던 나였으니… 허…….

"난 사예다."

"……."

"……."

"……?"

왜 이러는 거야? 난 나를 바라보면서 이상한 표정을 짓고 있는 유향운을 보며 인상을 찌푸렸다. 뭘 어쩌라고.

"그게 단가?"

"그럼 또 필요한 게 있나?"

"강호에 알려진 명성은? 아니, 그 흔하디흔한 삼류잡배도 달고 다니는 명호조차 없단 말이냐?"

명호? 음, 있긴 있지. 무장, 무제, 무황, 광무제 등등. 많으니까 골라 봐, 라고 말할 수는 없는 노릇이잖아. 그리고 보니 사예란 이름에도 별호가 붙긴 해야 하는데… 음, 뭐가 좋을까?

"명호? 음……."

"설마 그딴 것도 하나 없는 건 아니겠지?"

우선 사예가 표면적으론 권법가고 또 쓰는 권법이라는 게 초풍건룡 권이니 용이나 풍자를 집어넣고 이렇게 요렇게 조립하면…….

초풍권룡? 아니야. 무공 티가 너무 나잖아. 권룡풍객? 이것도 아니야. 너무 흔해. 음… 풍… 류권룡. 풍류권룡(風流拳龍)? 그래, 이게 좋겠군. 너무 거창하지도 않고 말이야.

"풍류권룡 사예. 그것이 나다."

"풍류권룡? 듣지 못한 명호이긴 하지만 실력은 제법인 것 같군. 뭐, 명호는 그리 상관없으니……."

젠장! 나랑 장난치냐? 명호랑 상관없이 제법인 것 같으면 도대체 명호를 왜 그리도 중요하게 말한 건데? 으… 두고 보자.

그렇게 유향운에게 이를 갈며 조금 더 기다리자 곧 누군가 다가오는 것이 느껴졌다.

쿵!

"이 바보 녀석들! 조심하지 못해?"

소리가 난 곳은 한쪽 석벽이었다. 그쪽 석벽 위로 무언가 얹어지더니 그 밑에서 말소리가 들려왔다. 음, 저건 사다리로군. 신법이 부족하니까 저런 식으로 넘어오는 건가?

어쨌거나 이제 시간이 되었군.

"자, 그럼 이제 시작해 볼까?"

유향운의 패거리들과 유화가 도착하자 내가 가장 먼저 꺼낸 말이다. 심사위원도 도착했겠다, 무대도 준비되었겠다, 이제 더 이상 시간을 끌

필요 없잖아?

"이 시합은 3판 2승제다. 먼저 두 경기를 이긴다면 마지막 경기 따위 할 필요가 없는 거지. 아, 그건 그렇고 내기에 걸 물건부터 꺼내보실까?"

난 그렇게 말하며 양손에 장착되어 있는 권갑을 벗겨내었다. 쩝, 지금 내가 가진 물건 중에는 이게 가장 좋은 물건이니까.

"호오, 현철로 만들어진 거로군. 원래 권갑 아이템이 부족한 이곳에서 현철로 만들어진 권갑이라면 특상품일 텐데… 제법 대단한 걸 들고 다니는군."

"옵션은 보지 않겠나?"

"뭐, 옵션 따윈 그다지 중요하지 않을 것 같군. 이미 그 자체로만으로도 특상품인 데다가 그런 물건에 하찮은 옵션을 달 것 같진 않거든."

호~ 물건 보는 안목은 제법 뛰어난 것 같군.

"그건 그렇고 이제 그쪽이 걸 차례인 것 같은데? 설마 하니 내가 내놓은 것에 한참이나 미치지 못하는 걸 내놓는 건 아니겠지?"

"오늘 좋은 물건을 구하게 됐는데 하찮은 걸 내놓는다면 그건 물건에 대한 예의가 아니지. 내가 내놓을 건 이거다."

녀석은 바짓단을 들추더니 양쪽 다리에서 길쭉하고 넓은 철판을 꺼내었다.

"그것은?"

"각반이지. 네가 내놓은 현철 같은 물건은 아니지만 아주 대단한 옵션이 붙어 있어서 그 물건에 비해 결코 떨어지지 않을 거야."

확실히 녀석이 직접 착용하고 있다면 결코 나쁜 물건은 아닐 터, 그 대단하다는 옵션이 무엇인지 물어보고 싶은 마음이 가득했지만 녀석이 그랬듯 꾹 참으며 다음 순서로 진행했다.

"그럼 이제 정말 시작해 볼까? 첫 번째 경기는 알다시피 보법의 대결이다. 시간은 무제한, 상대에게 먼저 발이 밟히거나 기권을 하는 자가 지는 거다. 그리고 보법 외의 달리 공격을 한다 해도 지는 거다."

"간단하군."

"간단하지."

그만큼 확실하기도 하고 말이야.

녀석과 나는 수련장의 중심으로 나와 섰다. 중심에서 약 3미터의 거리를 두고 마주 선 우리는 유화의 시작 신호를 기다렸다. 그리고 곧 기다리던 시작 신호가 울렸다.

"시작!"

시작 신호와 함께 먼저 움직인 것은 유향운이었다. 나야 먼저 움직이고 싶어도 익히고 있는 보법이라는 게 원주미보와 생사일보가 다인데 생사일보는 6성이 되기 전까지는 사용해 봤자 그냥 걷는 것과 다를 게 없고 원주미보는 공격보다는 원을 그리며 방어하는 것이 주목적인 보법이니⋯ 아아, 난 왜 허구한 날 이 모양이냐.

사사삿!

바닥을 쓸어내리듯 미끄러져 들어오는 유향운의 보법은 과연 대단했다. 빠르고 정확하기 그지없는 움직임. 불필요한 움직임은 줄이면서도 내 시야를 현혹하기 위해 지그재그로 접근해 오는 녀석의 움직임은 마치 한 마리의 독사를 연상케 했다.

어느 순간 3미터에 이르는 거리를 단숨에 줄이고 오른쪽 사각 지대에서 내 발을 밟아오는 녀석의 움직임은 분명 뛰어나 탄사라도 터뜨려 주고 싶은 심정이나 나도 질 수가 없어서 말이야.

"웃차!"

난 녀석이 밟아오는 오른발을 바닥에서 떼어내고 왼발을 축으로 몸을 한 바퀴 회전시켰다.

가볍고 유연하게 몸을 한 번 빙글 회전시키는 것으로 독사의 독아(毒牙)처럼 날카롭게 찔러오는 녀석의 발을 피해내는 듯했지만 녀석의 발은 급격한 각도로 방향을 틀어 이번엔 축을 이룬 왼발을 향해 뻗어왔다.

제법이군!

탓!

아직 완전히 한 바퀴를 다 돌지 않았지만 급히 축으로 삼던 왼발을 떼어내고 원래 걸려 있던 회전에 조금 더 회전을 걸어 바닥에 근접한 오른발로 유향운의 발을 내리찍어 간다. 이거 현실에서도 가능했으면 죽여줬을 텐데.

"호! 제법이로군!"

녀석은 탄성을 지르며 발을 빼내는데 그게 얼마나 쾌속한지 몸무게까지 실어 내리찍는 내 발을 간단히 빼놓고는 멀찌감치 물러설 정도였다. 칫! 대단하긴 정말 대단한데?

"후우… 과연 대단하군."

"너야말로. 설마 내 사령보(蛇逞步)의 발걸음을 그런 식으로 피해내다니… 입심만 대단한 게 아니었군."

사령보라… 역시 뱀의 형상을 본뜬 보법이었군. 대단해. 하지만 나도 아직 원주미보를 펼치지 않았다고!

"다시 가볼까?"

"이번엔 끝내주지!"

탓!

우리는 너나 할 것 없이 동시에 발을 떼고 서로에게 접근해 왔다. 그리고 녀석은 사령보를, 나는 원주미보를 펼치기 시작했다.

뱀의 빠름과 날카로움, 원의 안정되고 끊임없는 흐름의 대결!

역시 이번에도 먼저 공격한 것은 사령보의 어금니였다. 쐐애액 하는 파공음과 함께 먹이를 낚아채듯 쏘아져 오는 녀석의 발에 작은 원을 수차례 그리며 사정권에서 벗어났고 동시에 반대쪽으로 진입하며 녀석의 발을 공격해 갔다.

한 번 공격을 멈추면 다시 움직이기에 약간이지만 시간이 걸리는 사령보와는 달리 원주미보는 언제 어디서든 다시 시작하고 또 계속해서 끊이지 않고 시전할 수 있기에 펼칠 수 있는 수법이었다.

핑그르르.

원주미보가 원래 느린 보법이라고는 하지만 작은 원을 수차례 그리다 보면 그 속도는 점점 더 빨라지기 나름이다. 사령보를 펼치는 유향운의 발처럼 강한 파공음은 나지 않았지만 깊숙이 울리는 파공음과 함께 녀석의 후위에 도착한 내 신형은 번개처럼 꺾어져 녀석의 가랑이 틈새로 공격해 들어갔다.

그리고 녀석의 왼쪽 발이 변화를 일으킨 것도 그때였다.

쉐엑! 쉐엑!

길게 늘어지는 채찍처럼 녀석의 왼쪽 다리가 기묘한 각도로 꺾어지며 내가 축으로 삼고 있는 오른쪽 발을 향해 뻗어왔다. 원을 그리기 위해선 그 중심이 반드시 필요했고 그 중심의 역할을 축이 대신하기에 원주미보에 축은 없어선 안 될 것이었다. 그런데 유향운은 눈치 빠르게도 벌써 그 사실을 알아챘는지 뻗어가는 내 왼쪽 발은 무시하고 오른쪽 축의 발을 노리기 시작한 것이었다.

사령보에 비하면 원주미보는 느리기 그지없는 보법이라 이대로 가다가는 녀석의 오른발을 밟기도 전에 녀석의 왼발에 내 오른발이 먼저 밟힐 것 같았다. 결국 난 원의 흐름을 끊을 수밖에 없었다.

"차앗!"

급히 뻗어가던 왼발을 땅에다 붙이고 왼발을 축으로 삼아 회전을 걸어 다리를 뒤틀어 녀석의 왼발을 간신히 피해냈고 동시에 가랑이가 찢어지는 느낌이 들었지만 몸 전체를 회전시켜 오른발을 급히 회수했다.

그때 녀석의 오른발이 축으로 삼던 내 왼발을 노리고 뻗어왔다.

"이걸로 마지막이다!"

쌔악!

희번덕이는 독아를 드러내며 내려찍는 사령보의 발걸음은 매섭기 짝이 없었다. 공기를 찢는 파공음이 마치 뱀의 아가리에서 새어 나오는 울음소리인 양 거친 소리를 내며 녀석의 오른발은 섬전같이 뻗어왔다.

하지만!

"아직 아니지!"

땅에 디디고 있는 왼쪽 발을 비틀어 발의 측면으로 몸을 지탱하는 것으로 녀석의 발을 피해 버렸다. 그리고 동시에 기다렸던 내 오른발이 날아 녀석의 발등을 치고 지나갔다.

탁!

그걸로 끝이었다, 첫 번째 내기는.

"이겼군."

"졌군."

유향운은 담담한 표정을 지으며 말했다.

휴우, 솔직히 위험했던 게 사실이다. 보법이 이 정도로 뛰어날 거라고는 예상치 못했으니까. 천추십왕과 싸우기 전의 나라면 필시 졌을 거다. 이번에도 요행으로 간신히 이긴 거고 말이다.

어쨌든 이긴 건 이긴 거. 난 한쪽에서 멍하니 우리를 바라보고 있는 심사위원들을 향해 소리쳤다.

"내가 첫 번째 경기는 이겼으니 잘 기록해 두라고!"

"아, 네, 네."

그들로서도 유향운이 질 것이라고는 생각지 못한 것 같았다. 그나저나 이런 상황에서도 담담하다니 다음 경기부터는 자신이 있다는 건가?

"억울하지 않은 건가?"

"뭐가?"

"나한테 진 것 말이야."

내 말에 유향운은 고개를 갸웃하며 입을 열었다.

"진 것은 진 것인데 왜 억울해야 하는 거지?"

"솔직히 보법으로 따지자면 네가 더 훌륭하지 않나."

그렇다. 보법만으로 따지자면 녀석이 나보다 한 수 위였다. 내가 가진 비정상적인 능력치와 방어적이라는 원주미보의 기본 성격이 아니었다면 짧은 시간도 견디지 못했을 거다. 다행히 몇 가지 녀석보다 뛰어난 게 있어 그럭저럭 견딜 수 있었을 때 잔꾀를 내어 요행으로 이긴 거나 다름없는 거다. 머리를 쓰지 말란 법은 없었지만 그래도 내가 한 방법은 순전히 보법만의 대결이라기엔 뭔가 부족한 게 사실이었다.

그런데도 덤덤하게 넘기다니… 음, 괜찮은 부분도 있구나.

"웃기는군. 그럼 내가 방금 전 진 것 때문에 길길이 날뛰기라도 해야 한다는 말인가?"

"아니, 보통들 그렇더군. 자신이 더 뛰어난데 한순간의 실수로 지게 된다면 말이야."

"훗! 나는 유향운이다, 비룡신객 유향운. 그렇게 유치하게 굴면서까지 이기고 싶지도 않고 또 다음 경기에서 자신이 없지도 않다. 일반인의 잣대로 날 폄하하지 말길 바란다."

큭! 한순간 괜찮은 부분이 있을지도 모른다고 생각했던 내가 바보같이 느껴지는군.

녀석의 말을 쉽게 표현하자면 나는 잘난 놈이니까 그렇게 안 해도 충분히 이길 수 있다, 뭐 이런 거잖아. 어떻게 말을 해도 저렇게 재수없게 하냔 말이야!

내가 녀석의 재수없음에 치를 떨고 있을 무렵. 녀석은 조금 흐트러진 옷매무새를 바로 하고 다시 수련장의 중앙으로 나섰다.

"뭐 하는 거지? 다음 경기 어서 안 하는 건가?"

"이번 경기는 한 사람은 공격하고 한 사람은 보법이나 신법 등 재주껏 피하면 되는 거다. 반격을 하면 안 되고 상대의 공격에 직접적으로 반응해서도 안 돼. 오직 신법만으로 가리는 승부다. 그렇게 해서 누가 상대의 공격 초식을 더 많이 피하느냐에 따라 승부가 결정되는 거지."

"그렇군."

이번 경기 역시 저번 경기와 다를 바 없이 간단한 룰이었다. 그냥 공격 측과 방어 측으로 나눠서 공격 측은 죽어라 공격하고, 방어 측은 나 잡아봐라 피하고. 공격 측의 공격을 더 많이 피한 쪽이 이기게 되는 것이다.

난 녀석의 상태를 보며 입맛을 다셨다.

첫 번째 경기에서 진 것으로 약간만이라도 상심하고 조금 허탈감을 느낀다면 그만큼 내가 이길 확률이 더 높아질 텐데 녀석은 고요한 호수처럼 안정되어 있었다. 첫 번째 경기를 시작하기 전보다 더욱 침착하고 진중한 모습이니 내 예상에서 빗나가도 한참을 빗나간 셈인 것이다.

"내가 먼저 공격하지."

"그런가."

유향운이 공격을 하겠다고 나서자 그러라고 했다. 이번엔 반드시 기세를 잡자고.

내가 약간 떨어져서 온몸에 힘을 빼고 자연스레 서는 것으로 준비를 마치자 녀석도 품에서 무언가를 꺼냈는데 예의 그 부채였다. 선법(扇法)인가?

"준비됐나?"

"언제든지."

내가 말을 마치자마자 녀석은 부채를 촤악 하고 펴더니 보통 부채를 부치는 것과 같이 살랑살랑 부쳐 대기 시작했다. 보통 사람들이 봤을 때는 그냥 한가롭게 부채를 부쳐 대는 모습이지만 그건 보통 사람들이나 무공이 약한 사람들의 경우고, 지금 내 눈에는 저 부채에 이어 호선을 그리며 넘실대는 푸른색의 무언가가 보였다.

바로 의형진기.

검으로 펼치면 검기, 도로 펼치면 도기. 강기와는 비교가 되지 않지만 결코 무시할 수 없는 경지. 녀석이 부채로 그것을 펼쳐 내고 있었다. 과연 선법도 일류를 넘었다 이건가?

"그럼 가지."

넘실대는 의형진기를 담은 부채를 탁하고 접더니 나를 향해 밀어 넣었다. 녀석과 나의 거리는 제법 떨어져 있었지만 이미 의형진기가 발동된 상황에서 그런 거리의 차는 무의미한 것.

난 원주미보를 밟으며 녀석의 부채에서 뿜어져 나오는 선기(扇氣)의 영향권에서 벗어났다. 하나 벗어나자마자 기다렸다는 듯이 달려드는 바람.

젠장! 선기는 미끼였구나!

"접혼풍류(蝶魂風流)!"

애초에 잘못 생각했었다. 의형진기가 특화되는 무기는 소수의 것. 각 병기에는 병기에 맞는 자신만의 의형진기를 찾아야 하는 건데 녀석이 선기를 쓰자 나도 모르게 그것이 진짜 공격이라 판단했던 것이다.

하지만 녀석의 진짜 공격, 녀석의 진짜 의형진기는 바로 이것. 선풍(扇風)!

파르르르륵!

수많은 나비로 변모한 선풍은 때론 빠르게 때론 느리게, 각각 시간차를 두고선 사방을 압박해 들어왔다. 쳇! 처음 공격부터 이렇게 강하게 나오기냐? 하나 그냥 당해줄 순 없지!

"차앗!"

원주미보의 특성은 원의 묘리를 살려 피해내는 것. 기합을 내지르며 원주미보를 밟은 나는 몇 개의 아주 큰 원들을 그려내기 시작했다. 내가 원주미보로 그릴 수 있는 최대한의 원을 그려내며 움직이자 풍접(風蝶)들은 방향을 꺾으며 날 따라왔는데 내가 노린 것이 바로 이것!

"너희들끼리 자멸해 봐라!"

나는 마치 원을 하나의 우리로 만들듯 그 속에 나비들을 가두기 시작했다. 나를 쫓아오는 나비들은 나의 신형을 따라 계속해서 원 안에서 이동할 수밖에 없었고 스스로 부딪치며 상쇄되어 자멸해 갔다.

그것을 시작으로 계속해서 그려내는 큰 원 속에 갇혀 스스로 자멸해 갈 때 강렬한 기의 파동이 느껴졌다. 이런!

"하아아아아아!"

어느새 진각을 밟은 자세를 취하고 부채를 뒤로 뺀 채 기합을 넣고 있는 유향운. 기의 파동으로 보니 큰 기술을 준비하고 있는 것 같았다. 어떻게든 빨리 끝낼 속셈 같은데…….

나비들이 거의 전부 사라졌을 쯤, 녀석이 크게 소리치며 부채로 사방을 감아갔다.

"천변풍접(千變風蝶)!"

휘우우우우웅!

녀석을 중심으로 무섭게 모여들기 시작하는 바람들. 바람들은 나비로 변했다가 다시 바람으로 변해 사라졌다가를 반복하며 녀석의 주변으로 회오리 기둥을 만들고 하늘 높이 솟구치기 시작했다. 젠장! 강기라도 틀어박으면 될 텐데 그럼 지는 거니 공격도 못하겠고. 이번 공격은 정말 장난 아닐 거 같은데……. 젠장!

고오오오!

"차아!"

회오리 기둥을 뚫고 들리는 녀석의 기합 소리에 맞춰 회오리 기둥이 나를 향해 뻗어오기 시작했다. 속도가 빠른 것은 둘째 치고 주변의 모든 것을 초토화시키며 뻗어오는 바람과 나비로 이루어진 기둥. 저거에 한 방 맞았다가는 그냥 꽥! 하고 뻗을 정도의 엄청난 위력이 담긴 공격이었다.

"젠장! 일류가 아니었어? 일류가 아니었냐고! 어떻게 이런 공격을 할 수 있다는 말이냐고!"

이대로 가다간 경기는 둘째 치고 뼈도 못 추리게 생겼군. 젠장! 별수 없잖아.

난 내공을 급히 끌어올리기 시작했다. 그리고 양손에 끌어올린 모든 기를 집중시키기 시작했다. 이건 처음 시도해 보는 거지만 그래도 이 방법밖에 없잖아.

"으랏차차차차! 폭광진천(暴狂震天)!"

우우웅!

8성 공력을 모두 끌어 모은 양손에서 약간의 뇌전(雷電)이 피어나기 시작했고 곧 양 어깨까지 덮어갔다. 양팔에서 넘실대는 푸른 뇌전의 기운. 바로 광한폭뢰장의 강기형 진천강기(震天罡氣)!

앞을 가로막는 그 무엇이든 파괴해 버린다는 진천강기가 광한폭뢰장 제사초 폭광진천에 의해 펼쳐지고 있었다.

진천강기를 모두 오른팔로 밀어 넣는다. 밖으로 새어 나갈 듯 뇌전이 난무하지만 양팔 분의 진천강기를 머금은 오른팔은 광포하고 또한 절대적인 파괴력을 지니고 있었다. 그리고 난 앞으로 크게 진각을 밟으며 오른팔을 내질렀다. 진천강기를 극도로 압축해서 내뱉는 초식 폭광진천!

"즈아아앗! 가라!"

꽈르르릉!

우렛소리가 진동을 하며 세차게 뻗어가는 오른팔을 따라 진천강기가 따라 흐른다. 일장에 이르는 긴 진천강기의 잔상이 뒤를 따르며 광한폭뢰장 제사초 폭광진천의 모든 힘을 담은 오른팔과 유향운의 풍접의 회오리 기둥, 천변풍접이 끝내 맞붙었다.

쿠르르르! 쾅!

콰콰콰쾅!

"크윽!"

"흐압!"

역시 예상대로 녀석의 천변풍접은 강기를 이용한 공격이었다. 폭광진천과 맞붙어 밀리지 않고 팽팽히 맞서며 광포한 뇌전(雷電)과 매서운 광풍(狂風)이 사방을 아우르고 초토화시키는 모습을 연출했다.

용호상박(龍虎相搏)!

"으잇! 폭기!"

시전자의 몸을 파괴하며 파괴력을 극대화시키는 폭기. 하나 내게는 아무런 피해도 없는 폭기가 발동됨에 따라 내가 가진 힘은 즉시 몇 배로 뛰어올랐고 폭광진천의 진천강기도 더욱 광포해서 이리저리 날뛰기 시작했다.

이미 끝났어!

"츠압!"

앞을 가로막는 모든 것을 떨쳐 내듯 힘을 모아 한꺼번에 터뜨린 나는 전진하지 못하던 오른팔을 앞으로 쭈욱 내밀었고 진천강기는 오른팔을 지나 장심(掌心)으로 내려와 쭈욱 뻗어 나갔다.

그리고 뻗어 나가는 진천강기는 천변풍접의 기운마저 뚫어버렸다.

콰가가가가가!

"하, 젠장. 힘들어 죽겠네."

난 기운이 쫙 빠져 오른팔을 내리고는 자리에 털썩 주저앉았다. 내 공으로 치자면 아직 폭기로 인해 몸속에서 펄펄 살아 날뛰지만 처음 시전해 보는 진천강기와 폭광진천으로 인해 심력이 이만저만 아니도록 소모가 되었으니 육체적 소모보다 훨씬 피곤했다.

"그나저나 어쨌든 졌군."

난 저 끝까지 길게 펼쳐진 커다란 구덩이와 뻥하니 완전 날아가 버린 수련장의 한쪽 벽이 있었던 자리를 보며 중얼거렸다. 이게 바로 진천강기가 만들고 간 모습이다. 하늘로 숫구쳐서 사라지긴 했지만 정말 무시무시한 파괴력이다. 천변풍접의 중심을 뚫고 쭈욱 뻗어가다 하늘 높이 사라졌으니 말이다.

어쨌든 난 반격하지 않는다는 규칙을 어겼고 이번 경기는 나의 패배였다.

"대단하군."

어느새 다가온 유향운이 내게 손을 뻗으며 말했다. 녀석도 기진맥진한 기색이 역력하지만 끝까지 그놈의 쿨한 모습을 잃지 않으려는지 애써 의연한 척을 하고 있었다. 겉멋만 들어서 말이야.

"너 역시."

탁!

난 녀석의 손을 잡고 자리에서 일어났다. 음, 이럴 때보면 괜찮은 녀석 같은데 평소 행실이 안 좋단 말이야.

"그럼 마지막 세 번째 경기를 해야지?"

"아아, 그건 그만두지. 이렇게 무식할 정도로 강한 녀석과 또 경기를 하고 싶진 않으니까. 그리고 경기라고 해서 꼭 승리하는 사람이 필요한 것도 아니잖은가."

녀석은 이제 싸우다 지쳤는지 그런 제안을 했지만 택도 없는 소리! 아이템은 챙겨야 할 것 아니야. 안 그러면 내가 미쳤다고 괜히 힘만 빼겠냐?

"그건 패배를 자인하는 소린가?"

"하… 하하. 결국 끝까지 해보자는 건가?"

"이렇게 어영부영 끝내기는 뭔가 섭섭하잖아."

"흠… 그도 그렇군."

사실 우리 둘의 몸 상태를 생각하면 여기서 끝내는 게 당연하다. 그렇지 않다면 우리 둘 중 누가 죽어도 죽을 테니까. 그 주인공은 아마도 녀석이겠지만.

"하하하… 그건 그렇고, 어떤가?"

"뭐가?"

"난 자네가 마음에 들었네. 우리 친구가 되어보세나!"

난 녀석의 말을 듣자마자 순간적으로 어떤 생각이 뇌리를 스쳐 지나가는 것을 느낄 수 있었다.

이 녀석…….

"하하하! 어떤가? 자네도 좋지? 좋다고? 하하하하! 그럼 우린 앞으로 친구일세!"

싸이코다.

진정한 싸이코다.

"싫어."

"뭐?"

"내가 뭐 하러 방금까지 죽어라 싸운 놈이랑 친구를 해야 하지?"

"하하하! 서로 대결하며 우정을 다지는 것은 사나이라면 누구나 가지고 있는 뜨거운 마음에서 비롯되는 것이 아니겠는가!"

진짜 정신 나간 녀석 아냐?

난 유향운과 더 이상 대화를 하고 싶은 마음이 사라졌다. 싸우고 싶은 마음까지도 사라져 버렸다. 이 녀석과 더 이상 상종하다가는 나도 미칠 것 같다고. 하나, 이왕 시작한 거 끝은 봐야 하기에 난 입을 열었다.

"하지만 난 초보 사냥터를 잡고 놓아주지 않는 악독한 녀석과 친구가 되고 싶진 않은걸?"

"그것이 문제라면 걱정 말게나. 이봐, 너희들!"

"네!"

"해산."

"네?"

"쯧쯧, 귀가 먹었나? 해산이라고. 앞으로 이 지역에서 얼쩡거리지 말란 말이야."

갑작스레 자기 부하들을 몰아세우는 유향운. 이, 이 자식, 저, 정말 제대로 정신이 나갔는데? 그건 그렇고 일이 잘 풀리려나?

유향운의 갑작스런 말에 녀석의 부하들은 어쩔 줄 몰라 하며 유향운을 바라보았다. 흠, 나 같아도 황당해서 정신이 없겠다. 하여간에 이런 놈을 대장으로 삼고 있던 너희들이 바본 거지.

"그, 그게 무슨?"

"하?!"

촤르륵!

"네, 네! 아, 알겠습니다!"

유향운이 한숨을 내뱉으며 부채를 펴들자 녀석들은 겁을 먹었는지 후닥닥 사라져 버리는데 끝까지 황당하군.

"이젠 된 건가? 우린 앞으로 친구라네……."

싱글벙글 웃으며 내게 말하는 유향운의 면상을 보니 딱 하나의 단어가 떠올랐다.

바로… 미친놈.

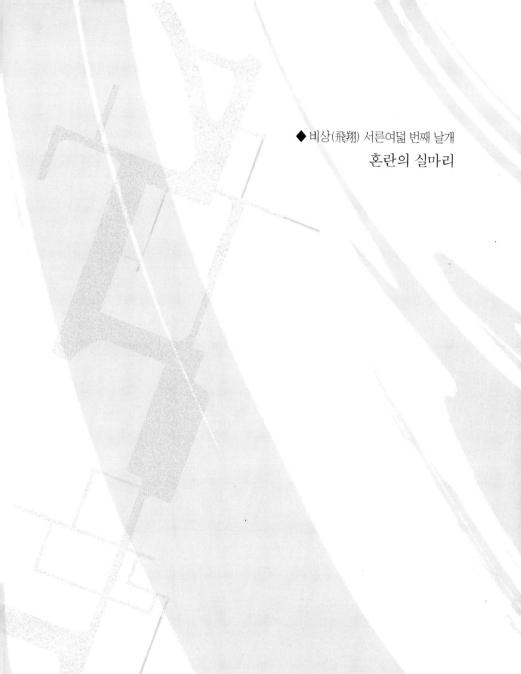

◆ 비상(飛翔) 서른여덟 번째 날개
혼란의 실마리

비상(飛翔) 서른여덟 번째 날개 혼란의 실마리

저벅저벅.

"아아, 날씨 한번 좋다!"

난 푸르른 하늘 위로 떠가는 흰 구름을 보며 외쳤다. 주관적으로 판단하기에 오늘은 비상에서도 드물 정도로 아주 날씨가 좋은 날이다. 구름 한 점 없는 하늘일 때, 그때가 날씨 좋다는 사람이 있는 반면 나는 오히려 드문드문 보이는 구름을 보는 게 좋으니까.

그건 그렇고…….

"넌 왜 따라오는 건데?"

"하하하! 나도 한곳에 오래 붙어 있었더니 지겨워 여행이나 떠나볼까 해서 말이네."

"그건 네 사정이니 내가 상관할 바 아니지만 왜 나를 따라오냔 말이야."

"하하하! 그 무슨 섭섭한 소리인가. 우린 친구가 아니었던가. 우정을 나누며 하는 여행이라… 멋지지 않은가!"

난 크게 웃으며 외쳐 대는 유향운을 바라보며 한숨을 내쉴 수밖에 없었다.

성명 유향운. 비룡신객이라 자칭하는 과대망상증에 필요한 것만 듣는 청각 이상자에 사나이의 낭만을 따른다는 정신 이상자.

그런 놈이 현재 나를 따라 걷고 있었다. 분명 내가 생각하기에는 그럴 이유라고는 눈곱만큼도, 아니, 개미 손톱의 때만큼도 없는데 녀석은 뭐가 좋은지 싱글벙글 웃으며 나를 따라 걷고 있었다. 아아, 이놈도 역시 푸우랑 동급의 녀석이었어.

"멋지기는 개뿔이……."

"하하하! 뭐라고? 잘 안 들리네만, 친구!"

"하아… 그래. 따라오는 거야 네 자유니 그렇다 치고, 누가 네 친구라는 거냐!?"

"이거 왜 이러시나. 내 자네와의 우정을 돈독히 하자는 의미로 내가 가장 아끼는 물건까지 주지 않았는가."

빠직!

순간 내 머리 속 어딘가에서 무언가 심각히도 끊어지는 소리가 들렸다. 끝까지 우긴다 이거지?

"그건 내가 시합에 이겨서 정정당당히 따낸 것 아니야!"

"허어! 우리가 정한 것은 세 개의 시합이었네. 그중 겨우 두 개를 진행했을 뿐이고 결과로 자네와 나, 이렇게 각각 1승씩 거두지 않았는가. 결국 무승부인 셈인데 자네가 이겼다니… 정말 농담도 잘하네그려."

"그럼 마지막 시합을 진행하자니까!"

"하하하! 어찌 뜨거운 우정을 나눈 친우끼리 주먹다짐을 할 수 있다는 말인가. 내 그 물건은 기억 속에서 지우도록 할 터이니 너무 걱정 말게나."

"하아……."

유향운이 말하는 물건. 그것은 바로 그와 벌였던 내기에서 유향운이 걸었던 그 각반이었다. 난 녀석이 시합을 포기한다고 해서 좋아라 하며 챙겼는데 그것을 친교를 다지는 우정의 증표라면서 저렇게 떠들어대는 것이었다. 그리고 내가 열받아서 다시 붙자고 하면 이렇게 저렇게 교묘히도 빠져나가니… 나오는 건 한숨뿐이요, 느는 건 주름살뿐이라, 에휴…….

사실 내가 이런 말을 들어도 크게 반발할 수 없는 건 내가 생각해도 이 각반이 너무나 귀한 것이었기 때문이다. 웬만한 물건 같았으면 먹고 모르는 척 시치미 떼다가 녀석이 화를 내면 다시 대결을 이끌어내었을 텐데 이놈의 각반을 가지고 그러기엔 내 양심이 너무나 넘쳐흘렀다.

"하하하! 그럼 앞으로도 잘 부탁하네, 친구."

"어휴……."

절정무공 미만의 병기를 제외한 신체로 펼치는 모든 무공 등급 2단계 상승.

각반에 붙은 옵션이다. 뭐랄까? 내가 이 옵션을 보고 첫눈에 사기다!라고 외쳤을 정도랄까? 일류무공을 익혀도 이 각반만 있다면 절정무공을 익히게 되는 셈이었다. 절정무공을 익히게 된다면 아무런 변화가 없고 또 검이나, 도 등을 사용하는 무공에는 아무런 효험도 없다지만 이 옵션은 도무지 사기라는 말밖에는 생각나지 않는 것이었다.

내가 현재 익힌 최하위 무공이 이류무공 일섬지였으나 이 일섬지조차 초일류무공, 외 3등급의 반열에 올라가게 되었고 나머지 모든 무공들은 절정이라는 지고지순한 경지의 무공이 되었다. 정말 할 말을 잊게 만드는 옵션이었으니 내가 아무리 나쁜 놈이라지만 이걸 어떻게 강제로 빼앗으리……

"하하하하! 곰탱이 친구! 자네도 잘 지내보세나!"

크르릉.

왠지… 앞으로 내 앞날에 상당히 먹구름이 낄 것 같았다. 아니, 이미 끼었구나…….

"흠……"

"……?"

여기는 객잔 안. 다시 말하지만 비상은 실제상의 리얼리티를 중요시하기에 유저라도 먹어야 캐릭터를 보존할 수 있다. 한마디로 안 먹으면 유저의 캐릭터라도 굶어 죽는다는 말씀. 뭐, 실제상으로는 그냥 생명력이 다 닳아서 죽는 거겠지만 어쨌든 실감나게니까.

그런고로, 나는… 아니, 우리는 객잔에 들어와 간단한 소면을 시켜 먹고 있는 상태다. 정확히 말하자면 난 먹고 있고 푸우는 밖에서 사람들의 신기함이 가득한 시선을 받으며 숙면을 취하는 중이고 유향운은 그냥 보고만 있다. 정말 피곤하다, 피곤해.

"왜 그래? 안 먹냐?"

"그다지 젓가락을 끌어당기는 음식은 아니로군."

"하? 그래서 먹기 싫다고?"

"나의 짧은 소견으로는 위생상으로, 영양상으로 상당한 문제가 있다고 보여지는 음식이네만."

"미치겠군."

지가 무슨 NPC야? 뭐, 저리도 가리는 게 많아? 위생상? 세상에 게임에 위생이고 뭐고가 어디 있냐. 저 녀석 정말 정신이 나가도 한참이나 나갔구먼.

난 꿋꿋이 먹지 않고 버티는 유향운을 무시하며 소면 한 그릇을 다 비웠다. 용문객잔의 주인 어르신이 만든 소면 정도는 아니지만 괜찮은 맛이었다. 다만⋯ 좀 느끼해서 탈이긴 하네. 난 소면을 다 먹고 식탁 위에 팔을 올려서 몸을 받치며 말했다.

"근데 말이야. 내가 아직도 이해가 가지 않는 게 있거든?"

"응? 무엇 말인가. 친우의 궁금증을 내가 풀어주겠네."

"왜 거기서 세력을 형성한 후 초보 사냥터를 장악한 거냐?"

"음?"

"아무리 생각하고 생각해도 이해할 수가 없단 말이야. 네가 나를 따라온 지 어느덧 이틀. 내가 조금 눈치가 빨라선지 네 성격에 대해 거의 파악할 수 있었어. 그런데 말이야. 내가 판단한 네 성격으로는 도무지 그런 일에 신경 쓸 위인 같진 않단 말이야."

이틀 동안 파악한 유향운의 성격이라면 천하태평(天下泰平) 유아독존(唯我獨尊)이다. 사소한 일에 신경을 잘 쓰지 않는다. 대충대충 넘기는 성격에다가 남의 말을 싹 무시하며 자신의 생각을 내세우는 그런 독선적인 성격도 지녔다. 쉽게 표현하자면 사오정 독재자 타입인데⋯⋯.

자기 입맛에 맞는 먹을 거 있고, 편히 쉴 수 있는 곳만 있으면 항상 생글생글 징그럽게 웃어댈 것 같은 녀석이 고작 돈 때문에⋯ 그것도 절정의 무공을 가졌으면서 고작 그런 푼돈 때문에 초보 사냥터를 장악했을 리는 없었다. 솔직히 녀석의 실력이라면 어디 레벨에 맞는 사냥터에 가서 조금만 노가다를 뛰고 오면 초보 사냥터에서 버는 것보다 배 이상은 잘 벌 테니까.

그렇다면 도대체 왜 그 지역을 장악했던 것일까? 무언가 다른 중요한 이유가 있었다면 나를 따라오기 위해 그 지역을 쉽게 포기할 수는 없지 않았겠는가. 단순한 녀석의 장난에서 우러나온 것일까?

내가 이해할 수 없다고 여긴 것은 바로 이 부분의 일이었다.

"하하하! 궁금하다는 게 겨우 그것이었나? 뭐, 그런 것을 가지고 궁금씩이나 하나. 내게 물어보지 않고. 답은 간단하네. 상부의 명령이었네."

"엥?"

"진짜야 어쨌든 간에 내게는 표면적으로나마 직속상관이란 존재가 있거든. 그 상관이 내린 명령이니 직속 수하인 내가 별 도리가 있겠는가? 따를 수밖에."

비록 내가 도를 쥐지 않고 또 전력을 다하지 않았다지만 그래도 결코 무시할 수 없을 정도의… 절정의 실력을 지닌 녀석이 누군가의 부하라고? 거참, 믿겨지지 않는 소리만 하는구먼. 그렇다고 안 믿자니 뭐 달리 생각나는 것도 없고……

만약 정말 유향운의 말이 사실이라면 그 상관이란 존재는 왜 비상에 이런 혼란을 초래하는 거지? 솔직히 비상의 전 지역에 이런 일이 일어나고 있다면 이건 결코 개개인이 벌인 일은 아닐 텐데?

"네 상……."

"아아~ 미안하네, 친구. 미안하지만 나도 내 상관에 대해선 말해

줄 수가 없어. 아니, 내가 속한 단체에 대해선 말해 줄 수가 없지. 이 사실은 정말 미안하네. 친한 친우끼리는 비밀 따윈 없어야 된다고 생각한 나지만 이건 비밀의 범위를 떠나서 결코 발설해서는 안 될 그런 일이거든. 정말 미안하네."

"아… 뭐, 그렇다면……."

저렇게 나오니 더 이상 물어볼 수도 없고 말이야……. 그나저나 전 지역에 이틀 전과 같은 일들이 발생하고 있다면 이건 정말 심각한 일이다. 비상의 새로운 사용자들을 막고 있는 셈이니……. 비상의 원초적인 순례부터 차단하는 결과를 가져오고 있는 셈이었다.

하아… 머리가 아프다, 아파. 내가 왜 이딴 생각을 해야 하느냐고.

"그만 다 먹었으면 나가지. 내가 거하게 사겠네."

"초보들 뜯어먹은 돈으로?"

"어허, 뜯어먹다니 무슨 그런 험한 소리인가. 그냥 임무 수행 중 잇따르는 부수입이라 명칭해 주게나."

"정말 무슨 말을 하겠냐, 내가."

그래도 사준다는 데 마다할 내가 아니지. 그런데 여기가 도대체 어디쯤이지? 에라이, 그냥 발길 가는 대로 가는 거지. 내가 언제 목적지랑 현재 위치 정하고 다녔나? 하아… 내가 점점 유향운의 성격에 물들어가는구나.

하남에서 떠나온 지 어느새 열흘이 되었다. 이제 와서 올라가자니 쥬신제황성의 본거지인 천진이 보이고, 그 위론 우리의 본거지인 북경이 보이니 올라가서 무엇 하리. 그래서 나와 유향운, 그리고 푸우는 아래로, 아래로 이동하기 시작했다.

근데 문제는 이놈의 유향운. 이놈은 뭐 그리도 볼 게 많은지 가는 곳 곳마다 구경하고 가자느니, 유람을 즐기자느니… 환장할 지경이다. 떼 어놓고 가자니 아이템을 물러달랄까 봐 그럴 수도 없고 말이야. 에휴~ 별수없이 볼 거 다 보고 놀 거 다 논 덕분에 우린 거우 하남에서 벗어나 호북으로 입성할 수 있었다.

물론, 그동안의 성과는 꽝! 초절정무공에 대해 아무런 단서도 얻지 못하고 있을 따름이니… 그래도 한 가지 놀라운 점이라면 무공들의 대 폭적인 성취도 증가였다. 얼마 전 익힌 광한폭뢰장이나, 초풍건룡권, 생사일보는 아직 미미한 성취에 불과했지만 이상하게도 나머지 모든 무공들이 극성 12성의 성취를 바라보고 있다.

어떻게 이런 일이 일어나는지 좀 전에 말한 세 개의 무공을 빼면 일 섬지라던가 운영각같이 익힌 지 얼마 안 되는 무공 역시 마찬가지였다. 12성이라는 마의 벽을 뚫기는 쉽지 않은지 현월광도와 축뢰공이 극성 에 오른 후로 아직 극성에 오른 무공은 없지만 초풍건룡권, 광한폭뢰 장, 생사일보를 제외한 모든 무공이 11성이라는 엄청난 성취에 오른 것이다.

"하하하. 자네, 뭘 그리 혼자 골똘히 생각하는가?"

"아무것도 아냐. 그건 그렇고 구경 다 했으면 좀 이동하지?"

"하하하! 그게 무슨 소리인가. 사내가 이런 좋은 경치를 보았으면 마땅히 주색(酒色)이 잇따라야 할 것 아닌가. 자, 어서 가세. 내 괜찮은 주루를 보아두었다네."

이런 식이다. 에휴… 현재 우리가 있는 곳은 호북의 가장 위쪽에 있 는 단강구라는 현인데 하남과 이어져 있는 호수인지 강인지 모를 거대 한 수류(水流)와 근접해 있어 보이는 거라곤 온통 물뿐. 근데도 뭐가 그리 좋은지 물 구경 한다고 난리다. 거기다가 들르는 현과 시마다 항상 이렇게 기루를 찾으니… 이번에는 나도 못 참겠다고!

"이봐, 유향운."

"왜 그러나?"

"기루 말이야, 기루!"

"흠?"

"물 좋아?"

…때로는 노는 것도 좋다. 흠.

"물론이네. 그곳의 기생들은 하나같이 절색이라더군!"

"당장 가지."

난 결국 유향운의 막을 수 없는 극도의 회유에 넘어가고 말았다. 크 윽! 무서운 놈. 하지만! 이럴 수밖에 없다고! 비록 기생들이 NPC들이 라지만 얼마나 예쁜데… 젠장, 건장한 청년이 꽃을 찾아가는 거야 당 연한 거 아니냐고!

흠흠, 뭐 그렇다는 거지.

그건 그렇고 천하절색이라니… 얼마나 예쁠까. 흐흐흐.

"미련곰탱아! 어서 가자구나!"

크르릉.

아차, 잊고 있었는데 이 미련곰탱이 푸우는 여전히 티껍다. 쑵.

난 도화주가 가득 담긴 잔을 들고는 슬쩍 유향운을 바라보았다. 정 말로 알 수 없는 녀석이다. 녀석과 지낸 지 이제 스무 날이 다 되어간 다. 현실로 십 일 정도 되는 시간인데 그런데도 녀석에 대해서 내가 알 고 있는 건 별로 없다. 고작해야 이름이 유향운이고 할 짓 없는 한량

신세랄까?

다 알려줄 것처럼 떠들다가도 진정 중요한 건 홀랑 숨기고 입을 다
무는 그런 짜증나는 타입이다. 사실 이 녀석을 달고 다니는 것에는 이
각반 외에도 한 가지 이유가 더 있었는데 현재 비상에서 일파만파로
퍼지는 사건 때문이다.

일명 사냥터 점령 사건.

예상은 했지만 하남에서도 일어났던 그 사건이 비상 전 지역에 퍼지
고 있었다. 그 주범은 대부분 비상에서 활동 중인 유저였는데 문파 단
위로 뭉쳐서 사냥터를 점거하고 있었다.

때문에 독고다이를 주장하는 여러 낭인이나 초보들이 포에버 사 측
에 항의 전화를 쏟아 붓는다지만 지금 벌어지고 있는 일은 무슨 버그
도 아니고 그렇다고 게임의 법칙에 어긋나는 것도 아니니 나설 수도
없는 게 사실이었다.

가끔 운영자가 나서서 중재를 하려 하지만 대부분의 문파는 그야말
로 운영자를 쌩 무시하는 형편.

도대체 쥐 죽은 듯 얌전하다가 비무대회가 끝나는 동시에 이런 일이
벌어지다니… 어떻게 된 건지… 아마도 그 단서는 유향운이 쥐고 있을
듯한데 쉽게 떠나게 해서야 쓰겠는가. 그래서 미우나 고우나 함께 다
니고 있는 것이다.

"효민아!"

"아… 강민 형."

난 한쪽에서 걸어오는 강민 형을 보며 그의 이름을 불렀다. 여긴 포
에버 사에서 얼마 멀지 않은 곳에 위치한 작은 야외 카페. 아니, 카페

라고 하기보다는 그냥 휴식 공간이라고 해야 하나? 어차피 커피 등의 음료만 파는 것도 아니니까.

따가운 햇볕이 내리쬐는 가운데 어느새 다가온 강민 형은 내 앞 자리의 의자를 빼서 앉았다.

"어쩐 일이냐? 네가 여기까지 다 찾아와서 날 부르고."

쩝, 그냥 그럴 수도 있는 거지 뭘 따지긴 따지는지.

"그냥."

"음?"

강민 형은 내 얼굴을 보며 이상한 눈초리를 했다. 왜 저러지?

"너 안색이 심히 나쁘다. 어떻게 된 거냐?"

"음, 그래? 아무것도 아냐. 그냥 좀 피곤해서 그래."

"최효민! 허구한 날 집에서 게임만 하는 녀석이 피곤하긴 뭐가 피곤해."

그 게임 때문에 피곤한 거라고!

아닌 게 아니라 현재 내 모습은 처참할 지경이었다. 온몸엔 힘이 하나도 없고 눈 밑에는 저주받은 다크서클이 건재했으며 살도 쭉 빠져버렸다. 흡사 무슨 큰 병이라도 앓고 있는 것처럼 말이다.

이것이 어떻게 된 것이냐 하면 바로 비상이라는 망할 놈의 게임 때문이다.

수면. 사람은 잠을 잘 때도 일정한 에너지를 소모한다. 휴식을 취하거나 멍한 상태로 가만히 있다고 해도 그것은 예외가 아니다. 다만 움직이며 무슨 일을 하는 것보다 위의 것들이 더욱 에너지 소모가 적기에 우린 편하게 느끼고 쉰다고 그러는 것뿐.

하여튼 에너지란 일정 시간마다 소모가 되는 것인데 난 요즘 그 에너지 소모가 더욱 심해졌다. 생각해 보면 예전 아르바이트를 할 때보다도 심한 것 같다. 음, 그건 아닌가? 어쨌든 지금은 그때처럼 끔찍하진 않으니까.

집에서 게임만 하는 녀석이 무슨 에너지 소모가 많냐고들 하는데 그것이야말로 천만의 말씀 만만의 콩떡!

뇌파를 이용하여 또 하나의 나로 다른 세상을 체험하는 일, 즉 가상 현실 게임. 육체적인 피로는 없더라도 직접 뇌파를 이용하는 만큼 정신적 피로가 쌓이고 쌓인다. 수면을 취할 때도 꿈이라는 몽롱한 상태의 의식으로 뇌를 사용한다지만 그것이 어찌 직접 생각하고 각 신경을 통해 육체 곳곳으로 보내는 일만 할까.

거기다가 수면 모드를 사용해도 마찬가지이다. 육체는 쉬고 있지만 정신은 쉬지 못한다. 그것은 또 다른 고통이었다. 육체와 정신의 조화가 맞지 않아 불균형이 일어나고 그것은 육체의 피로까지 가중시키는 결과를 초래하는 것이다.

어쨌든 설명은 길었지만 요즘 밤낮 할 거 없이 동에 번쩍, 서에 번쩍하며 동서남북 가리지 않고 비상의 세계를 쏘다니니 피로가 뭉쳐 과로가 온다는 말이다.

이것도 줄이자면 무지하게 피곤하다는 말.

"하아… 형이 해봐, 안 피곤한가."

"쩝. 그래, 알고 있다. 네가 피곤한 거. 아무리 수면 모드라도 진짜 잠만 하겠냐? 근데 도대체 얼마나 했기에 몸이 이 정도냐?"

음, 어느 정도더라?

"일주일에 이틀 정도 잠을 잔다고나 할까? 그것도 게임 속에서 말이야. 나머지는 모두 게임에 신경을 쏟고 있어서……."

"이런 미친 자식!"

강민 형은 내 말을 듣고는 버럭 소리를 질렀다. 주변에서 재잘재잘 깔깔대며 수다를 떨던 여자들이나 다른 사람들이 우리를 쳐다보았지만 강민 형은 개의치 않는 듯했다. 물론 난 쪽팔림에 고개를 숙였고 말이다. 험.

"아무리 시스템이 너를 관리하지 못하게 되어 있다지만 네가 적당히 알아서 해야 할 거 아니야! 게임 속 일주일 중 이틀 정도만 잠을 잔다고? 너 지금 죽으려고 환장했냐?"

음… 환장까지야…….

"하지만 이것도 다 그놈의 인공지능을 막아보자고 하는 일인데 뭐."

"그렇다고 네 몸은 생각 안 해? 네가 뭐 정의의 사자라도 되냐? 예전에는 남들 다 죽어도 너만 생각할 것 같던 놈이 왜 이래?"

"내가 그랬었나?"

진짜 그랬었나? 참 나도 각박하게 살았나 보군. 그건 그렇고 강민 형부터 말려야겠네. 도무지 부끄럽지도 않나?

"우선 진정하고 앉아. 앉아서 얘기를 해."

"야! 지금 내가 진정하게 생겼어?!"

"앉아, 좀. 다른 사람도 생각하라고."

그제야 강민 형은 씩씩거리며 제자리에 앉았다. 피곤한 건 난데 형이 왜 저리도 화를 내는 건지… 뭐, 그래도 기분은 나쁘지 않네.

"너 당장 그만둬."

"뭐?"

"비상이고 뭐고 당장 그만두란 말이야. 너한테 일 안 맡겨. 그만둬."

강민 형은 굳은 표정으로 진지하게 말하고 있었다. 형제의 성격이 어디 가겠냐고 강민 형도 진지와는 참 거리가 먼 사람이다. 가끔씩 진지해지면 무서워지는 게 우리 형제의… 아니, 우리 집안 내력이긴 하지만 그렇게 진지해지는 게 가끔씩뿐이라는 것 역시 집안 내력이다.

하지만 현재 강민 형은 진지하게 말하고 있었고 그 모습은 함부로 반발의 말을 꺼낼 수 없을 정도였다.

"알았어, 알았어. 이제 몸 관리 해가면서 할게."

"형, 장난 아니다. 그만둬."

"알았다니까! 이제 몸 관리 한다고. 그런 말 그만 해."

"최효민!"

"하아……."

난 저절로 한숨이 튀어나오는 것을 느꼈다. 도대체 나보고 어쩌라고.

"그만두면? 그럼 어쩌라고? 누가 그놈의 인공지능을 막을 건데?"

"그건 내가 알아서 한다."

"하! 알아서 한다고? 어떻게 할 건데? 군대라도 끌고 가서 천추십왕 싹쓸이하면 일이 다 해결되는 줄 알아?"

절대 그렇겐 안 된다. 천추십왕 역시 만만한 적이 아니지만 따지고 보면 그들의 창조자는 바로 인공지능. 약간의 위험만 감수하면 그들 정도는 언제든지 만들어낼 수 있는 놈이 바로 인공지능이다.

그런데 변변찮은 고수도 없는 운영자 측에서 어쩌겠다고.

"후우… 어쨌든 그만둬라. 지금 이 상태라면 너 정말 위험해."

"알아, 안다고. 누가 모른데? 안 그래도 좀 휴식이나 취해볼까 해서 여기까지 와가지고 형을 불렀더니 이게 뭐야? 기분만 나빠졌잖아."

"이 자식아! 난 지금 너를 생각해서 하는 소리라고!"

"안다고! 나도 나를 생각해서 하는 행동이야. 만약 비상이 망하면 내 게임비 날리고 형이 망하는 정도로 이 일이 끝나진 않아. 내 가게도 망한다고. 남한테 맡겨놓고 멍청하게 기다릴 바에야 차라리 내가 해결해서 내 가게를 살리고 말겠어."

비상이 망해 버려 아무런 메리트도 없는 그런 가게를 누가 찾겠어? 내가 남을 위한다고? 웃기지 말라고 그래. 남 역시 무시할 순 없지만 가장 중요한 건 바로 나 자신이야. 내가 내 가게를 살리겠다고 그러는데 정의의 사자 좋아하시네. 아… 흥분했더니 힘이 쭉 빠지네. 확실히 앞으로는 좀 줄여야겠어.

"어휴! 그놈의 고집하고는."

"형도 만만치 않거든?"

"그렇다면 당분간, 당분간만 좀 쉬어라. 그래, 일주일. 일주일 푹 쉬다 보면 몸 상태도 괜찮아질 거고 그 다음부터는 몸 관리를 하면서 해도 될 거야. 지금 네 몸 상태는 원래라면 접속을 하지도 못한다고. 그놈의 버그만 아니었으면 말이야."

일주일이라… 너무 긴데?

"형……."

"그만. 여기까지다. 일주일. 더 이상은 안 돼. 안 그러면 내가 군대를 끌고 가서 천추십왕을 죽이는 게 아니라 네 캐릭터를 죽여 버릴 거다."

"큭!"

제법 강하게 나오는데? 쩝. 별수없나? 저렇게까지 말하는데 별수없잖아.

"좋아. 일주일 동안 아주 푹! 쉬어주지. 대신 오늘은 들어가야겠어.

캐릭터 마지막 점검도 하고 푸우나 뭐 그런 놈들도 보살펴야 하잖아."

"잠깐이다?"

"그래, 잠깐."

"하여간에 넌 어릴 때나 나이를 먹어서나 사람 걱정하게 만드는 데 뭐 있는 인물이야."

"그게 내 매력 아니겠어?"

"매력은 얼어죽을."

크흠, 솔직히 내가 말해 놓고도 좀 쪽팔리고 찔린다. 크윽! 내가 왜 그런 말을 했지? 아악! 한마디의 말이 나를 좌절 속으로 집어넣는구나……. 이제부터 좀 자제를 하자.

"그나저나 진짜 왜 부른 거야?"

내 말을 발바닥으로 들은 거야? 어? 그런 거야? 라고 말하고 싶지만 그랬다가는 왠지 보복이 있을 거 같아서 그러진 못하겠고. 뭐 나는 그냥 사람 불러내면 안 되나?

"말했잖아. 그냥이라고."

"그냥? 하! 네가? 할 일 없이 이리저리 왔다 갔다 하는 걸 제일 싫어하는 네가?"

그, 그거야 그렇긴 하지만! 어찌 되었든 간에 그럴 수도 있는 거지!

"사람은 변하는 거야!"

"과연?"

난 거센 항변을 했지만 강민 형은 여전히 못 믿겠다는 눈초리로 날 바라보았다. 크, 크윽!

"사실은 물어볼 것도 좀 있고 해서, 겸사겸사……."

"네가 그럼 그렇지."

강민 형은 나에 대해서 너무 잘 알고 있어. 당장 실수에게 청부를 넣어야겠군!

그나저나 나… 왜 이러지? 예전에도 이런 증상이 없었다고는 말 못하겠지만 요즘 따라 좀 심각해져 가는 것 같군. 흠흠, 자제하자. 자제! 최효민! 넌 자제를 해야 해!

"그 물어볼 게 뭔데?"

거참, 성미도 급하지. 뭐 나도 빨리 처리하는 게 좋긴 하지만.

"형도 알고 있는지 모르겠지만 우선 내 캐릭터 무공 성취도의 비약적인 상승에 대해서 설명해 줘. 다중으로 무공을 익히고 있을 때는 성취도가 느려야 정상일진대 어떻게 된 건지 무공들이 정상이 아닌 속도로 상승하고 있어. 이것도 버그야?"

"아, 그거 말이구나? 그건 별거 아니야."

별거 아니라고? 그게 별거 아니면 뭐가 별건데? 라고 태클을 걸고 싶군. 흠.

내 마음이야 어찌 되었든 간에 내 마음을 꿰뚫어 보지 못하는 강민 형의 설명은 계속되었다.

"넌 축뢰공이라는 절정심법과 현월광도라는 절정도법을 극성까지 올렸어. 그렇지?"

"그렇지."

이건 나라서 자랑하는 게 아니라 절정무공을 두 개나 극성까지 올리기 쉬운가? 크흠! 역시 난 대단해.

"거기서 바로 이런 현상이 일어난 거야. 절정무공은 분명 초절정무공을 빼면 비상에서 가장 강한 무공이라 할 수 있어. 그만큼 익히기도 어렵고 극성까지 올리기는 더욱 어렵지. 그래서 생각한 게 옛 무협의 이치를 따오자라는 거야. 대종사에 이를 정도로 엄청난 무공을 가지고 있는 사람은 그만큼 하위 무공에 대한 이해도 빠르고 심지어는 그 이치까지 바로 깨닫기도 하지. 그걸 적용시킨 거야. 절정무공 두 개 이상을 극성까지 익혔을 시, 이하 무공의 성취도 속도 상승이라는 것을 말이야."

흐음… 그렇다면 이해가 가는군. 하긴 무협 소설을 보면 아무리 같은 무공을 익혀도 이미 무공에 대해 깊은 이해와 실전을 가지고 있는 사람이 그렇지 못한 사람보다 훨씬 그 무공을 빨리 익히니까. 그런데 이하 무공이라면 절정무공도 포함된다는 건가?

"이하 무공이라면 절정무공도 포함된다는 거야?"

"그렇지. 다만 그 밑의 무공들보다는 속도가 늦을 뿐, 다중으로 익히고 있어도 하나만 익히고 있을 때보다 오히려 약간 더 빠른 정도지."

그런 좋은 게 숨겨져 있었다니! 그럼 아무런 이상도 없다는 거지? 정상이라는 거네? 크흐흐흐, 어쨌든 간에 간만에 왕건이(?)를 건진 느낌이군.

"이거 물어보려고 여기까지 온 거냐?"

"아아, 기다려 보라고. 난 아직 남았어."

"그래그래, 다음은 뭐냐?"

"현재 비상에 급속도로 퍼지고 있는 지역 다툼."

"으음."

내 말에 강민 형은 낮은 신음을 흘렸다. 현재 비상에서 가장 문제로 떠오르고 있는 지역 다툼은 유향운을 만나게 된 계기라 할 수 있는 그 사건들을 말하는 거다. 누구의 소행인지는 알 수 없지만 각 비상 커뮤니티 사이트에서조차 거론되고 있으며 현재 가장 많은 불평 불만을 만들고 있는 사건.

"각 거대 문파를 제외한 작은 중소 문파들이 싸움을 일으키고 있는 걸로 알고 있어. 예전부터 그런 싸움이 없진 않았지만 요즘은 아예 대놓고 싸우니… 피해를 입는 건 무소속의 사람들과 단순한 친목 목적의 문파들뿐이야. 여기에 운영자 측은 어떻게 할 생각인데?"

"으음, 사실 그 문제는 아직 거론되길 꺼려하는 시점이다. 우리야 당장 나서서 금지하고 싶지만 그렇게 되면 그것이 중점으로 거론될 우려가 있고 그것은 저 위에서 명령을 내리는 분들이 바라지 않아. 적어도 자기들에게는 피해가 오지 않기를 바라는 거지."

어디를 가든 그놈의 위에 놈들이 문제다. 물론 전부 나쁘다는 말은 아니지만 정치가들은 정치를 잘하고 회사 경영자들은 경영을 잘해야지 끝까지 자신의 이익만을 추구한다. 물론 그것이 나쁘다는 것은 아니지만 그렇다고 칭찬할 정도는 아니다.

"아직은 보류 상황이다. 하지만 조만간 크게 터뜨릴 거야. 비상의 법으로 그 다툼을 금지하고 안 되면 무력 행사라도 해야지."

상당히 거친 방법이긴 하지만 사람들은 뭘 보여줘야 그것을 믿으니 땅에 떨어질 대로 떨어진 운영자 이름의 무게를 다시 각인시켜 주는 것도 좋은 방도다.

그건 그렇고 그럼 본론으로 들어가 볼까?

"사실 말이야, 내가 그 사건에 대한 실마리를 잡은 거 같아."

"뭐?"

"내가 얘기했잖아. 얼마 전 그 사건을 일으킨 주범 한 명과 같이 다닌다고. 그 녀석의 말로는 자신의 상관이 시킨 일이라고 해. 그 말은, 즉 커다란 단체가 이 일을 진행시키고 있고 그럼으로써 그 단체에 이익이 돌아간다는 거겠지. 아직 그 이익이 뭔지는 알 수 없지만……"

"아직 우리의 영향력에서 벗어나지 않은 거대 문파 중 이익이 돌아오는 문파들을 최우선으로 조사해 보면 된다는 이야기로군."

"그렇지. 그리고 유향운이란 이름의 녀석에 대해 조사해 줘. 녀석은 더 이상 말하지 않으려고 하지만 현재로선 그 녀석이 가장 큰 열쇠를 쥐고 있어."

"알았다."

내 말에 강민 형은 고개를 끄덕이며 말했다. 하아… 인공지능 때문에 안 그래도 불안한 이때, 이런 일이 터지다니… 정말 젠장이로군.

강민 형과 얘기를 끝마치고 집으로 돌아온 나는 우선 비상에 접속하여 약 이 주일간 못 들어온다고 말을 했다. 물론 그전에 체력과 생명력 등을 빵빵히 채워놓는 것도 잊지 않았고.

유향운은 걱정 말라고 했지만 아무래도 녀석을 보니 어디 놀러라도 다닐 심산이다. 차라리 제발 그랬으면 좋겠어. 가서 오지 말라고 말하고 싶다만 말해서 들을 놈도 아니고 그냥 그러려니 한 나는 곰탱이를 살짝 째려봐 주고는 다시 침상에 몸을 뉘었다.

째려봐 준 이유? 그야, 내 몸 잘 지키라는 뜻에서지.

푸슈우웃!

난 캡슐에서 빠져나와 옆으로 데굴데굴 굴러 침대에 몸을 가져갔다. 음, 오늘따라 참 많이 눕네.

"하아… 피곤해, 피곤해. 우선 잠 좀 자자."

왠지 잠도 엄청 많이 자는 거 같다.

◆ 비상(飛翔) 서른아홉 번째 날개

중첩되는 일과

비상(飛翔) 서른아홉 번째 날개 중첩되는 일과

젠장! 빌어먹을! 젠장! 빌어먹을!

이 순간 내 입에서 터져 나오는 건 걸쭉한 욕뿐이요, 내 가슴속을 채우는 건 뜨거운 분노뿐!

끄억! 강민 형!

난 주체하지 못할 정도로 끓어오르는 분노에 뒷목이 뻣뻣해짐을 느꼈다. 휴, 릴렉스. 릴렉스. 마음을 가라앉히자. 최효민! 이럴수록 손해는 너뿐이야.

"하아, 하아."

크게 심호흡을 하며 안정을 취하려 하자 조금씩 마음이 가라앉는 것을 느꼈다. 좋아, 좋아. 마음도 진정시켰겠다, 좀 생각을 해보자고. 오랜만에 옛 국어 실력을 살려서 천천히 정리해 볼까?

일의 발단? 강민 형을 만난 거지. 정확히 말하자면 내가 비상을 시작한 거고, 더 정확히 말하자면 강민 형과 인연을 맺은 거, 더 정확히 말하자면 내가 이 세상에 태어난 거 등등, 이대로 가다가는 지구 탄생론까지 읊어야 할 것 같으니 이쯤에서 타협을 하자고. 어쨌든 내 주변에서 일어나는 모든 악의 원흉과 근원은 전부 그 인간 때문이야!

후우, 진정하자. 그럼 두 번째는 전개. 내 모습을 본 강민 형이 깜짝 놀란 거겠지? 음, 왠지 내 국어 실력이 볼품없이 느껴지는군. 크흠, 넘어가자고! 절정. 일단의 말다툼. 비상에 대한 이야기겠지. 적당한 선에서 타협을 했다고 생각했는데 거기에 복선이 깔려 있었을 줄은…….

위기. 집에 도착해서 쉬고 있는 내게 걸려온 한 통의 전화. 크윽! 아무리 위기라지만 그때 전화를 씹어야 했었는데……. 마지막 대망의 결말. 쉬는 동안 약속을 지키라는 강민 형의 짧은 메시지. 그때는 이해 못했었지만 잠시 후 걸려온 그녀의 전화로 나는 모든 것을 떠올리고 말았다. 빌어먹을!

이 한 편의 장대한 서사시의 주제는 뭘까? 강민 형에게 살수를 파견하자는 것으로 의견을 모을 수 있겠군. 아니면 내가 직접 쳐들어가던지.

"하여간에 강민 형, 걸리면 죽었어!"

어느새 나의 목소리엔 가라앉았다고 생각한 진하고 뜨거운 분노가 가득 담겨 있었다. 끄어어어어!

"휴우… 또 이런 전개인가?"

정말 한숨만 나온다. 평생 여자 복은 지지리도 없을 거 같던 내가 어떻게 이런 사태에 빠졌는지…….

난 한숨을 내쉬며 새벽의 이슬을 머금고 차가운 금속의 감촉을 내는

XI—3에 손을 가져다 대었다. 도대체 이런 새벽에 뭘 구경할 게 있다고 말이야.

그렇게 한참을 투덜거리고 있을 때, 저 멀리서 누군가 뛰어오는 모습이 내 시야에 잡혔다. 음, 게임을 너무 많이 했더니 내 표현이 이상해졌어.

살짝 웨이브가 져 있음에도 허리까지 내려오는 갈색 머릿결이 찰랑거리고 환한 미소와 아름다운 얼굴을 살짝 가린 뿔테 안경이 인상적인 그녀, 바로 포에버 사 비상 개발 계획 팀 부이사장 진사혜, 그녀였다. 그리고 강민 형이 말했던 약속이란 도시 구경을 시켜주는 것.

크윽! 난 분명 약속을 지켰음에도 서인이에게 말해 버린다는 강민 형의 끈질긴 협박 등, 갖은 수를 동원함에 결국 한 번 더 약속을 하고 말았던 것이다. 그 결과 내가 지금 이 이른 새벽, 여기에 나와 있는 거고. 젠장!

"하아, 하아. 많이 기다리셨어요?"

"아, 저도 조금 전에 도착했습니다."

여기까지 뛰어왔는지 거친 숨을 몰아쉬는 그녀의 이마엔 조금이지만 구슬 같은 땀방울이 맺혀 있었다. 그런데도 살짝 미소를 짓는 그녀는 새벽녘 햇빛이라는 조명에 힘입어서인지 매우 아름답게 보였다. 흠흠, 효민아, 왜 이래! 넌 서인이가 있잖아!

그녀와 잠시 인사를 나눈 뒤 난 그녀에게 헬멧을 건네었다.

"자, 가시죠. 근데 어디를 가시기에 이런 이른 아침부터?"

"아침부터 나오시게 해서 죄송해요."

그녀는 내 말에 허리를 숙이기까지 했다. 헉! 이러면 내가 미안해지잖아!

"아, 아닙니다. 그런 뜻으로 한 말이 아니에요."

"후후후, 알고 있어요. 웃차! 자, 우선 가요. 가면서 말해 드릴 테니까요."

그녀는 바이크에 올라서 헬멧을 쓰며 그렇게 말했고 나도 별수없이 바이크에 올라 헬멧을 썼다.

좋아, 우선 가볼까?

이번에도 우린 서울을 벗어났다. 쩝, 도시 구경이라고 했으면서 왜 서울을 벗어나는 건지… 하는 생각도 들었지만 그 이유를 선뜻 물어볼 순 없었다. 그것은 내게 목적지의 지리를 말하는 그녀의 미소가 왠지 슬퍼 보였다는 착각 때문인지도 몰랐다.

어쨌든 그렇게 바이크를 달려 도착한 곳은 서울의 서쪽에 위치한 제법 큰 강이었다. 물론 한반도의 중심부부터 이런 큰 강이 나올 수 없었기에 인공 제방과 댐을 쌓아 만든 강임을 어렵지 않게 예상할 수 있는 곳이었다.

아직 이른 시간임에 강물 위로 어슴푸레 깔린 옅은 안개와 그 안개 밑으로 조금씩 빛을 발하는 강물. 그 강물 주변으로는 이름 모를 풀들이 무성히 자라고 있었다. 또한 인공적으로 만든 작은 길들이 이 주변을 산책로로 이용할 수 있음을 알려주고 있었다.

사실 이 강은 한 회사에서 서울의 관광 산업 과포화로 인해 그 눈길을 돌릴 만한 곳을 찾다가 강을 이용한 휴식 공간을 만들자는 시도로 공사를 시작했는데, 오래가지 않아 회사는 부도가 나버리고 강은 그대로 방치되게 되었다.

그러던 중 자연을 오염시킨다는 주민들의 항서에 국가에서 나서 간신히 복구시킨 것이었는데, 마케팅과 여러 산업 요건이 부족하여 결국 사람들의 기억 속에서 묻혀 버린 비운의 강이었다.

하지만 그런 강이라도 그럴싸하게 꾸며놓았기에 제법 뛰어난 경관을 자랑하기는 했지만 그것만으로 그녀의 이런 반응이 나올 수 있을까?

부이사장 진사혜. 애써 숨기려는 기색이 역력했지만 순간 스쳐 보이듯 고개를 돌리는 그녀의 모습에서 두 눈동자 아래로 작은 물방울들이 고여 있는 것을 볼 수 있었다.

그녀는… 울고 있었다.

"하아… 공기 참 좋네요."

왠지 모르게 느껴지는 어색함을 물리치려 내뱉은 말이지만 그녀는 내게 침묵으로 답할 뿐이었다.

도대체 이곳에서 무슨 일이 있었던 것일까? 단순히 이런 강을 보기 위해서라면, 조용하고 경치 좋은 곳을 가고 싶었다면 굳이 여기까지 나올 필요도 없었다. 서울 안에 인공적이긴 하지만 그런 장소야 충분했으니까. 뭐, 이곳도 인공적이니 오히려 그쪽이 나을 것이었다.

그녀도 그런 사실을 모르지 않겠지만 굳이 이곳을 택했다. 아니, 그 말보다는 마치 잘 아는 곳을 찾아오기라도 한다는 듯, 내게 이곳의 지리까지 상세히 설명해 주는 열성을 보였다. 꼭 와야 한다는 그런 뜻이 담긴 듯한.

그녀는 약간 도도해 보이는 평소 인상과는 달리 넋을 잃고 흘러가는 강물을 지켜보고 있었다.

왜 하필 이곳인가? 어릴 때 유학을 가서 얼마 전 돌아온 그녀가 이쪽 지리를 어떻게 이리도 상세히 알고 있을까? 또 왜… 눈물을 흘렸을까?

난 눈 깜짝했다는 말로 표현할 수 있을 정도로 짧은 시간 동안 수많은 궁금증이 생겼지만 그것을 그녀에게 물어보지도, 그렇다고 머리를 쥐어 싸매고 궁금증에 괴로워하지도 않았다.

무슨 사정이 있겠지.

그래, 사람이란 나름대로 남들이 모를 그런 사정이 있는 것이 당연했고, 나만 해도 그렇다는 것을 예로 들 수 있었다. 그런데 그녀라고 해서 그런 사정 하나가 없을까? 그 사정이 무엇인지는 몰라도 가슴에 묻어두고 싶은 것은 묻어두는 것이 최선의 선택인 것이다. 그게 좋은 것이든, 나쁜 것이든, 기쁜 것이든, 설사… 슬픈, 가슴이 아릴 정도로 슬픈 것이든.

난 그녀에게서 시선을 거두고 흐르는 강물을 보았다. 어떤 방법을 쓴 것인지는 몰라도 강물은 잔잔히 흘러가고 있었다. 내가 알기로 이 강물은 황해까지 이어지도록 되어 있었고 그렇다면 상류 격인 이곳의 물살이 결코 잔잔할 수 있을 리 없었는데 모든 법칙을 깨고 강물은 천천히, 천천히 흘러갔다.

그때 그녀에게서 작지만 또렷한 말소리가 새어 나왔다.

"그렇죠?"

"네?"

앞부터 중간까지 다 잘라먹고 대뜸 '그렇죠?'라고 되묻는 그녀의 엉뚱한 행동에 내가 잠시 어리둥절해하자 그녀는 하염없이 강물만 바라보던 시야를 돌려 나를 바라보았다.

어느새 그녀의 눈가에는 이슬기가 조용히 걷혀 있었고 왠지 약간 어색하긴 하지만 입가에는 작은 미소가 걸려 있었다.

"공기가 좋다고 말씀하셨잖아요. 여기 공기가 참 좋아요. 그렇죠?"

"아!"

난 그제야 그녀의 의도를 알 수 있었다. 조금 늦은 감이 없지 않지만……. 쩝, 하지만 내가 그 말을 꺼낸 건 아까라고. 지금 와서 그에 대한 답을 하면 그 물음과 답을 어떻게 유추해서 최상의 답을 발표하란 말인 건데?

그렇게 마음속으로 작게 투덜거리고 있을 때, 잠시 침묵을 지키던 그녀에게서 다시 말이 이어져 나왔다.

"여긴 정말 오랜만이에요."

"제가 알기로 아주 어렸을 때 미국으로 유학을 가셨다던데 이곳에 와보신 적이 있습니까?"

그녀의 나이를 들어 생각해 볼 때 유학을 가기 전에도 아주 어리긴 했겠지만 보호자가 있다면 이곳에 오지 못할 나이는 아니다. 다만 왜 왔냐는 건데…….

내가 알기로 이곳이 공사가 완공되고 지금처럼 제법 그럴싸하게 바뀐 건 그녀가 미국으로 떠난 뒤라는 말씀. 완공되지도 않은, 자연 경관이 그리 썩 좋지 않았을 그때, 어릴 적 추억이 이런 곳에서 생겼다는 건 아무래도 납득할 수가 없단 말이야.

하아… 모르겠다. 내가 언제부터 남에게 신경을 썼다고……. 그냥 무념무상에 이르도록 하자.

난 무념무상을 떠올리며 다시 열리는 그녀의 입술을 바라보았다.

"네, 딱 한 번이지만 와본 적이 있어요."

"딱 한 번 와봤는데 이 주변 지역이며, 환경 등등을 그렇게 생생히 기억하시다니… 역시 천재는 다른 거군요. 주변 지형도 많이 바뀌었을 텐데……."

내가 천재를 운운하며 말을 꺼낸 것은 왠지 침체된 분위기를 살려보고자… 즉, 순전히 웃자고 꺼낸 말이었지만 그녀에게는 전혀 우습지 않았나 보다.

입가에 미소를 짓고 있긴 했지만 그것은 우습다는 뜻의 미소가 아니라 뭔가 추억을 회상하고 있었을 때의 그것이었기에 그것이 웃음과 연관되지 않는다는 것 정도는 누구나 알 수 있을 것이다.

쩝, 사실 내가 생각해도 전혀 웃기지 않으니… 젠장! 못 웃겨서 정말 미안하다. 그런데 내가 지금 뭔 소리를 하는 거지?

"아뇨, 천재나 그런 것 때문이 아니에요. 단 한 번의 방문이었지만 전 그때를 절대 잊을 수 없을 거예요. 바로… 제 부모님의 유골을 흙탕물이 되어 흐르는 이 강물에 뿌리던 날이었으니까요."

에? 이건 또 웬 귀신 씨나락 까먹는 소리야?

참, 오늘 내가 아는 게 많이 나오기는 한데, 어쨌든 내가 알기로 부이사장의 아버지인 포에버 사의 이사나, 그 부인인 부이사장의 어머니는 좋은 걸 엄청나게도 많이 먹어서인지 삼십대보다 더 팔팔하다던데…….

"호호, 역시나 무슨 말인지 모르겠다는 표정이군요. 아마 지금 생각하시는 분이 회사의 중심에서 활기차게 일하시는 이사… 즉, 제 아버지와 어머니겠죠? 후후, 물론 그분들은 정정하세요. 하지만 그분들께서 절 키워주셨다면 절 낳아주신 부모님도 따로 계시거든요."

부이사장의 말을 종합적으로 생각해 보았을 때 결론은 그녀가 입양이 되었다는 것? 포에버 사의 금지옥엽인 그녀가 입양되었단 말이야?

그건 그렇고 사회에 알려지면 그리 좋을 것도 없는 얘길 왜 나에게 하는 거지? 서, 설마 내가 믿음직스럽다든가 하는 이유에선 아니겠지?

내가 생각해도 나에게 믿음직한 구석이라고는 요만큼도 없는데 날 믿다니… 지나가던 푸우가 웃을 일이로군.

…그나저나 왜 갑자기 비참해지는 거지?

"친부모님께선 제가 세 살 때 돌아가셨어요. 일가 친척이라고는 네살 많은 오빠가 전부였기에 우리는 고아원으로 보내졌죠. 고아원에 들어가기 전, 새하얀 뼛가루가 되신 부모님을 우린 이곳에 뿌렸어요. 세상 많은 곳을 둘러보시라고 흘러가는 물에 뿌려 드리고 싶었는데 그게 허용되는 곳이 여기밖에 없었죠. 그래서 공사도 미완공된 삭막했던 이곳에 두 분을 뿌려 드렸던 거예요."

환경 오염으로 구 서울에서 신 서울로 수도를 옮긴 후 정치인들은 환경에 신경 쓰는 척이라도 해야 했기에 많은 금제를 걸었다. 그중 하나가 바로 화장을 한 뼛가루를 아무 곳에나 뿌릴 수 없다는 것. 서울을 포함한 서울 근접 지역에선 단 두 곳밖에 뼛가루를 뿌릴 수 없도록 규제를 해버린 것이다.

많은 공간을 차지해 가격이 비싼 묘를 세우거나 납골(納骨)을 하는 것을 아직 열 살도 안 된 고아 두 명이 할 수 있을 리 없었을 테고, 심지어 서울 주변 지역에서 단 두 곳밖에 존재하지 않는 뼈를 뿌리는 곳도 돈을 내야 가능했기에 그들은 공사의 진행 유무가 나지 않아 거의 폐허가 되어버렸던 이곳에 뼛가루를 뿌릴 수밖에 없었을 것이다.

내가 그런 상황을 유추해 보고 있을 그때, 걷혔다고 생각했었던 이슬방울들이 다시 그녀의 두 눈동자를 촉촉이 적시고 있었다.

"이곳에 두 분을 뿌리고 고아원으로 향할 때 전 이곳을 가슴에다 새겼어요. 잊지 말자. 다시 돌아오는 거다. 절대 잊으면 안 돼. 그러기 위해선 이곳의 굴러다니는 돌멩이 하나하나까지도 뇌리 속… 아니, 가슴속 깊숙이 새겨 넣자……."

마치 독백을 하듯 점점 목소리가 잦아드는 그녀의 모습에 나 역시 눈시울이 붉어지는 것을 느꼈다.

"두 달 후 전 지금의 부모님께 입양되었고 곧 그분들의 뜻에 따라 미국으로 이민을 갔어요. 그렇게 마지막 가족이었던 오빠와도 이별하게 되었죠. 미국에서 지내다가 부모님은 먼저 귀국하시고 전 그곳에서 더 공부를 하다가 얼마 전에야 귀국했죠. 그리고 오늘에서야 이렇게 부모님을 다시 찾아뵙게 된 거예요."

그 말을 끝으로 그녀는 흘러내리려는 눈물을 가슴속에 삼키려는지 말을 멈추었다.

진사혜… 그녀도 힘든 나날을 보내왔구나. 그렇게 살아왔구나.

눈물을 삼키며 다시 강물을 바라보는 그녀의 모습에 나 역시 부모님을 보고 싶다는 생각이 떠올랐다.

이제 다시는 볼 수 없는 그분들. 하지만 영원히, 영원히 내 가슴속에서 살아 숨 쉬며 나와 함께할 그분들. 그분들이 오늘따라 유난히도 몹시 그리워졌다.

난 아무 말 없이 속으로 눈물을 삼키고 있을 그녀에게로 다가갔다. 내게 이럴 자격이 있을지 알 수 없지만… 왠지 이래야만 할 것 같다.

난 그녀를 내 품속 깊숙한 곳으로 끌어당겼다.

"……!"

내 갑작스런 행동에 그녀는 당황한 듯했지만 날 밀쳐 내지는 않았다. 그녀의 머릿결이 느껴지는 손에 더욱 힘을 주며 난 입을 열었다.

"그리움이란 누구도 감히 이길 수 없는, 가슴속의 모든 감정들이 떠나 버려도 마지막까지 남을 기쁨과 아픔이라고 합니다. 사람은 평생 누군가를 그리워하며 살아가는 것이기에 그렇다고 하더군요. 그 그리움이 너무나 아파서, 힘들어서, 견디지 못하겠으면 울어버리세요. 적어도 지금 당장은 제가 그 눈물을 받쳐 그리움을 덜어드릴 테니까요."

"…흑, 흐윽……."

이내 품속에 안긴 그녀에게서 진한 그리움이 담긴 슬픈 선율의 연주가 흘러나오기 시작했다. 그렇게… 슬픈 연주가 시작되었다.

슬픔의 멜로디는 하늘까지 갈 수 있겠지. 저 하늘 높이높이, 아주 높은 곳까지 퍼지는 것이 어렵고 힘이 들면 이 흐르는 강물을 타고 세상 끝까지, 하늘 저 높은 곳까지 흘러가겠지.

이 강물… 영원했으면 하는 생각이 들었다. 하늘 끝까지 그녀의 그리움이 닿을 그날까지…….

그녀가 눈물을 그친 것은 잠시간의 시간이 지나서였다. 마치 지금까지 쌓아두었던 모든 슬픔을 다 터뜨려 버리기라도 하듯 그칠 줄 모르던 그녀의 눈물이 조금씩 줄어들어 갔고 이내 그녀는 마음을 진정시켰는지 내 품속에서 떨어졌다.

"미안해요, 못난 꼴 보여서."

"사랑하는 사람을 그리워하는 모습이 못난 모습이라면 사람들은 항상 얼굴을 찌푸리고 살아야 할 겁니다. 보이는 거라고는 모두 못난 모습뿐일 테니까요. 차라리 제겐 한 쌍의 연인이 사랑 싸움하는 것이 더욱 못난 모습으로 보입니다. 질투나잖아요."

"푸홋!"

오! 이번엔 통했다!

한 번 좌절을 겪었던 나의 개그 실력이 드디어 제대로 빛을 발하는지 부이사장은 살짝 웃음을 터뜨렸다. 역시 실패는 성공의 어머니였어!

…크흠, 진정하자.

내가 혼자서 미친 짓을 하고 있을 때, 그녀의 시선은 다시 강을 향해 있었다. 하지만 아까 전과는 달리 깊은 슬픔이 남아 있지 않은 순수한 그리움이 그녀의 두 눈동자에 가득했다.

그렇게 시간이 지나고 그녀는 언제 울기라도 했냐는 듯 입가엔 작은 미소가 걸려 있었고 평소의 약간 도도해 보이기까지 하던 자신만만한 그녀로 돌아와 있었다.

"이제 됐어요."

"대화는 끝나셨나요?"

"네?"

"그분들과의 대화 말입니다. 나눌 말이 많을 것 같은데……."

그분들이란 당연히 고인이 되신 부이사장의 부모님을 뜻하는 말이다. 내 말에 잠시 어리둥절한 표정을 짓던 그녀는 이내 표정을 풀었다. 그녀도 내 말의 의미를 눈치 챈 것이다.

"나눌 말이야 사흘 밤낮이 꼬박 걸려도 모자랄걸요? 그래서 시간을 두려구요. 시간을 두고 찾아와 못다 한 얘기를 하려구요. 그동안 용기가 없었을 뿐이지 이제 시간이야 충분하니까요."

그녀의 대답에 난 싱긋 미소를 지어주었다. 그런데 곧 이어지는 말에 난 점점 불안함을 느껴야 했다.

"게다가 이렇게 든든한 운전기사도 있는걸요?"

"네?"

우, 운전기사? 그건 날 말하는 건가? 헉!

"왜, 싫어요? 아까는 필요할 때 언제든지 부르라면서요."

이 아가씨야, 내가 언제! 커억! 이젠 내가 했던 말을 각색해서 새로운 말을 만들어내는구나. 혹시 이러다가 나중엔 내가 했던 말과 그녀가 한 말이 헷갈리는 기억의 혼재가 일어나는 거 아냐? 심히 걱정되네…….

"하하하, 오늘이야 몰랐다지만 제가 이런 자리에 끼는 것도 왠지… 방해하는 것 같고……."

"다른 운전기사를 데려와도 다를 게 없잖아요. 부모님께서도 익숙하신 분이 좋을 거고 말이에요. 설마 운전도 못하는 저더러 이곳까지 혼자 오라는 건 아니겠죠?"

"끄응……."

이, 이거 빼도 박도 못하게 생겼잖아. 여기서 또 거절하면 나만 나쁜 놈 되는 거야. 크윽! 부이사장도 강민 형에 못지않은 고수였어…….

돈도 많은 사람이 그 운전기사 고용비와 기름 값 아끼려고 날 이렇게 옭아매다니… 역시 옛말은 하나도 틀리지 않았어. 있는 사람이 더하다는 말. 그런데 이게 옛말 맞나? 헷갈리네.

"싫다면 어쩔 수 없지만……."

"휴, 아닙니다. 이곳에 오실 땐 부르세요. 제가 시간이 되는 대로 특급 오토바이 운전술을 뽐내 드리겠습니다."

"후후, 고마워요."

오늘도 난… 인력을 착취당하고 말았다. 아, 무서운 세상이여…….

내가 그렇게 한참이나 좌절하고 있을 때 그녀에게서 솔깃한 소리가 흘러나왔다.

"그럼 이만 가요. 서울에 도착하면 점심 시간일 테니 점심은 제가 비싼 걸로 쏠게요."

"크흠, 원래 여성에겐 돈을 내게 하지 않지만, 그렇게 원하신다면…
뭐 어쩔 수 없죠. 자, 가시죠."

날 욕하지 마라. 이렇게 해서라도 일당을 충족시켜야 하는 내 가난
뱅이 근성이 빛을 발할 뿐이니까. 크흠, 진짜다. 믿어달라고!

다시 한 번 운전기사가 된 나에게 부이사장이 요구한 곳은 서울 안
의 번화가였다. 서울에서 사람들의 활동이 가장 원활한 번화가를 꼽으
라면 여러 군데가 있겠지만 그중에서도 대표적인 곳을 뽑으라면 바로
이곳, 서울 제일의 번화가 유로(流路)이다.

내 카페가 세워진 곳도 서울에서 다섯 손가락 안에 들 정도의 번화
가이긴 하지만 애초에 신 서울을 세울 때, 모든 유흥 산업들을 모으고
또 모아 만든 곳인 유로에 비할 바는 아니었다.

특별히 관광의 명소 같은 건 없지만 대한민국 전국의 사람들이 인정
하는 명실상부 한국 최고의 번화가가 바로 이 유로인 것이다.

가히 없는 게 없을 정도로 풍부한 유흥거리가 존재하는 것이 유로를
최고의 번화가로 만드는 것에 큰 몫을 하긴 했지만 그것이 전부는 아
니었다.

또 하나, 빠뜨릴 수 없는 이유가 있었으니 바로 세계 1위 기업 프로
스트 사와 2위 기업 자이언트 사를 바짝 추격해 가는, 세계 3위이자 한
국 최고의 기업인 브라운 사의 총점이 유로에 버티고 있는 것이 그것
이었다.

브라운 사는 한 가지 사업이 아닌, 다방면으로 가리지 않고 사업을
확장했고 때문에 유흥 산업에도 많은 힘을 쏟고 있었다. 덕분에 브라
운 사의 것이라 해도 좋을 정도로 유로 대부분의 유흥 산업은 브라운

사의 관할 하에 있었고 브라운 사의 자금력을 바탕으로 유로는 더욱더 발전되고 있었다.

그런데 한 가지 아이러니한 것은 모든 분야에서 국내 최고라고 외치던 브라운 사가 유난히 게임 산업에서만은 그때까지만 해도 별 볼일 없던 포에버 사에 뒤처지고 말았다.

지금이야 비상 덕분에 많은 인지도를 얻고 급성장하여 국내에서 알아주는 기업이 되었다지만 몇 년 전, 그러니까 비상이 개발되기 전까지만 해도 포에버 사는 이름뿐인 유명무실한 회사나 다름없었다.

그런데 그런 회사에서 한때, 브라운 사와 자웅을 겨루던 에버 사조차 성공하지 못한 일을 해낸 것은 모든 이들을 놀라게 하기에 충분했다.

사실 브라운 사에서도 게임 산업의 발전이 늦은 이유가 자신들과 함께 국내 1, 2위를 다투던 에버 사가 게임 개발에 실패하면서 공중분해되었기에 함부로 나설 엄두가 나지 않았기 때문이다. 포에버 사에서야 더 이상 잃을 것도 없었기에 무작정 계획을 착수한 것이고.

크흠, 근데 왜 이야기가 이쪽으로 빠졌지?

어쨌든 간에 뒤처졌다는 느낌을 받았을 브라운 사가 지배하다시피 한 유로는 포에비 사의 사람들에게는 여간 껄끄러운 곳이 아니었다. 그런데 평직원도 아니고 수뇌부급에 속하는 부이사장이 거리낌없이 이곳에 오자니…….

설마 그럴 일은 없겠지만 만약 무슨 일이라도 생기면 포에버 사와 브라운 사의 정면 대결은 시간문제일 뿐이었다. 그리고 그 결과 포에버 사의 몰락으로 이어지겠지. 포에버 사가 아무리 발전했다지만 국내 최고의 기업인 브라운 사와 견주기엔 부족한 점이 많으니까.

"아무래도 여긴 좀… 그냥 제가 살 테니 제 카페로 가시죠."

내 생각이 너무 과대망상으로 치닫는 것인지는 모르겠지만 오늘 같은 날 조심해서 나쁠 것이 없다는 게 내 마음이다. 쩝, 하지만 부이사장은 그렇지 않았나 보다.

"뭘 생각하는 줄은 알겠지만… 에이, 사업상의 일인데 설마 개인적으로 그러겠어요?"

흠, 그도 그렇지만…….

"자, 어서 가요. 이 주변에 괜찮은 레스토랑이 있어요."

여긴 예전이나 지금이나 내 집에서 제법 떨어진 곳이라 차비를 아끼자는 심산에서 몇 번 와보지 않았기에 난 이 주변에 대해선 먹통이었다. 결국 그녀의 뜻대로 난 바이크를 이끌 수밖에 없었다.

그렇게 조금 이동하자 벽이 온통 유리로 된 곳이 나왔는데 뭐라더라? 미러… 뭐라던데? 아! 그래, 미러 캐슬(Mirror Castle).

비싼 게 흠이긴 하지만 맛부터 서비스까지 단 하나 일급 이상이 아닌 것이 없다는 특급 레스토랑이었다.

아아, 이런 비싼 데서 밥을 먹다니… 이건 낭비야!

"미러 캐슬에 오신 것을 환영합니다."

바이크를 미러 캐슬의 정문 앞에서 대기하는 직원에게 맡기고 거울문을 열고 안으로 들어서자 양 옆에서 각각 네 명씩 직원으로 보이는 사람들이 고개를 숙이며 인사하는 게 아닌가. 그것으로 끝이 아니라 우리의 짐을 받아 들고는 자리도 안내하는 수고를 보였다.

으음, 서비스는 제법 좋군. 근데 여긴 예약을 해야 들어가는 게 가능하다고 들었는데 부이사장이 사전에 예약을 한 건가?

"이곳입니다."

그렇게 안내된 곳은 꽤나 큰 방이었는데 그곳 역시 유리와 거울로 뒤덮여 있었다. 뭐, 깨질 리는 없을 테지만 차가운 느낌이 들진 않을까 걱정했는데 차갑기는커녕 오히려 유리 의자에서 은은히 온기가 느껴졌다. 으, 이건 무슨 방법을 쓴 거야? 신기하네…….

"여기… 무척 비싸다고 들었는데……."

자리에 앉은 내가 꺼낸 첫마디였다.

사는 것도 아니고 얻어먹는 처지에 쪼잔하다는 소릴 들어먹을 만한 말이었지만 그래도 비싼 건 비싼 거다. 근 일 년, 내가 좀 방탕하게 살았다지만 그건 십여 년 동안의 한을 풀어보고자 잠시 즐겼던 거고 내 가슴속엔 아직 밴댕이 소갈딱지의 파워가 남아 있었던 것이다!

크흠, 진정하자. 내가 이럴수록 점점 개그 캐릭터가 되어간다고!

"걱정 마세요. 오늘은 제가 사는 거니까요."

그게 문제가 아니잖아, 이 아가씨야! 겨우 한 끼 먹는 데 돈을 얼마나 쓰겠다는 거냐고!

그러나 이 마음속의 생각을 밖으로 꺼낼 수 있을 리가 만무하겠지. 난 속을 삭이며 주변을 둘러보았다. 그래 봤자 보이는 건 유리랑 거울뿐이었지만 그 거울과 유리로 여러 조각이 되어 있어서 미관상으로 참 좋았다. 또 은은한 빛이 새어 나오기는 하지만 그것이 눈이 부실 정도는 아니어서 오히려 기분을 좋게 해주었다.

크흠, 확실히 아틀란티스의 레스토랑과는 다른 느낌으로 멋지군.

"주문하시겠습니까?"

아름다운 미성의 여인이 주문을 받으러 왔는데 예의 저번 아틀란티스 레스토랑에서처럼 알아들을 수 없는 얘기를 부이사장과 주고받다가 나를 빤히 쳐다보았다.

이건…….

"……."

"……."

나보고 주문하라는 뜻?! 하지만 메뉴표를 보아도 뭐가 뭔지 하나도 모르겠는데!

결국 별수없이 내가 꺼낸 말은 한마디였다.

"같은 걸로 주세요."

이해하길 바란다. 나라고 좋아서 이러는 건 아니니까.

부이사장과 주문을 받는 여인은 신경 쓰지 않는 표정이지만 이 쪽팔림이란… 이 뻘쭘함이란! 크윽!

그렇게 잠시 시간이 지나고 가만히 앉아 있던 부이사장이 손에 핸드백을 들고 일어섰다.

"저 잠시만 실례할게요."

"아, 네."

보통 이런 대화가 오가면 여자들이 행할 곳이야 뻔했다. 이대로 음식만 잔뜩 시켜놓고 도망을 가던가, 아니면 화장실을 가던가.

전자의 것은 솔직히 보통이라 칭하기에 부족함이 많고 설령 그렇다 하더라도 돈 많은 그녀가 그녀의 이름 앞으로 예약까지 해두고 도망은 왜 가겠는가. 여러모로 해석해 본 결과 전자의 것은 땡이라는 말씀.

그렇다면 후자, 즉 화장실에 가는 건데 단순히 볼일을 보러 가는 거면 뭐 하러 핸드백까지 들고 가겠는가. 여자의 생명은 메이크업. 당연히 화장을 고치러 가는 거겠지.

이상 단 한 번의 대화에 대한 심도 깊은 고찰을 마쳐 보고 난 고민에 휩싸였다. 그녀의 그리 길지 않은 핸드백 끈이 유리 식탁의 한쪽 모서리에 걸리려 하고 있던 것이다. 아직 그녀가 핸드백을 다 끌어 올리지 않아서 확신할 수는 없다지만 자칫 잘못하면 꼴사나운 일도 일어날 수 있는 상황이다.

그럼 그냥 말해 주지 왜 꾸물거리느냐. 그것 또한 참 묘하다.

아직 그녀의 핸드백 끈이 완전히 식탁에 걸린 것도 아니고, 그녀도 그것을 눈치 챘을 수 있으니 괜히 말했다가 내가 우려했던 일이 일어나지 않으면? 안 그래도 매진되어 없어진 지 옛날인 쪽, 새로 만들기라도 해서 팔아야 할 것이란 말이다.

크흠, 근데 왜 요즘따라 이런 잡생각이 많아졌는지… 아무래도 혼자 있는 시간이 많다 보니 인격이 여러 개로 나뉘어 대화를 주고받는 정신 분열증의 단계까지 올랐단 말인가!

으음, 진정하고 우선 말해야겠지?

"아, 저 핸드백 끈……."

"네? 꺅!"

말하기 무섭군.

난 중요한 결단을 내렸음에도 많은 잡생각이 혼재된 결과 결단은 그 빛을 보지 못했다. 즉, 그녀의 핸드백 끈이 식탁에 걸려 그녀의 신형이 기울고 있다는 뜻이다. 한마디로 말해 큰일났다!

"우아아!"

"꺄악!"

우당탕탕!

의미 해석 불능의 알아먹을 수 없는 괴성과 동시에 탁월한 반사 신경을 앞세운 나는 몸을 날려 쓰러지려는 부이사장을 부축할 수 있었다. 아니, 부축했다기보다는 그녀가 넘어져 다치지 않게 하기 위해 쿠션이 되었다고 말하는 게 정확할 것이다. 고로 그녀의 밑에 깔려 싸늘한 유리 바닥과 등을 맞대고 있는 난… 더럽게 아프다. 아고고고…….

"괜찮으십니까?"

난 내 위로 넘어진 그녀에게 물었지만 잠시 멍한 표정을 짓고 있는 그녀에게선 대답이 나오지 않았다. 그러더니 이윽고 정신을 차렸는지 황급히 엎드려 있던 내 가슴에서 얼굴을 들었다.

"죄, 죄송해요. 어디 다치시진 않았나요?"

"아, 괜찮습니다. 그보다 저……."

"네?"

"몸을……."

"아! 아앗!"

그녀와 내 포즈는 잘못 봤다가는 상당히 민망할 수도 있는 포즈였기에 그녀는 얼굴이 새빨갛게 물들며 몸을 일으키려 하였다.

그때였다, 유리문이 작은 소음을 낸 것은.

딸깍!

"저 여기가 혹시 하얀 언니……."

문을 열고 들어온 이.

흑단같이 검고 긴 생머리, 그리고 맑은 눈이 유난히도 돋보이는 아름다운 여인이었다. 그리고 낯이 익은 여인이었다.

"서… 인이?"

"효민 씨?"

순간적으로 싸늘히 굳어가는 공기.

방을 잘못 찾은 듯 당황해하다가 내 얼굴을 보고 놀란 표정을 짓던 그녀. 그리고 이내 슬픈 듯, 화난 표정을 짓는 그녀. 바로 서인이었다.

아얏! 그러고 보니 현재 이 상황은 오해하기 딱 좋은 상황이잖아!

서인이가 들어오고 나서 부이사장은 황급히 몸을 일으켰기에 나도 자리에서 일어서며 서인이에게 현재의 상황을 설명하려고 했다.

"아니, 저 지금 이건 말이야……."

"제가 방해한 것 같네요. 죄송해요."

그걸로 뒤를 돌아 훌쩍 뛰쳐나가 버리는 서인. 아악! 안 돼! 왜 일이 이렇게 흘러가냔 말이야!

"아니, 서인아! 그게 아니야! 서인아! 부이사장님, 죄송합니다."

난 부이사장에게 급히 고개를 숙이고는 서인을 쫓아 밖으로 뛰쳐나 갔다.

"효민 씨!"

뒤에서는 부이사장이 날 부르고 있었지만 일일이 답해줄 그럴 상황이 아니었다. 서인이는 뭘 먹었는지 달리기 하나는 정말 빨랐다. 어느새 거리로 나가 차를 잡으려는 그녀.

난 급히 달려가 그녀가 차를 잡는 것을 막으려 했지만 그 시도는 뒤에서 들려오는 비명 소리에 무산되고 말았다.

"꺄악!"

비명의 주인공은 바로 부이사장, 진사혜. 웬 험상궂은 떡대 두 명이 그녀를 끌고 가려 하고 있었던 것이다.

젠장! 무슨 이따위 상황이 다 있냐고! 이건 신의 장난이야!

절규를 뒤로하고 난 결정을 내릴 수밖에 없었다. 서인을 쫓아갈 것인지, 아니면 부이사장을 도와주러 가야 할 것인지.

젠장! 생각할 것도 없잖아! 사람부터 살려야지!

난 급히 신형을 반대로 꺾어 부이사장과 떡대들을 향해 달려갔다.

제기랄! 이건 꼬여도 너무 꼬인다! 빌어먹을!

지수는 불어오는 바람을 맞으며 잠시 눈을 감았다.

시원한 바람이었다. 그녀의 집에서 가까운 곳이 아닌, 오랜만에 멀리 있는 곳으로 나가는 외출이라서 그런지 더욱 상쾌했다.

요즘엔 비상에 빠져 있어서 멀리까지 외출을 잘 하지 않았기에 얼음미녀 지수의 얼굴엔 다른 날과는 달리 조금 들뜬 표정이 떠올라 있었다.

그녀를 제외한 나머지 친구들, 지현, 미영, 하얀, 서인은 각각 어학자, 기자, 한의사, 모델이라는 직업을 가지고 있었지만 지수는 아직 마땅한 직업이 없었다.

그렇다고 마냥 노는 것도 아닌, 가끔 패션 잡지의 모델로 활동하기는 했지만 아르바이트 같은 것으로 여기는지라 딱히 직장이라 생각하지 않았다.

어쨌든 그런 그녀들은 각각의 월급날 모여 같이 저녁을 하고는 했는데 오늘은 하얀이의 월급날이었다. 덕분에 지수는 이렇게 외출을 한 것이었다.

그녀들이 모이기로 한 곳은 유로의 미러 캐슬.

평소 그런 것에 별 관심이 없는 지수이지만 그녀도 들어보았을 정도로 미러 캐슬은 유명한 곳이었다. 하나 그런 미러 캐슬에 대한 지수의 평가는…….

'비싸…….'

그녀가 생각하기에도 미러 캐슬의 가격은 비쌌다. 뭐, 그녀가 아닌, 하얀이가 내는 거라지만 비싼 건 비싼 것이었다.

'훗! 내가 효민이를 닮아가나?'

그러나 그렇다고 친구들끼리의 약속을 어길 수는 없는 노릇이기에 지수는 어느새 미러 캐슬의 지척에 와 있었다.

'조금 늦었나?'

유로 주변 도로의 차가 막히는 바람에 약속 시간에서 조금 늦은 그녀는 발걸음을 서둘고 있었다.

유로의 거리는 북적였다. 갖가지 유흥 산업이 풍부한 만큼 사람들이 많은 것이 당연했다. 비단 유흥 산업만이 아닌, 거리의 악사나 그림을 그리는 사람도 더러 있었는데 그녀의 눈길을 잡아채는 악사가 유로의 대거리 한가운데서 바이올린을 연주하고 있었다.

감미로운 선율이 흘러가는 가운데 그녀의 시선은 고정되어 있었다.

바이올린을 연주하는 거리의 악사.

분명 본 적이 있는 얼굴이었다. 단순히 본 적이 있는 얼굴이 아닌, 제법 눈에 익은 그런 사람이었다.

'누구지?'

약속 시간도 잊고 잠시 멈춰 서서 거리의 악사와 그가 연주하는 바이올린의 소리에 귀 기울이던 그녀는 이내 고개를 끄덕였다.

'그였군. 왜 이런 곳에서……?'

그녀는 그 거리의 악사가 누구인지 알 수 있었다. 처음 봤을 때부터 알아차리지 못한 것이 이상할 정도로 거리의 악사는 특이했다.

지수는 다시 궁금증이 이는 것을 느꼈지만 고개를 저으며 발걸음을 옮겼다. 그녀도 생각했던 것이다, 사람들 개인마다 가진 사정을.

그렇게 걸음을 재촉하여 미러 캐슬에 거의 도착한 지수. 그런 그녀의 눈동자에 낯익은 이들이 들어왔다.

'효민? 서인?'

서인이야 약속이 있으니 그렇다 치더라도 효민이 왜 이 자리에 있는가. 거기다가 서인을 쫓아가는 모습이라니…….

그때 얼마 멀지 않은 곳에서 비명이 들렸다.

"꺄악!"

웬 여자 한 명이 양복을 입고 선글라스를 착용한 곰같이 덩치가 커다란 두 남자에게 끌려가고 있는 상황이었다. 그리고 그때 효민이 급히 뒤를 돌아 그들에게로 뛰어가더니 이내 이단 옆차기로 여인의 팔을 거세게 잡고 있던 사내의 얼굴을 걷어차 버렸다.

지수는 효민의 싸움 실력을 잘 알고 있었다. 때문에 평소 효민의 싸움 실력을 바탕으로 분석해 보니 덩치 큰 사람이 한 명이면 몰라도 두 명이라면 효민 혼자의 힘으론 힘들다는 판단이 나왔다. 하지만 잠시 주변을 둘러보니 어느 누구도 선뜻 도와줄 생각을 하고 있지 않은 듯했다.

그럴 만도 한 것이 사내들의 복장은 그야말로 조폭의 그것이었기 때문이다.

'어떡하지?'

그러던 중 그녀의 뇌리를 스치는 한 명.

'아직 있을까?'

의문이 들었지만 따로 확인할 시간이 없었다. 어느새 그녀는 뒤돌아 뛰고 있었다.

젠장! 대낮에 이런 거리에서 납치질이라니! 이런 게 상식적으로 가능한 거야?

난 멀어지는 서인의 모습에 눈물을 삼키며 뒤를 돌았다. 그리고 힘차게 달려가다 이단 옆차기로 그 떡대 한 명의 얼굴을 날려 버리고선 또 다른 떡대를 향해 몸을 들이박았다.

"큭!"

"꺅!"

그리 큰 충격이 되진 않았겠지만 몸통 박치기에 제대로 당한 떡대는 부이사장에게서 한 걸음 물러섰고 그 틈을 타 부이사장과 떡대들 사이로 끼어들어 그녀를 등 뒤로 몰았다.

"무슨 일이에요?"

"모, 모르겠어요. 이들이 갑자기……."

젠장! 왠지 이럴 것 같더라니!

나도 운동 좀 했고 싸움이라면 제법 한다고 자부한다. 하지만 이들은 다르다.

전문적인 싸움꾼.

처음의 공격이야 기습으로 어떻게 통한 거라지만 한 명이 아닌, 두 명. 그것도 부이사장을 보호하면서 싸우기란 불가능에 가깝다.

젠장. 결국 노릴 방법이라고는 내가 얻어터지는 사이에 부이사장이 도망쳐 경찰을 불러오는 건데… 대낮에 이런 일을 벌이는 사람들이 경찰인들 무서우랴. 또 그 정도의 시간 동안 내가 버틸 수 있을지도 모르겠고…….

"너희들은 누구냐?"

아아, 너무 상투적인 말이지만 정말 쟤네들 누구야? 설마 브라운 사에서 비상에 대한 비밀을 캐고자 그녀의 납치를 위해 파견한 녀석들이라는 뻔한 스토리는 아니겠지?

"네가 알 것 없다. 뒤의 그 여자를 내놓아라."

"미친 거 아냐? 이 여자가 물건이냐, 내놓게? 그리고 순순히 비켜줄 거였으면 아예 끼어들지도 않았다고."

"효민 씨……."

말은 제법 멋지게 했다지만… 이걸 어쩐다? 젠장, 무기될 만한 것도 없는데…….

"시간 없다. 어서 끝내고 가자고."

이단 옆차기에 맞고 나가떨어졌던 떡대가 맞은 부위를 쓰다듬으며 다가왔다. 쓰고 있던 선글라스는 깨져 버렸는지 맨얼굴이었는데 눈매가 매우 날카로웠고 그 매서운 눈빛으로 날 바라보고 있었다. 맞은 게 그렇게 억울하나?

"죽어라!"

매서운 눈매의 떡대는 아이 머리통만한 큰 주먹을 힘차게 휘둘러 왔고 난 급히 몸을 숙여 주먹을 피해냈다.

"으아!"

붕!

저, 저게 사람이냐? 단순히 주먹을 휘두른 것치고 소리가 너무 큰 거 아냐? 젠장, 한 방 맞았다가는 그대로 사망이겠군.

난 식은땀이 흐르는 것을 느꼈지만 가만히 앉아서 당해줄 수 없는 법. 큰 공격엔 그만큼의 허점도 생기는 거라고!

탓!

"으랏차!"

난 매서운 눈매의 떡대의 품으로 파고들며 그의 옆구리를 사정없이 가격했다. 그런데 떡대는 아무렇지도 않게 건뎌내는 게 아닌가!

“흡!”

팍!

밑에서 치고 오는 무릎 공격을 팔을 교차시켜 막으며 난 뒤로 물러섰다.

욱신!

“젠장! 괴물이로군.”

가드를 쳤는데도 이 정도의 충격이라니…….

잠시 거리를 벌였다고 생각한 순간이지만 떡대는 과연 떡대였다. 덩치만큼이나 긴 팔로 무지막지한 주먹을 휘둘러 날 노리고 있었던 것이다.

“으헛! 으악!”

난 갖가지 괴성을 지르며 떡대의 주먹을 피해 다니다 거리를 주면 안 되겠다는 생각에 다시 녀석의 품으로 파고들었다. 무릎에라도 한 대 크게 맞으면 끝장일 테지만 거리를 벌어서 공격 한번 못해보고 얻어맞는 것보단 낫다는 생각에서였다.

“으라차차!”

파파팟!

녀석의 복부에다가 연속적인 주먹을 퍼부었지만 마치 철판을 치듯 오히려 내 주먹이 아파왔다. 이런 괴물 같은 놈에겐 이런 공격이 통하지 않는 건가?

홍!

“힉!”

다시 한 번 쳐오는 무릎을 이번엔 옆으로 피해내며 난 계속해서 주먹이고 다리고 오만 가지의 공격을 다 퍼부었지만 녀석은 번번이 온몸으로 막아내며 주먹과 무릎으로 날 공격했다.

녀석의 공격 패턴은 단순했지만 하나하나 결코 가볍지 않은 위력이라 맷집과 힘을 바탕으로 날 압도하고 있었다. 내가 배운 건 무도지 싸움이 아니라고! 라고 해봐야 이 떡대가 들어줄 리 없지.

붕!

"헉!"

허공을 가르는 녀석의 주먹이었지만 발이 엇갈리지 않고 그대로 나갔다면 맞을 뻔한 공격이었기에 난 신음을 뱉어냈다. 젠장! 이대로 가다가는 내가 먼저 지치겠다!

어디를 공격해야 하지? 어디를?

그러고 보니 저 녀석 내게 한 대 맞고 쓰러졌었잖아. 그래! 거기다!

난 거칠게 뻗어오는 녀석의 주먹을 다시 피해내며 입을 열었다.

"떡대, 그 정도밖에 안 되나? 겨우 그 정도 실력을 믿고 날 이길 수 있을 것 같아?"

"으으으! 이 쥐새끼 같은 놈이!"

거참 단순한 놈이로고. 척 보면 격장지계인 줄 모르나? 뭐, 당해주면 나야 좋지.

내 단순한 놀림에 녀석은 열이 잔뜩 뻗쳐서 어깨에 힘이 잔뜩 들어간 채로 주먹을 내지르고 있었다. 하나하나 담긴 힘이 장난이 아니었지만 조금 전과 비교해서 단순한 공격이었기에 어렵지 않게 피해낼 수 있었다.

그렇게 잠시 공방을 주고받던 떡대가 열이 받아서 안 되겠는지 내가 어디 있는지도 보지 않고 무작정 온 힘을 실어 주먹을 내질렀는데 이거야말로 내가 원하던 찬스!

"이 새끼 죽어!"

이때다!

뻗어가는 주먹을 피하고는 녀석의 품으로 파고들었다. 그리고 멈춘 녀석의 팔을 짚고는 높이 뛰어올라 얼굴을 향해 온 체중을 실어 양 발로 차버렸다.

퍽!

"커억!"

둔탁한 소리와 함께 얼굴에 발자국까지 찍힌 녀석이 몇 발자국 물러서는데 난 녀석을 쫓아 뛰어 양손으로 녀석의 머리를 잡고 무릎으로 녀석의 얼굴을 찍어버렸다.

"차아!"

뻐억!

"끄억!"

이내 쓰러지는 거구. 난 의기양양한 표정으로 마지막을 지으려고 쓰러진 떡대를 향해 다가갔다.

그때였다, 우측 갈비뼈가 송두리째 부서지는 듯한 통증이 느껴진 것은.

"장난은 거기까지다, 애송이."

빠각!

"커억!"

난 옆구리에서 참기 힘든 고통을 느끼며 옆으로 튕겨나 땅을 굴렀다. 으윽! 갈비뼈가 나간 것 같아……

난 지금까지 지켜만 보다가 방금 전에 내 옆구리를 발로 차버린 또 다른 떡대를 바라보았다. 젠장! 한 놈에게 신경을 너무 많이 쓰다 보니 저놈을 잊고 있었어.

"여긴 애들 놀이터가 아니다. 설치는 것도 정도가 있어!"

"크윽! 빌어먹을 녀석들! 치사하게……."

"……."

치사하다고 말하긴 했지만 녀석은 아무런 대답을 하지 않은 채 침묵을 지킬 뿐이었다. 그때 내 공세에 정신을 차리지 못하던 떡대가 씩씩대며 자리에서 일어나 쓰러진 나를 걷어차 버렸다.

퍼억!

"껵!"

"이런 개새끼! 죽어!"

퍽! 퍽! 퍽!

"켁! 크윽!"

"그만 해라."

"하지만……."

"그만 해. 이미 늦었다. 시간을 더 끌었다가는 귀찮게 될 수도 있어. 어서 저 여자를 데리고 가자."

잠시 걷어채이던 나는 발길질이 멈추었음에도 기뻐할 수가 없었다. 놈들이 다시 부이사장을 끌고 가려 했기 때문이다.

"까악! 효민 씨!"

제, 제기랄! 안 돼!

하지만 내 입에선 신음 소리 덕분에 묻혀 버린 말이었다.

그때, 다시 거칠게 부이사장의 팔을 잡던 녀석에게서 둔탁한 소리가 흘러나왔다.

뻑!

"끄억!"

단 한 방. 그렇게 맞아도 쓰러지지 않던 녀석이 단 한 방에 쓰러지고 말았다. 그리고 그 뒤에는 낯익은 이들이 서 있었다. 한 명은 가녀린 체구에 아무런 의미도 담겨 있지 않은 무표정을 고수하고 있는 여인이었고 또 다른 한 명은 큰 가방을 단 한 손으로 거머쥔 채 서 있는 거구의 사내였다.

"지… 수?"

"효민아, 괜찮니?"

무표정의 여인은 바로 지수였다. 그녀는 내게로 다가오며 물었는데 그녀의 표정이 웬일인지 어긋나 있었다. 큭! 네가 날 도와주는구나.

"크윽! 괜찮을 리가 있겠냐?"

그 말대로다. 저 무지막지한 놈들한테 그렇게 얻어맞았는데 괜찮은 게 이상한 거지. 근데 저 거구의 사내는 누구지?

"저… 사람은, 크윽! 누구냐?"

"모르겠어?"

"응?"

난 그녀의 말에 쓰러진 떡대를 발로 밟고 또 다른 떡대와 대치 중인 거구의 사내를 자세히 바라보았다. 그리고 알 수 있었다, 그 사내의 정체를.

"강우 형?"

"맞아."

그랬다. 날 도와주는 거구의 사내. 바로 비상에서 대장장이로 맹활약을 하고 있는 강우 형이었던 것이다.

"효민 씨!"

떡대의 손에 붙잡혀 있던 부이사장은 손이 풀리자마자 내게로 달려왔다. 또 다른 떡대가 막아서려 했지만 강우 형이 눈을 부라리자 그럴 수도 없이 같이 마주 보고 서 있을 수밖에 없었다.

그때 강우 형이 움직였다. 강우 형의 덩치는 두 떡대보다도 더 커서 정말 거구라는 말로밖에 표현할 수 없을 정도였다. 때문에 주먹도 엄청났는데 강우 형이 주먹을 내지르자 동시에 떡대도 주먹을 내질렀고 곧 동시라고 해도 좋을 정도로 둔탁한 소리가 들렸다.

픽!

타격음은 거의 비슷한 시기이긴 해도 두 개였지만 신음 소리는 하나였다.

"크윽!"

대, 대단하다! 저 떡대를 한 방의 공격에 뒤로 물리다니······.

강우 형의 엄청난 맷집과 힘에 놀라고 있을 무렵, 한 대 맞고 주춤 뒤로 물러선 떡대가 매섭게 강우 형을 노려봤다. 하지만 강우 형은 밟고 있던 떡대를 녀석에게로 차줄 뿐이었다.

"꺼져."

"두고 보자!"

그런 상투적인 한마디를 내뱉고 쓰러진 떡대를 어깨에 멘 채 사라지는 녀석. 크으··· 대단하군.

그건 그렇고··· 이젠 좀 쉬어도 되겠지?

"아아······."

"효민 씨!"

"효민아!"

멀어지는 의식 너머로 날 부르는 소리가 어렴풋이 들렸지만 난 무시한 채 그냥 정신을 잃기로 했다. 아아, 난 약골이야.

"아고고고……."

내 입에선 저절로 신음이 새어 나왔다. 으윽! 그 떡대 놈들 군데군데 많이도 팼네. 꼬이는 하루 일과 중 떡대 놈들과 싸우다가 강우 형의 도움으로 간신히 놈들을 물리치고 난 곧장 기절해 버렸다.

그 후 정신을 차린 내가 있던 곳은 한 병원의 응급실 안이었다. 그리고 진찰을 받은 결과 갈비뼈가 무려 두 대나 나갔다는 사실. 획기적인 발전을 이룬 의학 덕분에 응급실에 들어간 지 하루 만에 퇴원할 수 있긴 했지만 그 때문에 친구들의 곱지 않은 눈초리를 견뎌야 했다.

부이사장이고 친구들이고, 심지어 강우 형까지 나서서 집으로 데려다 준다고 했지만 내가 어디 세 살 먹은 어린애도 아니고 혼자 집을 못 찾아갈까 싶어 그 모두를 뿌리치고는 홀로 집을 향해 걷는 중이다. 바보같이…….

욱신!

"윽!"

아무리 의학의 발전이 획기적이라 말할 수 있을 정도로 뛰어나다고 해도 고통이 하루 만에 사라질 수는 없는 법. 이렇게 발 한 번 잘못 디뎠다가는 전신이 쑤셔오는데 왜 내가 도움을 거절한 건지… 에휴…….

그래도 이 정도이기에 다행이지 강우 형이 나타나지 않았으면 어쩜 저 동해 바다에 토막난 내 몸이 둥둥 떠다니고 있을지 누가 알겠나.

그나저나 정말 웃겨. 그 덩치에, 그 힘에, 세밀한 조작이 필요한 바이올린을 연주하는 거리의 악사라니… 전혀 어울리지 않잖아!

정말 극적인 상황에 나타난 강우 형. 본명도 강우라는 강우 형은 번화가에서 사람들에게 바이올린을 연주해 주는 거리의 악사란다. 본 직업은 제법 유명한 악단의 바이올린 연주자라는데 공연이 없고 기분이 꿀꿀할 땐 이처럼 거리에 나와 연주를 한다는 것이다.

다행히 그런 강우 형을 우연히 본 지수가 내가 싸우는 것을 보고 원군으로 데려왔다니 이렇게 극적일 수가!

큭! 오버를 하니 옆구리가 더 쑤시는군. 하아, 어쨌든 그렇게 위기를 넘긴 내가 이렇게 홀로 집을 향하는 궁극적인 이유는 생각할 게 있기 때문이었다. 역시 생각할 게 있을 땐 혼자 걷는 게 최고지!

아악! 자중하자. 어쨌거나 혼자 생각할 것이란 너무나도 뻔하게 바로 서인이에 대한 일이다.

부이사장과의 그 포즈를 취한 것을 본 이후로 급히 뛰쳐나가 버린 서인이, 얼마나 화가 났으면 친구들이 연락을 했을 것임에도 병원에 나타나지 않았다. 그게 아니면 연락이 되지 않았던가. 적어도 오늘 아침부터 죽어라 연락한 내 전화를 받지 않았으니까.

아아, 꼭 꼬여도 기본이 이중을 훌쩍 뛰어넘는 숫자로 꼬이는 내 인생이여…….

좌절은 그만 하고 방법을 찾자. 어떻게 하면 서인이가 오해를 풀고 내게 화를 내지 않을까?

흠, 역시 화해의 기본은 뭐니 뭐니 해도 선물이려나? 그럼 선물은 무엇으로 주지? 연령의 고하를 막론한 선물 제1위의 꽃? 아냐, 그건 너무 평범해. 달랑 꽃만 안겨주면 성의없어 보이잖아. 설마 그럴 리 없겠지만 잘못하면 꽃으로 뺨 맞는 새로운 경험을 할 수도 있다고.

그럼 멋진 데이트까지 겹쳐서? 아냐, 그랬다가 서인이가 큰 감흥을 느끼지 못하면 오히려 역효과라고.

아아, 내가 너무 앞서 가는 건가? 서인이에게서 아직 나와 사귀겠다는 확답도 받지 못했는데. 아냐! 이 멍청이! 그딴 생각 말고 어떤 선물을 해주는 게 좋을까나 생각하자.

"흠, 어떻게 하지? 어떻게 하냐고! 으아악! 젠장! 언제 내가 이런 것을 해봤어야 알지! 너무 어렵잖아!"

그렇게 좌절과 고민을 병행하며 한참을 걷자 어느새 우리 집의 지척에 와 있는 것을 알 수 있었다.

"에휴… 안 되겠다. 우선 집에 가서 곰곰이 생각해 보자고."

집에 간다고 해서 뾰족한 수가 떠오르는 건 아니겠지만 이렇게 걷기만 한다고 좋은 건 없으니까. 슬슬 다리도 아파오는 참이고 말이야.

난 집으로의 발걸음을 서둘렀지만 머리 속엔 온통 어떻게 하면 서인이의 화를 풀게 할 수 있을지에 대한 생각만이 가득 차 있었다.

그렇게 집에 다다른 난 엘리베이터를 타고 내가 사는 곳까지 올라가 내렸고 그곳에서 전혀 의외의 인물을 볼 수 있었다.

"이제야 도착했구나."

"……."

"오랫동안 기다렸다."

정말 악취미라고밖에 생각할 수 없는 뿔테 선글라스를 벗으며 말하는 이. 분명 아주 낯은 익지만 그리… 아니, 상당히 반갑지 않은 손님이었다.

"도대체 얼마나 기다리게 할 속셈이었던 거야?"

선글라스를 벗은 그녀의 뒤에서 일어서며 앞으로 나온 이. 별로 다를 것 없는 둘이었지만 특히 둘의 눈동자에 담긴 심상은 더없이 똑같았다.

마치 더러운 것을 보는 듯한 경멸과 분노.

훗! 오랜만이군, 이런 눈빛과 느낌을 받아보는 거.

난 굳어진 표정에 오히려 미소를 띠었다.

"여기까진 어인 행차이십니까."

"네 고모와 사촌 동생이 찾아오는 데 꼭 이유가 필요하니?"

이유라… 필요없었던가? 그렇지, 필요없었지. 언제나 저들 마음대로 였으니…….

난 입가에 미소를 지우지 않고 스스로 내 고모와 사촌 동생이라 밝힌 두 남녀를 바라보았다. 입은 웃고 있지만 내가 담을 수 있는 최대한의 한기가 담긴 그런 눈빛으로.

"거의 십 년이 다 되어가도록 소식이 없으시다가 갑자기 찾아오니 또 무슨 역겨운 일이 생겼나 궁금해서 그렇죠."

"이 건방진……!"

내 말에 내 사촌 동생이라 일컬어진 녀석이 뛰쳐나오려 했지만 고모라 칭한 그녀가 녀석을 막아섰다. 그러자 녀석의 눈에는 분노가 가득했지만 멈춰 서서 날 노려볼 뿐이었다.

"말속에 뼈가 있구나."

"아아, 뼈가 되었든 다 썩어 빠진 고목나무가 되었든 간에 어서 본론부터 이야기하시죠. 보시다시피 그리 상태가 좋지만은 않거든요."

난 아직 가라앉지 않아 시퍼런 색을 띠는 멍을 가리키며 그렇게 말했고 내 말에 그들은 다시 발끈한 듯했지만 내게 덤비거나 하지는 않았다.

사실 나도 이 정도에 그치고 싶진 않지만 그래도 한때의 정을 생각해서 이 정도로 그치고 본론 애길 꺼낸 것이다. 이들은… 얼마 전까지

만 해도 정말 내 고모와 사촌 동생이었으니까. 비록 이름뿐만이라고
해도.

"이렇게 세워두고 얘길 계속할 거니?"

"당장 경비를 불러 쫓아내지 않은 것으로 얼마 전까지이기는 하지만
제 고모와 사촌 동생이었던 사람들에 대한 최소한의 예의는 지켰다고
생각합니다."

"이 자식이 정말!"

"경진아! 그만 하렴."

사내 녀석의 이름은 김경진. 내 부모님이 돌아가시기 전까지만 해도
강민 형과 내 꽁무니를 졸졸 쫓아다니던 녀석이었는데, 그날… 부모님
이 돌아가신 후 유산을 모두 국가에 기부한 뒤로부터 안면몰수하고 마
치 날 벌레 보듯이 본 녀석이었다. 그리고 그의 어머니이자 내 고모였
던 김희정. 항상 내게 웃음만 보여주고 모든 것을 받아주다가 역시 그
날 이후로 나에 대한 경멸과 분노를 밖으로 드러내는 존재.

친척들 중에서 내게 가장 큰 아픔을 안겨준 두 명이 지금 내 앞에 서
있는 것이다. 그것도 가증스럽게 아무렇지도 않은 듯, 마치 오랜만에
만나는 듯이…….

"좋다, 그렇다면 여기서 이야기하지. 너… 아주 대단한 사기를 쳤더
구나."

역시… 그럼 그렇지.

난 눈을 빛내며 그리 말하는 김희정, 그녀의 모습에 구역질이 치솟
는 것을 느꼈다.

"사기라뇨. 무슨 말인지 잘 모르겠군요."

"유산을 다 기부한 게 아니었어. 껍데기만 그랬을 뿐이지. 그래 놓

고는 우리들을 감쪽같이 속여?"

처음과는 달리 그녀의 음성은 시간이 갈수록 격양되어 갔다. 분하겠지. 속았다는 사실보다, 돈을 모두 기부했었던 것이 거짓이라는 것보다, 자신들이 돈을 챙길 기회를 잃은 것이… 가장 분하겠지.

"사기요? 어째서 그것이 사기죠? 전 제 모든 재산을 국가에 넘겼습니다만?"

"말도 안 되는 소리! 그렇다면 가진 것 없고 배운 것 없는 네놈이 이런 집에서 편안하게 살 수 있을 리 없잖아!"

난 쏘아붙이듯 말을 내뱉는 경진을 향해 싸늘한 눈빛을 날렸다.

"난 내 재산을 다 기부해. 하지 않은 건 오직 우리 부모님의 재산뿐이지."

"그런 말도 안 되는……!"

"그리고 너… 나서지 마라. 난 배우지 못해서 연장자에 대한 예우라는 것 자체가 없다지만 네놈은 배워도 아주 개떡으로 배워먹었나 보구나. 아니면 가르친 사람이 개떡으로 가르쳤던지."

"뭐?! 이 자식이 정말……!"

"너! 자꾸 나서면… 죽는다."

"이 자식! 죽여 버린다!"

녀석은 분에 못 이겨 주먹을 뒤로 젖혔다가 날 향해 뻗어왔지만 갈비뼈의 통증을 참으며 내지른 나의 발은 어느새 녀석의 복부에 박혀있었다.

얼굴을 새파랗게 물들이고 꺼억 하는 신음을 흘리는 녀석을 향해 난 주먹을 가볍게 쥐고 힘껏 뻗어냈다. 쉐엑 하는 주먹이 바람을 가르는 소리가 들리는 순간, 그녀의 다급한 음성이 들려왔다.

"김효민!"

"헉!"

물론 이 헛바람 들이키는 소리는 내 입에서 튀어나온 게 아니다. 제 코앞에서 우뚝하고 멈춘 내 주먹에 경진이 겁을 먹고 낸 소리지.

난 경진을 향해 싸늘한 미소를 날려주며 주먹을 거두고는 김희정, 그녀를 바라보았다. 그녀의 얼굴 역시 경진과 마찬가지로 새파랗게 질려 있었는데 그것은 제 자식이 맞을까 봐 하는 걱정 때문이 아니라 순전히 자신이 무시당했다는 분노 때문이었다.

"너… 너 감히 이게 무슨 짓이야!"

거참 별거 때문에 열받는구먼.

"당신… 지금 뭔가 크게 착각을 하고 있군요."

"당신? 그게 고모한테 할 소리냐!"

그래, 그 호칭이라는 게… 그렇게 자신들이 내세울 수 있는 최고의 무기라 생각하고 있었구나. 쿡! 바보 같아. 정말… 정말 바보 같다고.

"내가 말했죠? 크게 착각하고 있는 게 있다고. 당신은… 더 이상 나의 고모가 아닙니다. 난 멍청이 애물단지 김효민이 아닌, 엄연한 성인이자 사회인으로 활동하는 최효민이니까요. 그런 나에게 당신은 그저 안면이 있는 사람일 뿐, 결코 내가 공경해야 할 대상도, 내게 함부로 해도 될 대상도 아닙니다. 당신은 그저 내게 아무것도 아닌 존재일 뿐이라는 말입니다. 아시겠습니까?"

"이… 이… 감히 네가 어떻게 나에게……!"

왜 당신에게 이러면 안 된다는 거지? 훗! 우습군.

"부모를 잃고 보호자인 고모 댁으로 들어가며 그것이 유산 때문인 줄도 모르던 바보 같던 김효민을 기대하셨습니까? 어느 순간 혼자 남겨진 채 야반도주해 버린 고모네를 기다리며 고아원에 가야 했던 김효민을 기다리셨습니까? 고아원에 날아온 양육 포기 증서의 복사본에 소리 죽여 울고 그때부터 발길을 끊은 친척들을 그리워하던 그런 김효민을 찾으셨던 겁니까? 언제든, 어디서든 모든 것을 쉽게 빼앗을 수 있던 그런 무력한 김효민을… 그런 김효민을 바라셨던 겁니까? 웃기지 마십시오. 김효민이 세상에 몇 명이나 되는지 몰라도 바보 같던 그 김효민은 죽었습니다. 난… 김효민이 아니라 최효민입니다!"

분노.

당신들만 할 수 있는 건 줄 알아? 당시 열 살이었던 날 버려놓고 시간이 흐른 뒤 갑자기 찾아와 한다는 말이 재산 다툼인 그런 당신들에게 느끼는 내 분노가 훨씬 커!

"가십시오. 여기에 더 있는다면 내가 날 주체하지 못할 겁니다. 가십시오. 그리고 다신 내 앞에 나타나지 마십시오. 김효민이었다면 몰라도, 최효민은 당신들 따위… 언제든지 파멸시킬 수 있는 힘은 가지고 있으니까요."

난 그 말을 끝으로 계속 걸어 그들을 지나치고는 문 앞에 섰다.

"그래도 옛정을 생각해서 몇 마디 더 하죠. 재산을 원하십니까? 나라에 재산을 기부했다는 증명서라도 드릴까요? 국가 유공자라고 애들 학비는 줄어들 텐데요. 우선 저놈… 다시 등학교 1학년에 집어넣어야 할 테니 돈 좀 많이 들 거 아닙니까."

그러고는 문을 열고 안으로 들어왔다. 경진은 내게 겁먹었고 김희정은 내게 뭐라 말할 처지가 아닐 테니 아무도 날 불러 세우지 못했다.

스스슥 문이 닫히고 집 안으로 들어선 나는 굉장한 피로가 느껴져 왔다. 만 반나절을 잤는데……

난 독일제 소파에 몸을 묻었다. 도저히 침대까지 몸을 옮길 자신이 없었다. 그러기엔 너무나 피곤했다.

"아버지… 어머니……."

쿡! 평소 같지 않게 이틀 연속으로 감성적이 되어가는군. 나답지 않아. 크큭! 근데 나다운 게 뭐지? 바보같이 당하기만 하는 거? 그게 내 모습이야? 푸하하하하.

젠장! 빌어먹을! 오늘은 정말… 지랄 맞은 날이었다. 제기랄…….

〈제5권 끝〉

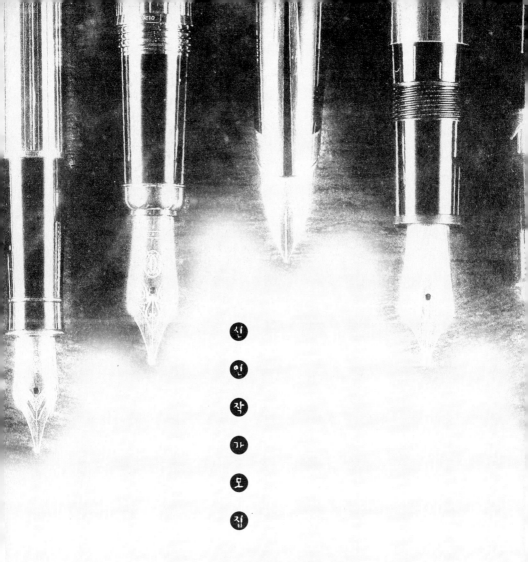

신인작가모집

시작이 반이라고 했습니다.
작가의 길에 대한 보이지 않는 벽을 과감히 깨뜨리십시오!
청어람은 작가 지망생 여러분들의
멋진 방향타가 되어드리겠습니다.

저희 도서출판 청어람에서는
소설 신인 작가분들을 모집합니다.
판타지와 무협을 사랑하시는 분들의 많은 참여를 바랍니다.
소정의 원고(A4용지 150매)를 메일이나 우편으로 보내주시면
검토 후 출판 여부를 알려드리겠습니다.

주소:경기도 부천시 원미구 심곡1동 350-1 남성B/D 3F 우편번호420-011
TEL:032-656-4452 · **FAX**:032-656-4453
http://www.chungeoram.com
e-mail:chungeoram@chungeoram.com